In jeder Beziehung

Christa Schulte

In jeder Beziehung

Anregungen für Liebespaare

Krug & Schadenberg

Für Petra,

die mit ihrer aufregenden Leidenschaft,
ihrer aufmerksamen Zärtlichkeit und
ihrer anregenden Klugheit das Fertigstellen
dieses Buches begleitet hat.
Danke!

Inhalt

Worum es geht 9

Spiele, Übungen und Rituale ...

... für intensives Kennenlernen

Mach dir ruhig ein Bild von mir! 17

Fragen zur aktuellen Liebes-Wetterlage 20

Let's talk about sex 22

SOFT – Analyse der aktuellen wie zukünftigen Beziehung 25

»Wagen und Gewinnen«:
Das Sexspiel für frauenliebende Frauen 29

... zur Bildung von Vertrauen und kreativer Kommunikation

Hilfreiche Kommunikationsregeln 43

Kissenschlacht mit Schimpfwörtern 48

Sinnloses Gequatsche 51

Liebesgeflüster unterm Schreibtisch 54

... zur Verwandlung von Alltagsroutinen

Rollentausch 61

Haushaltstätigkeiten als Tanzspiel 65

Lustanregendes Mojidoku 67

Liebe ist ... 69

... für sinnliche und sexuelle Freuden in intimer Zweisamkeit

Der Tanz auf dem Vulkan 73

Liebe in Wellen 88

Zauber der sinnlichen Verführung 93

Aphrodisische Genüsse für dich, für sie, für alle 97

Die spielfreudige Liebhaberin 110

... zur Versöhnung und »Entleidigung« 117
Versöhnungsritual für Paare 118
Listen der Wiedergutmachungen 124
Heilung vergangener Grenzverletzungen 128

... zur Förderung liebender Verbundenheit 133
Symbole der Liebe 137
Elfchen der Liebe 139
Ansprache der Klit ans Hirn 140
Begegnung zweier Kaiserinnen 142
Die Liebe als Klangfeld 144
Energietrichter für die Liebe 147

... zur Feier der Liebe im Kreise Vertrauter
Grundstruktur von Ritualen der Liebe 151
Elemente-Ritual 156
Die magischen Festtage 163
Jahresfest oder Mehrjahresfest 167

... für die Hohe Zeit
Ein Herzensritual der Liebe 169
Weitere Rituale für die Hohe Zeit 179
Sexuelle Vereinigung der Paare im Kreis 189
Ritual expansiver Lust in alle Himmelsrichtungen 196
Lesben-Hoch-Zeit 205

... für das tiefe Tal des Abschieds
Liebe vorbei – und dann? 233
Auf zu neuen Ufern 260

Schluss ohne Ende 271

Anregende Literatur 275
Anregende Musik 279

Worum es geht

Nehmen wir einmal an, du hast deine Wahl getroffen und sie auch: Ihr wollt nicht nur eine einmalige Nacht der Lust miteinander verbringen, einen Flirt nebenbei haben oder eine unverbindliche Affäre, sondern ihr wollt eine Liebesbeziehung miteinander eingehen oder spielt zumindest mit dem Gedanken, euch tiefer auf die andere einzulassen, als ihr es beim ersten Kuss für möglich gehalten habt. Jede von euch erlebt ein tiefes »Ja!« für die andere in ihrem Leben.

Diesem schönen, klaren Wunsch nach einer Liebesbeziehung stehen im Alltag jedoch immer wieder Hindernisse im Weg, die uns und unserer Liebe zusetzen können. Um mit diesen kleinen wie größeren Krisen kreativ umgehen und sie zu unserem Wohl und Wachstum nutzen zu können, erweisen sich »Unterstützungsschubser« von außen oft als hilfreich. Deshalb habe ich einiges von dem, was ich selbst in meinen eigenen Liebesbeziehungen sowie durch Freundinnen, Klientinnen und auch den mutigen Paaren aus den Lesbenpaartantrakursen gelernt habe, hier zusammengefasst. Einen besonders großen Raum bekommt dabei nicht nur das, was das Ja zur Liebe, zur Beziehung fördert und kräftigt, sondern alle Spiele und Rituale, die zwei Frauen erlauben, ihre Liebe zu feiern: als Liebesritual im Kreise vertrauter Freundinnen oder als Lesben-Hoch-Zeit (ohne dass ich deswegen die »Verpartnerung« zur neuen Norm für Liebespaare erklären will). In der dauerhaften und Phasen von Unsicherheit und Krise aushaltenden Zweierbeziehung sehe ich nämlich ein enormes Wachstumspotenzial für weibliche Identität.

Dennoch ist die Liebesbeziehung in der Paarform nur eine Variante, Liebe, Zuneigung und Sexualität zu leben. Sie steht für mich gleichberechtigt neben Solosex oder polyamourösen Beziehungsvarianten. So sind viele der folgenden Übungen und Rituale auch übersetzbar für Solosexladies oder für polyamouröse Beziehungs- und Begegnungsformen.

Und ähnlich wie Lesben immer wieder Anregungen aus heterosexuellen Kontexten für ihr eigenes Liebesleben übersetzen, wird es sicher auch für bi- oder heterosexuelle Frauen eine spannende Herausforderung sein, die hier beschriebenen Spiele, Übungen und Rituale für das eigene Sex- und Liebesleben abzuwandeln.

Dies ist kein Buch, das eine von A bis Z durchlesen muss, um Gewinn daraus zu ziehen. Es geht auch nicht darum, von mir definierte Übungsziele zu erreichen. Es ist ein Buch, das einlädt, mit den Augen darin zu tanzen – vor und zurück und zwischendurch auf einer Seite zu verweilen und auszuprobieren, ob sich die praktische Durchführung einer Übung oder eines Rituals anfühlt wie die Phantasie dazu – oder ganz anders.

In diesem Sinne wünsche ich allen Frauen ein lustvoll-kreatives Spielen, Üben und praktisches Ausprobieren der Anregungen, deren Auswahl ihnen jetzt gerade leicht fällt und Vorfreude in ihnen auslöst.

Lesbenlust statt Lebensfrust?

Der vielbeschriebene »lesbische Bettentod«, also das schleichende Entschwinden jedweder sexueller Regungen besonders bei Lesbenpaaren, die schon längere Zeit Tisch und Bett teilen, ist ein Mythos, der keineswegs der gesamten lesbischen Lebensrealität entspricht. Er speist sich oftmals aus der ideologischen Überzeugung von Lesben mit »höheren PC-Werten« (z.B. dem Wert, mehr Energie in die Organisation eines neuen Frauenprojekts zu stecken als in die Erzeugung von mehr Lust, die nicht die erste Verliebtheit als Grundlage benötigt) und einem eher abgestumpften Körpergefühl. Wie ich später noch ausführen werde, hängt das Verschwinden lustvoller Regungen vielmehr damit zusammen, dass nicht zu Ende gestrittene

Streits, alte, nicht wiedergutgemachte Verletzungen und unausgesprochene Wünsche wie ein anästhetisierendes Nervengift auf den Körper der einzelnen Frau einwirken, aber auch im Paar alle lebendigen Regungen allmählich abstumpfen oder einschlafen lassen. Dazu kommt, dass sich die Liebeslust – vergleichbar einer zarten Daunenfeder – im Laufe der Jahre langsam abwärts bewegt, wenn wir sie nicht aktiv in die Hand nehmen, sie in die Luft wirbeln oder zärtlich auf die Haut legen.

Ein weiterer Punkt ist die Überbetonung der Grenzen, des Nein in der Beziehung. Das verstehe ich als notwendige historische Entwicklung nach so viel Missachtung und so vielen Grenzüberschreitungen, wie sie die meisten Frauen erlebt haben. Manchmal wird das nach außen notwendige Nein jedoch auch auf den Innenbereich der Beziehung übertragen und erscheint an Stellen, wo eigentlich ein Ja lustvoller und gewinnbringender *für beide (!)* sein könnte.

Hier als Beispiel die Auskunft zweier lustvoll-zufriedener Altlesben, die als langjähriges Paar zusammenleben:

»Wie kommt es, dass ihr nach all den Jahren voller Berufsstress und Alltagsfrust immer noch eine befriedigende Sexualität leben könnt?«

»Ganz einfach – wir diskutieren nicht mehr darüber, sondern wenn ich Lust auf Sex habe und meine Liebste nicht, haben wir Sex. Wenn sie Lust auf Sex hat und ich nicht, haben wir Sex. Wenn wir beide Lust auf Sex haben, haben wir Sex. Nur wenn wir beide wirklich keine Lust auf Sex haben, haben wir keinen.«

Oje, ich höre schon die bösen Zungen: »Grenzüberschreitung, Grenzüberschreitung!« rufen. Doch wenn es das wäre, könnte es sich nicht für beide so lustvoll anfühlen, sondern hätte zumindest einen schalen Nachgeschmack. Meiner eigenen Erfahrung nach geht es in diesem Fall nicht um eine Grenzüberschreitung qua neuer Lesbenideologie, sondern um eine

Anregung, die eigenen Grenzen freiwillig auszuweiten und sich dem Ja zu ihr ganzkörperlich hinzugeben. Das geht auch ohne vorher schon vorhandenes Begehren oder lange aufgesparte Leidenschaft. Es geht einfach mit Lust auf Lust und mit Lust darauf, ihr Lust zu bereiten, selbst wenn mein ursprünglicher Plan war, den Schreibtisch aufzuräumen. Es geht also um das Wichtignehmen von Lust im vollen Beziehungsalltag und damit um das Schaffen und Erneuern magischer Krafträume, die der Liebesbeziehung so viel Nahrung geben können wie sonst kaum ein anderer gemeinsamer Erfahrungsraum.

Daher noch ein paar erklärende Sätze, wieso Lust im Frauenleben wichtig sein kann:

- Lust ist unsere grundlegende Lebenskraft. Sie ist emotionaler Ausdruck unserer Liebe zum Leben und somit unser Geburtsrecht. Und meiner Erfahrung nach haben alle Menschen, die nicht extrem verletzt wurden, ein Grundbedürfnis nach Lustgefühl und Lustausdruck, nach Zeit für Lust und Begegnung in Lust. Wir kennen sie als Zufriedenheit, Freude, Erotik, Sexualität, Befriedigung, Neugierde, Streben, sich gut zu fühlen.
- Die meisten Dinge, die wir tun, dienen dem Schaffen von Lust (z.B. der Befriedigung über ein erreichtes Ziel) oder dem Vermeiden von Unlust (z.B. Schmerz oder Angst). Lust gedeiht meist in Frieden, Freiheit, Liebe, Freundschaft, Ruhe, Bewegung, Zeit und einem Umfeld, das uns diese Qualitäten des Lebens ermöglicht. Ihr Entstehen hat viel mit positiver Reizung unserer Sinne zu tun, aber auch mit unserer Fähigkeit, diesen Sinnesreizen eine positive Bedeutung zu geben und die daraus entstehenden Gefühle zuzulassen. Das nennen wir dann Sinnlichkeit.
- Erotische Lust ist eine besonders feinsinnige und innerlich tief bewegende Art von lustvoller Empfindung. Voraussetzung dafür ist eine liebevolle Verbindung zu sich selbst und manchmal auch zu anderen.

- Sexuelle Lust ist die stärker erregte, ekstatische Variante der erotischen Lust, bei der – besonders durch liebevolles, zärtliches, leidenschaftliches Streicheln unserer Brüste, unserer Klitoris, unserer Vagina und aller sogenannter erotischer Zonen – ein heißes Feuer (egal ob als Stichflamme oder als warme Glut) erzeugt wird, das Grenzen auflösen und uns dahinschmelzen lassen kann.
- Das wichtigste Organ für alle Arten von Lust ist jedoch unser Kopf: Hier entscheidet sich, auf welche Reize wir reagieren wollen, wie wichtig wir Störreize nehmen, ob wir uns liebend hingeben oder ängstlich abgrenzen wollen, ob wir leidenschaftlich zupacken oder selig dahinschmelzen wollen …
- So normal das Streben nach Lust ist, so schwierig ist ihre konsequente Verwirklichung und so sehr versuchen die meisten, sie »im Zaum zu halten«, um z.B. am Arbeitsplatz reibungslos funktionieren oder die Rolle der aufopferungsvollen Versorgerin perfekt ausüben zu können, wie es uns von der jahrhundertealten Frauenunterdrückungsgeschichte als »normal« suggeriert wurde. Entsprechend haben wir Frauen viele verschiedene Abwehrstrategien gegen das Wahrnehmen und Ausleben unserer Lust entwickelt (z.B. alles andere wichtiger zu nehmen als unsere eigene Lust).
- Die wichtigste Bedingung für die Heilung und Entwicklung unserer Lust – besonders der Lust miteinander – ist die bewusste Entscheidung, lustvoll leben zu wollen – und zwar jeden Tag. Wenn wir ein lustvolles Frauenleben stetig umsetzen wollen, brauchen wir Zeit und einen Ort dafür, liebevolle Begegnungen, Achtsamkeit im Augenblick, Wertschätzung unseres Körpers, eine Sprache der Lust, die mutige Entscheidung und die Kraft, uns immer wieder mit Hindernissen und Widerständen kreativ auseinanderzusetzen.
- Erotik mit uns selbst als ein Ausdruck von Selbstliebe macht uns offen, weich, kreativ, zufrieden, kraftvoll und selbstbewusst. Dass wir so sind, wollen nicht alle. Denn eine Frau,

die ihre Lust lebt, ist nicht nur weniger ausbeutbar, sondern hat auch Lust an der Lust der anderen. Und es macht ihr Spaß, auch die Lust ihrer Mitmenschen zu fördern und herauszukitzeln. Das Ergebnis ist nicht nur Lebensfreude, Stolz, Lebendigkeit, sondern tiefe weibliche Schönheit. Weibliche Schönheit, die von innen kommt, ist nämlich abhängig von unserer Empfänglichkeit für sinnliche Reize, unserer lustvollen Beweglichkeit, unserer Fähigkeit, noch mehr Lust zu erzeugen, und von der Länge der Zeit, in der wir uns sinnlich-erotischer Lust hingeben können. Dafür brauchen wir eine lebendige Kommunikation, unsere ureigene Mischung aus Freiheit und Geborgenheit, die für beide stimmige Mischung aus Aktivität und Passivität, den Mut, sich mit dem Anderssein der anderen zu arrangieren, und eine wohlwollende Achtsamkeit für beide. Manchmal gelingt dann sogar ein liebendes Verschmelzen oder ein hingebungsvolles Miteinander-Sein. Dann kann ein Sein in Erotik und Sinnlichkeit auch zum positiven Ausdruck weiblicher Macht und ursprünglicher Kraft werden – nämlich einer Energie, die Verbindungen und damit Verbundenheit schafft.

- Übernehmen wir die volle Verantwortung für die Weiterentwicklung unserer Lust, müssen wir uns nicht mehr nur leidend mit der eigenen Opferrolle beschäftigen, sondern können kreativ werden in der allmählichen Beseitigung von Hindernissen, Hemmnissen, äußeren Widrigkeiten und werden nicht Ruhe geben, bis die Lust sich wieder hindurchschleicht oder sogar expansiv hervorsprudelt. Eine Frau, die ihre Sinnlichkeit und Erotik auch im Alltag zu leben lernt, lebt ein lebendiges Leben »aus erster Hand«, sie lebt stärker im Augenblick und ist achtsam mit sich und der Welt. Solche Frauen sind anziehend und »gefährlich« zugleich: Wollt ihr das – beide?

Mögen das »Ja!« zu dir, das »Ja!« zur Lust und das »Ja!« zu ihr sich verbinden zu einem herzförmigen Gebilde, das sich Liebe nennt!

Spiele, Übungen und Rituale

Das Leben ist ernst genug! Und wie viele ernsthafte Probleme tun sich auf, wenn beide nach der ersten Phase der Verliebtheit einen Beziehungsalltag anstreben!

Lasst uns täglich lieben lernen, indem wir spielen, üben, Fehler verzeihen und immer wieder in kleinen wie großen Ritualen feiern, dass es unsere lebendige Verbindung gibt!

Spiele, Übungen und Rituale ...

... für intensives Kennenlernen

Sowohl in der Anfangszeit als auch in den vielen Phasen, in denen wir uns neugierig der anderen zuwenden wollen oder den Spiegel unseres Selbstbildes in ihr suchen, kann in Spielen manchmal mehr gefragt und mutiger geantwortet werden als in ernsthaften Dialogen oder anstrengenden SMS-Rückmeldungen. Daher beginnen wir mit einem kleinen Fragespiel:

Mach dir ruhig ein Bild von mir!

Es gibt unzählig viele phantasieanregende Spiele. Hier erwähne ich eines, das gerade für Frauen, die sich schon ein wenig kennen, aber noch mehr Kennenlernbedarf haben, auf humorvolle Weise informativ sein kann. Natürlich ist in beiden Rollen ein bisschen Mut zur Persiflage gefordert.

➲ *Ziel:*
Gegenseitiges Kennenlernen durch die assoziative und die symbolhafte Ebene, gleichzeitig Rückmeldung bzw. Spiegelung durch die Sicht der anderen ohne Anspruch auf Vollständigkeit oder Wahrhaftigkeit.

◎ *Zeit und äußere Vorbereitungen:*
Zwischen 1/4 und 1 Stunde, je nach Lust und Laune. Eine gemütliche Sitzecke, vielleicht mit einem süffigen Getränk, oder

ein ruhiger Spazierweg können der Kreativität im weiblichen Freizeithirn nachhelfen.

♥ *Schritt für Schritt:*

- Eine um die andere stellt ihrer Partnerin oder Gefährtin eine Frage aus der folgenden Auswahl:

Was wäre ich in deinem Bild,
wenn ich ein Haus wäre?
wenn ich ein Baum wäre?
wenn ich ein Tier wäre?
wenn ich eine Landschaft wäre?
wenn ich ein Spiel wäre?
wenn ich ein Spielfilm (ein Krimi, eine Komödie ...) wäre?
wenn ich eine Menüfolge / ein Abendessen wäre?
wenn ich eine Sportart wäre?
wenn ich ein Scherzartikel / eine Comicfigur wäre?
wenn ich eine Politikerin wäre?
wenn ich eine alte Göttin wäre?
wenn ich eine sexuelle Spielart wäre?
wenn ich .... wäre?

- Die Antwortende lässt sich Zeit, um das Bild richtig vor dem inneren Auge entstehen zu lassen, bevor sie es der anderen beschreibt, und zwar so ausführlich, humorvoll und sinnlich-konkret, dass diese es sich genau vorstellen und die Verbindungen zu ihrem Selbstbild suchen kann.
- Wichtig ist dabei, dass die Gespiegelte, also die Fragende, zwar Verständnisfragen stellen kann, aber die entworfenen Bilder nicht als »richtig« oder »falsch« beurteilen oder die Treffsicherheit oder den Einfallsreichtum bewerten sollte. Nur wenn sie sich in einer Beschreibung gar nicht gesehen fühlt, kann sie diese Beschreibung der anderen symbolisch als deren Bild zurückgeben, um es nicht als Zuschreibung auf sich sitzen zu lassen.

- Wenn die Antwortende dies als Chance wahrnimmt, eine kritische Rückmeldung unterzubringen, sollte sie dies humorvoll, gutmütig und beschreibend tun (Grundsatzdiskussionen bitte an anderer Stelle unterbringen!), um den Charakter der kreativen Leichtigkeit nicht zu zerstören.
- Gibt die eine eine Rückmeldung zu der gegebenen Antwort, sollte die andere ebenfalls Gelegenheit bekommen, auf die betreffende Frage eine Rückmeldung zu geben und erst danach eine neue Frage auswählen.

Kreativer Umgang mit möglichen Stolpersteinen:
Manchmal reagiert eine verletzt oder beleidigt, wenn sie sich nicht genügend oder nicht genau genug gesehen fühlt. Dann wäre ein »Stopp-Zeichen« sinnvoll, um gleich zu klären, ob es nötig ist, dass die Beschreibende etwas zurücknimmt – sich z.B. für einen abwertenden Begriff entschuldigt oder eine treffendere Beschreibung findet – oder ob es für die Beleidigte möglich ist, sich von dem Bild der anderen zu distanzieren bzw. sie sich noch einmal den Spielcharakter vergegenwärtigen kann (dieses Bild wird nicht gegen ihren Willen als Steckbrief im Internet veröffentlicht).

Variationsmöglichkeiten und Hinweise:
Manche brauchen etwas mehr Zeit, um ihre Phantasie und Kreativität auf Hochtouren zu bringen. Dann könnten beide sich auf einzelne Fragen einigen, deren Antworten die sie dann stichpunktartig auf Zettel schreiben oder zeichnen und einander erst im nächsten Schritt beschreibend mitteilen.

Das Ganze lässt sich natürlich auch in kleinen Gruppen spielen (z.B. beim Bahnfahren, beim Warten oder auch bewusst geplant beim ausgedehnten Abendessen zwischen Aperitif und Vorspeise oder Hauptgang und Nachspeise ...).

Fragen zur aktuellen Liebes-Wetterlage

Dieses Spiel eignet sich besonders für Paare, die schon länger oder sehr intensiv zusammen sind. Es ist sowohl als »aktueller Wetterbericht« wie auch als »Wetterprognose« meist zuverlässiger als der klassische Wetterdienst. Als Anregung für einen kreativen Austausch jenseits drängender Themen hier einige Fragen, die ich selbst als konstruktiv erlebt habe, um sie z.B. im Urlaub oder an Tagen ohne »Konfliktdruck« in Sachen Beziehungsthemen bewusst anzugehen, statt zu warten, bis die möglichen Differenzen sich im Alltag zeigen. Manchmal macht die Beschäftigung damit auch einfach den Reichtum und die spontane Übereinstimmung in der Beziehung sichtbar und löst so stille Freude aus.

➲ *Ziel:*
Austausch über ausgewählte Beziehungsthemen ohne aktuellen Konfliktdruck

◎ *Zeit und äußere Vorbereitungen:*
Mindestens 1 Stunde für wenigstens 2 Fragen (damit jede einmal wählen kann) in einer entspannten Atmosphäre, eventuell mit einem warmen Früchtetee oder einem coolen Tonic Water, so dass die Worte leichter aus dem Mund fließen.

♥ *Schritt für Schritt:*

- Es hat sich als günstig erwiesen, im Wechsel jeweils eine Frage auszuwählen und sie durch beide beantworten zu lassen.
- Es ist aber auch möglich, um Bedenkzeit zu bitten, weil eine über ihre Antwort erst allein nachdenken möchte. Dann wird eine Alternativfrage gestellt.
- Günstig ist ebenfalls, nicht mehr als 3 oder 4 Fragen aus-

zuwählen, um nicht in eine schnelle Interview-Action hineinzugeraten, sondern eher eine besinnlich-nachdenkliche Stimmung zu kreieren, damit die Antworten aus dem Inneren heraus wachsen können.

- Fragen zur aktuellen Liebes-Wetterlage:
  Worin unterscheidet sich unsere Beziehung von denen unserer nächsten Freundinnen?
  Was magst du besonders an mir? Was mag ich besonders an dir?
  Wie unbeschwert können wir uns beschenken?
  Wie zufriedenstellend ist unser (gemeinsames oder getrenntes) Wohnen?
  Was können wir uns finanziell leisten?
  Wen bezeichnen wir als unsere wirklichen Freundinnen und Freunde?
  Wie viel Freiraum lassen wir einander und wie fühlt sich das für jede an?
  Wie viel Zeit nehmen wir uns für die Anliegen unserer Partnerin?
  Wie konstruktiv können wir miteinander streiten?
  Welche »Rollen« spielen wir (z.B. Butch / Femme, Mutter/ Tochter, die Vernünftige, die Chaotische, das Opfer, die autonom Handelnde)?
  Welche Rollen fehlen in unserer Beziehung, welche sind besonders stark besetzt?
  Welche spirituellen Werte sind für unsere Beziehung wichtig?
  Wie beeinflusst die Arbeit unsere Beziehung?
  Was bedeuten (unsere) Kinder für unsere Beziehung?
  Wie bewältigen wir Krisen in unserer Beziehung?
  Wie beeinflussen unsere Eltern und Verwandten unsere Beziehung?
  Welchen Platz nehmen Tiere in unserer Beziehung ein?

❶ *Kreativer Umgang mit möglichen Stolpersteinen:*
Manche Frau behauptet steif und fest: »Auf Kommando fällt mir sowieso nichts ein!« Dann ist es gut, sich noch einmal zu vergegenwärtigen, dass es hier nicht um das Ausführen eines Befehls geht, sondern um die eigene Entscheidung, miteinander im Gespräch zu bleiben und durch gemeinsame Wirklichkeitskonstruktion die Beziehung zu vertiefen und bewusster zu gestalten.

Wenn das Gespräch bei einer oder beiden stagnieren sollte, hilft manchmal auch ein kleiner Spaziergang, damit der Austausch wieder in Gang kommt und beide nicht auf alten, festgefahrenen Standpunkten stehen bleiben.

✪ *Variationsmöglichkeiten und Hinweise:*
Wenn beide unschlüssig sind, was die Auswahl anbelangt, ist es natürlich auch möglich, den Zufall entscheiden zu lassen, um nicht noch Entscheidungsprobleme zu erzeugen oder aber auch um die Spannung zu erhöhen.

Let's talk about sex*

Heikle wie spannende Fragen an die Liebste: Dieses Spiel eignet sich besonders für Paare, die den Mut aufbringen, sich vielleicht im Urlaub oder an einem verregneten Sonntag mit Fragen rund um ihre gemeinsame Sexualität zu beschäftigen – mit Fragen, die während sexueller Begegnungen vielleicht den Energiefluss stören würden, aber dennoch für die eine oder andere zum heimlichen Grübelthema werden können, wenn sie nicht in liebender Klarheit offen ausgesprochen und beantwortet werden.

➔ *Ziel:*
Austausch über sexuelle Wünsche, Bedürfnisse, Abneigungen und Fragen ohne aktuellen Konfliktdruck

◎ *Zeit und äußere Vorbereitungen:*
Mindestens 1 Stunde für wenigstens 2 Fragen (damit jede einmal wählen kann) in einer entspannten Atmosphäre, eventuell mit einem warmen Zimt-Tee oder einem coolen Mango-Drink, so dass die Worte leichter aus dem Mund fließen.

♥ *Schritt für Schritt:*
- Grundsätzlich können beide jede Frage nacheinander beantworten. Es kann aber auch spannend sein, wenn jede eine neue Frage beantwortet, ohne sich vorher schon Gedanken über eine Antwort machen zu können. Dann kann eine sich dafür entscheiden, eine Rose zu sein, eine dafür, eine Lilie, und los geht's!
- Wenn eine bei der Spielart Rose und Lilie auch wissen möchte, wie die andere die Frage beantworten würde, macht sie ihr dafür ein Geschenk (z.B. einen Kuss, ein Sahnebonbon ...).
- Es ist aber auch möglich, um Bedenkzeit zu bitten, weil eine über ihre Antwort erst allein nachdenken möchte. Dann wird eine Alternativfrage gestellt.
- Wie bei dem vorigen Fragespiel ist es günstig, nicht mehr als 3 oder 4 Fragen auszuwählen, um nicht in eine schnelle Interview-Action hineinzugeraten, sondern eher eine besinnlich-nachdenkliche Stimmung zu kreieren, damit die Antworten aus dem Inneren heraus wachsen können.

---

* Die Fragen habe ich frei nach *Let's talk*, dem »Spiel der heiklen Fragen« von Rita Werner entwickelt.

Rose: *Was ist für dich guter Sex?*
Lilie: *Was reizt dich an meinem Körper am meisten?*
Rose: *Was tust du erotisch-sexuell ungern für mich?*
Lilie: *Was könnte unsere Sexualität noch spannender machen?*
Rose: *Welche sexuelle Phantasie hältst du mit mir für nicht auslebbar?*
Lilie: *Was macht meinen Reiz als ältere / jüngere (oder sexuell erfahrenere / weniger erfahrene) Partnerin aus?*
Rose: *Welches Lied ist für dich das schönste Liebeslied?*
Lilie: *Welchen Sinn, welchen Wert hat Treue für dich?*
Rose: *Welche Wirkung hat die Vorstellung von Gruppensex auf dich?*
Lilie: *Woran merkst du deine Liebe zu mir in körperlicher Hinsicht am deutlichsten?*
Rose: *Wie wäre es, wenn du mir als Mann begegnet wärst?*
Lilie: *Wie wirkt es auf dich, wenn du meine Liebe, mein Begehren spürst?*
Rose: *Was hast du aus früheren sexuellen Beziehungen wie auch Liebesbeziehungen über dich und deine Sexualität gelernt?*
Lilie: *Was wäre das schönste Liebesgeschenk für dich?*
Rose: *Wenn dir über Nacht eine besondere Liebesgabe (z.B. die Fähigkeit einer besonders schnellen und ausdauernden Zunge) verliehen werden würde, welche würdest du dir wünschen?*
Lilie: *Wie könnte unser Liebesspiel mit 84 Jahren sein?*
Rose: *Wie verzauberst du andere, ohne sie aktiv zu verführen?*
Lilie: *Unter welchen Umständen wirst du eifersüchtig?*
Rose: *Wie reizvoll sind andere Frauen für dich?*
Lilie: *Welche Lust in dir will Ewigkeit?*
Rose: *Wenn du für ein anderes Paar eine Hochzeitsrede zum Thema Liebe halten solltest, worüber würdest du sprechen?*

Lilie: *Welche Eigenschaft steht dir am meisten im Wege, um mir alles zu erlauben bzw. zu geben, was mich glücklich macht?*

Rose: *Worauf willst du dich bei mir verlassen können, wenn wir uns sexuell begegnen?*

Lilie: *Was ist das Heilsame an unserer gemeinsamen Sexualität für deine Lebensgeschichte?*

❗ *Kreativer Umgang mit möglichen Stolpersteinen:*
Differenzen, die in Bezug auf Sexualität zu Tage treten, sind oft sehr schmerzhaft für eine oder beide und werden leicht wieder unter den Teppich der lesbischen Harmonie gekehrt. Wenn beide jedoch den Mut und die Gelassenheit aufbringen, die Unterschiede da sein zu lassen, kann dies nicht nur sehr erleichternd sein, sondern auch das stetige Lernen zu lieben vertiefen und erweitern.

✲ *Variationsmöglichkeiten und Hinweise:*
Wenn beide unschlüssig sind, was die Auswahl anbelangt, können die Fragen auch auf Karten geschrieben werden, die dann gezogen werden. Auf diese Weise lassen sich Entscheidungsprobleme vermeiden oder aber auch die Spannung erhöhen.

SOFT – Analyse der aktuellen wie zukünftigen Beziehung

Manche Frauen mögen klare Bilanzen. Wenn ihr beide euch also z.B. vor einem Jahresfest, im Urlaub oder in einer etwas »mauen« oder beziehungsunsicheren Phase etwas strukturierter über die Gegenwart und die phantasierte Zukunft eurer

Beziehung austauschen wollt, kann jede für sich als Vorarbeit ein Blatt Papier nehmen, es in die folgenden 4 Bereiche einteilen (siehe rechts) und ausfüllen. Anschließend könnt ihr die Bereiche nacheinander durchgehen (wobei jede dabei ihre Wahrheiten ausspricht, ohne die andere zu bewerten oder zu vereinnahmen) und mit dem Verstand wie auch dem Herzen hören, was die andere zu sagen hat. Diese Methode hat sich nicht nur im Bereich der Supervision bewährt (daher kommt sie ursprünglich), sondern ist gerade bei dem Wunsch nach kühlerer Klarheit gut auf persönliche Beziehungsanalysen anwendbar.

»SOFT« heißt hier also nicht »sanft«, sondern setzt sich aus den Anfangsbuchstaben folgender Begriffe zusammen:

Satisfactions = *Befriedigendes, angenehm, lustvoll, glückvoll Erlebtes*
Opportunities = *Chancen, Möglichkeiten für die Zukunft der Beziehung*
Faults = *derzeitige Fehler, Mißstände, Schwierigkeiten*
Threats = *Bedrohungen, Befürchtungen für die Zukunft (der Beziehung)*

Wichtig auch bei der anschließenden Diskussion ist, sich gegenseitig nicht zu beurteilen oder zu bewerten, sondern Gefühle, Phantasien, Ideen zu äußern und der anderen ihre Äußerungen als Teil ihrer Person zu lassen, statt sie in Frage zu stellen. Günstig ist eine beiderseitige Haltung von Offenheit, Direktheit, Hoffnung, Humor und Kreativität.

Zur Erläuterung hier ein kleines Beispiel:

S *zärtlicher Sex*
gute Laune beim gemeinsamen Shoppen
Unterstützung bei der Diplomarbeit
gemeinsam Musik hören und laut träumen

O *gemeinsame Reise nach Indien*
häufigerer Sex
Planung eines neuen Frauenmagazins

F *chronischer Geldmangel bei beiden*
ineffektive Streitereien im Haushalt
unklare Kommunikation und folgenschwere Missverständnisse

T *Schuldenberg von einer lässt sich nur langsam abbauen*
Beziehung leidet unter Alltagsstress und droht in den vielen Streitereien unterzugehen

Dieses kurzgehaltene Beispiel der SOFT-Analyse von einer wäre dann Kästchen für Kästchen (s. u.) mit den Analysepunkten der anderen abzugleichen, um Schlüsse für gemeinsame Schritte daraus ziehen zu können.

Satisfactions (derzeit befriedigende Ereignisse, als angenehm Erlebtes):	**Opportunities** (Chancen, Möglichkeiten für die Zukunft):
Faults (derzeitige Fehler, Mißstände, Schwierigkeiten):	**Threats** (Bedrohungen, Befürchtungen für die Zukunft):

Start
1
2
3
4
5
6
7
8
9
Ziel

»Wagen und Gewinnen« – Das Sexspiel für frauenliebende Frauen

Wie schon in meinem ersten Buch, *Tantra für Genießerinnen*, erwähnt, ist Sex eine wunderbare Art für erwachsene Frauen, mit sich selbst und miteinander zu spielen. Manchmal jedoch reichen der Mut zur intimen Begegnung oder das Vertrauen in eine relativ Unbekannte (noch) nicht aus, um sich ganzkörperlich hinzugeben. Also bringt erst einmal ein bisschen Mut auf und würfelt euch in eine spannende Nähe hinein.

Oder du spielst das Spiel z.B. mit anderen mutigen Single-Freundinnen – wer weiß, was sich daraus ergibt …

➲ *Ziel:*

Das vordergründige Ziel ist es, sich von einem nachdenklichen Waldspaziergang in die Wohnung der Angebeteten bis in ihr Schlafzimmer und dann in ihr Bett hineinzuwürfeln. Auf dem Weg dahin gibt es natürlich einige Herausforderungen zu bestehen: Du musst die erotischen Vorlieben deiner Partnerin oder deiner Mitspielerinnen einschätzen, schamlose Fragen beantworten und heiße Aufgaben erfüllen. Das hintergründige Ziel sind neben dem spielerischen Erwerb von Wissen die spielerische Annäherung und die Anregung zu mutigen Aktionen auf dem (relativ) sicheren Boden eines strukturierten Spiels.

◎ *Zeit und äußere Vorbereitungen:*

Es ist günstig, sich eine Zeit zu wählen, die nach hinten nicht begrenzt ist, einen Raum mit warmem Licht, sanfter Hintergrundmusik, bequemen Sitzgelegenheiten und sinnlich zubereiteten Speisen und Getränken für die Pausen.

Für das Spiel selbst liegt diesem Buch ein Spielplan bei. Weiterhin braucht ihr dazu einen Stift, einen Würfel und Spielsteine – entweder die aus dem »Mensch ärgere dich nicht«-Spiel oder z.B. kleine Nana-Figürchen, Glasherzen in verschiedenen Farben, verschiedene kleine Muscheln, verschiedene, etwa gleich große Halbedelsteine .... In Griffnähe sollten sich eine Körperlotion, Eiswürfel, erotische Literatur und ein paar Kleidungsstücke oder Tücher zum Verkleiden befinden.

♥ *Schritt für Schritt:*
Ich beschreibe das Spiel für mehrere Mitspielerinnen. Ein Paar kann es entsprechend für sich umsetzen.

- Gewürfelt wird im Uhrzeigersinn. Diejenige, die zuerst eine 6 gewürfelt hat, darf anfangen.
- Jede Spielerin zieht die gewürfelte Augenzahl entlang des Pfades.
- Die Aufgabe, die sie dann zu erfüllen hat, richtet sich nach dem Feld, auf dem sie ankommt:

  GRÜN = Feld des Wissens

  BLAU = Feld von Sensibilität und Phantasie

  GELB = Feld von »Wahrheit oder Tat«

  ROT = Feld von spontaner Action

  SCHWARZ = Wendepunkt

- Um ins Bett = Ziel zu kommen, musst du dich mit der genauen Punktzahl hineinwürfeln. Liegt deine Augenzahl darüber, bleibst du auf dem Feld stehen und darfst deinen Mitspielerinnen den Nacken massieren.

- Orte und Stationen:

  Start
  1 = Arbeitszimmer
  2 = Wohnzimmer
  3 = Sofa im Wohnzimmer
  4 = Terrasse
  5 = Flur
  6 = Küche
  7 = Esszimmer
  8 = Badezimmer
  9 = Schlafzimmer
  Ziel (Bett)

- Fragen und Aufgaben:

GRÜN = Feld des Wissens
Wenn eine Spielerin auf ein Feld dieser Farbe kommt, liest ihr die Nachbarin zu ihrer Linken aus der folgenden Liste die erste Frage und die drei möglichen Antworten vor. Ist ihre Antwort korrekt, darf sie in der nächsten Runde weiterwürfeln. Ist sie falsch, setzt sie einmal aus. Die nächste Spielerin, die auf ein Wissensfeld kommt, muss Frage 2 beantworten etc. Auflösung am Ende der Liste.

1. *Was ist Intersexualität?*
   a) ein Zustand der Zweigeschlechtlichkeit zwischen weiblichem und männlichem Geschlecht
   b) eine Liebestechnik, bei der sie sich lustvoll zwischen zwei oder mehr Frauen hin- und herbewegt
   c) Multi-Kulti-Sex zwischen Frauen unterschiedlicher Nationalitäten

2. *Was sind die Kivin-Punkte?*
   a) erogene Zonen neben dem Steißbein
   b) erotische Druckpunkte aus einer neuseeländischen Massagetechnik
   c) Hotspots links und rechts von der Klitoris

3. *Was braucht man für Kahuna-Liebe?*
   a) eine Blumengirlande, heiße Rhythmen und Massageöl
   b) Sahne, Maraschinokirschen und Plastikfolie
   c) eine Bastmatte, einen Fächer und eine Augenbinde

4. *Wie nennt man das, wenn zwei Körper aneinander schubbern?*
   a) Petting
   b) Frotteurismus
   c) Necking

5. *Wie nennt man Oralsex, wenn sie sie leckt?*
   a) Cunnilingus
   b) Cumulus
   c) Cuneo

6. *Was ist Digitatio?*
   a) die italienische Liebesmethode – Achselhöhlenlecken
   b) die griechische Liebesstellung – von hinten mit Dildo
   c) die Allerweltsmethode – reiner Fingereinsatz an erogenen Zonen

7. *Was ist die Plateauphase?*
   a) die Phase nach dem weiblichen Orgasmus
   b) die Phase vor dem weiblichen Orgasmus
   c) die Phase kurz vor ihrem Liebesfluss

8. *Was bedeutet beim Sex ESO?*
   a) eine esoterische Liebestechnik
   b) Extended Super Orgasm
   c) Erregung sämtlicher Organe

9. *Was ist Algolagnie?*
   a) die Lust auf Schmerz in Verbindung mit sexuellen Aktionen
   b) Ekstasewellen im algenreichen Wasser
   c) eine spezielle Technik mit eingeölten Lederhandschuhen

10. *Welche Hormone werden beim Zungenkuss ausgeschüttet?*
   a) Endorphine
   b) Gestagene
   c) Adrenaline

11. *Was ist ein Data Suit?*
   a) ein hautenger Anzug mit Sensoren zum Erleben von Cyber Sex
   b) ein Datenpool, aus dem du dir per Internet die passende Sexpartnerin herausfischen kannst
   c) ein virtuell-erotisches Schlaginstrument mit Hilfe von Elektrodenvernetzung

12. *Was ist Goldfisch-Sex?*
   a) eine Atemtechnik für Liebe unter Wasser
   b) Sex im Ganzkörper-Latexanzug
   c) eine Praktik, bei der die Hände von beiden auf den Rücken gebunden sind

13. *Was sind chinesische Liebeskugeln?*
   a) kugelförmige Hilfsmittel zum Trainieren und Stimulieren der Vagina

b) pflanzliche Aphrodisiaka zur oralen Einnahme vor dem Liebesakt, um die vaginale Durchblutung zu fördern
c) kugelförmige Füllungen von Liebeskissen, die ein langes und entspanntes Verweilen in verschiedenen Liebespositionen ermöglichen

14. *Welche Muskelübung wird in taoistischen Liebespraktiken besonders angepriesen?*
a) PC-Training
b) Yin-Yang-Training
c) Masturbationstraining

15. *Was ist ein YabYum?*
a) ein schnell wirkendes Aphrodisiakum mit Yohimbim-Extrakten
b) eine sitzende Liebesposition zur Chakraverschmelzung
c) das Spiel mit einem Doppeldildo

16. *Wie viele Stellungen beschreibt das Kamasutra?*
a) 669
b) 289
c) 529

17. *Was genau ist Cocooning (und ich meine nicht den Trend, zu Hause herumzugammeln ...)?*
a) das Tragen von Ganzgesichtsmasken beim Sex
b) Einwickeln in Plastikfolie oder Seile
c) Sex im Schlafsack

18. *Nach welchen amerikanischen UreinwohnerInnen wird eine Po-Massage-Technik benannt?*
a) Sioux
b) Xingu
c) Apachen

19. *Das Wort »geil« wird im deutschen Sprachschatz seit dem 8. Jahrhundert benutzt. Was ist seine ursprüngliche Bedeutung?*
   a) reif
   b) hungrig
   c) froh

20. *Welcher der folgenden Songs gehört zu den Kultliedern der S/M-Szene?*
   a) Britney Spears: *Hit Me, Baby, One More Time*
   b) Eurythmics: *Sweet Dreams*
   c) Iggy Pop: *Cry for Love*

21. *In welchem Gehirnteil sitzt das sexuelle Zentrum, das die Ausschüttung der Lusthormone steuert?*
   a) Limbisches System
   b) Hypothalamus
   c) Stirnlappen

22. *Wie kommen Frauen am einfachsten zum Orgasmus?*
   a) Oralsex
   b) geschickte Handarbeit einer anderen
   c) Selbstbefriedigung

23. *Wie heißen doch gleich diese erotischen Duftlockstoffe?*
   a) Pheromone
   b) Phänomene
   c) Pheroline

Auflösung:

1a, 2c, 3a, 4b, 5a, 6c, 7b, 8b, 9a, 10a, 11a, 12c, 13a, 14a, 15b,
16c, 17b, 18b, 19c, 20b, 21b, 22c, 23a

BLAU = Feld von Sensibilität und Phantasie

Kommt eine Spielerin auf ein Feld dieser Farbe, liest ihr die Nachbarin zu ihrer Linken aus der folgenden Liste die erste Frage vor. Spielt ihr zu zweit, bezieht sich die Frage natürlich immer auf die Vorleserin. Ist die Antwort korrekt (die betreffende Person muss das bestätigen), darf die Spielerin in der nächsten Runde weiterwürfeln. Ist sie falsch, setzt sie aus. Kommt die Nächste auf ein Sensibilitätsfeld, wird Frage 2 gestellt usw.

1. *Welches ist wohl die Lieblingsstellung der Person, die dir gegenübersitzt?*
2. *Hat die rechts sitzende Mitspielerin es schon mal in einer Umkleidekabine getan?*
3. *Hatte die Mitspielerin gegenüber schon mal Sex auf einem Wasserbett?*
4. *Hat die Mitspielerin rechts von dir schon mal einen Vibrator benutzt?*
5. *Trägt die Mitspielerin links sexy Unterwäsche?*
6. *Hatte die Mitspielerin rechts schon mal Sex in der Flugzeugtoilette?*
7. *Traut sich die Mitspielerin links von dir manchmal, sich in freier Natur selbst zu befriedigen?*
8. *Für welche Rollenspiele könnte die Mitspielerin dir gegenüber ein Faible haben?*
9. *Hat die Mitspielerin links von dir schon mal einen erotischen Roman gekauft?*
10. *Mit welchem Star würde die Mitspielerin rechts von dir gern mal schlafen?*

11. *Wie könnte die Mitspielerin dir gegenüber am leichtesten in Ekstase zu versetzen sein?*

12. *Hat die Mitspielerin rechts von dir schon mal den Esstisch für Sex genutzt?*

13. *Kennt sich die Mitspielerin links von dir in erotischer Massage aus?*

14. *Hat die Mitspielerin gegenüber von dir Erfahrung mit Sex im Büro?*

15. *Hat sich Mitspielerin links schon einmal beim ersten Date verführen lassen?*

16. *War die Mitspielerin rechts schon mal an einem Dreier beteiligt?*

17. *Welche Lieblingssexspielzeuge hat die Mitspielerin links von dir zu Hause? Nenne mindestens zwei.*

18. *Hat die Mitspielerin rechts Erfahrung mit Lebensmittelspielchen (z.B. mit Zuccinis als Naturdildos oder Erdbeeren im Nabel)?*

19. *Hat die Mitspielerin gegenüber es schon mal in der Öffentlichkeit getan?*

20. *Macht es die Mitspielerin links von dir gern vor dem Spiegel?*

21. *Würde es die Mitspielerin rechts anmachen, von Fremden beim Sex beobachtet zu werden?*

22. *Ist die Mitspielerin gegenüber im Intimbereich rasiert?*

23. *Welchen Kosenamen hört die Mitspielerin gegenüber beim Liebesspiel am liebsten – und welchen hasst sie?*

24. *Würde die Mitspielerin rechts aus erotischer Neugier auf eine Kontaktanzeige antworten?*

25. *Mag deine Mitspielerin gegenüber Musik beim Sex?*

26. *Findet deine Mitspielerin zur Linken Dirty Talk antörnend?*

27. *Beschreibe die perfekte Liebesnacht für die Mitspielerin zur Rechten.*

28. *Hat sich die Mitspielerin links schon mal auf Cybersex eingelassen?*

29. *Hatte die Mitspielerin rechts schon mal ein Verhältnis mit zwei Frauen gleichzeitig?*

30. *Hat sich die Mitspielerin gegenüber schon mal auf einer Waschmaschine vergnügt?*

31. *Hat die Mitspielerin links schon mal beim Sex eine Augenbinde getragen?*

32. *Hatte die Mitspielerin rechts schon mal Sex im Auto?*

33. *Welche zwei körperlichen Attribute muss die Traumpartnerin von Mitspielerin links mitbringen?*

34. *Hat sich die Mitspielerin gegenüber schon mal allein in einen Sexshop getraut?*

35. *Hat die Mitspielerin links schon mal vor einer Partnerin onaniert?*

GELB = Feld von »Wahrheit oder Tat«
Die Spielerin, die auf ein Feld dieser Farbe gelangt, muss sich zunächst zwischen Wahrheit und Tat entscheiden. Anschließend liest die Mitspielerin links von ihr aus der Liste die erste Frage (Wahrheit) oder Aufgabe (Tat) vor. Verweigert die Spielerin die Antwort oder die Erfüllung der Aufgabe – zurück an den Start! Weiter geht's mit »Wahrheit oder Tat 2«.

1. Wahrheit: Hast du dir beim Onanieren schon mal vorgestellt, jemand anders zu sein?
   Tat: Formuliere die reizvollen Eigenschaften deiner Mitspielerin links für eine Sex-Kontaktanzeige.

2. Wahrheit: Wie viele Affären und sexuelle Beziehungen hattest du vor deiner jetzigen Partnerin bzw. bis heute?
   Tat: Lass deine Mitspielerin gegenüber entscheiden, wo du sie für eine Minute massieren sollst.

3. Wahrheit: Wann hattest du deinen letzten Orgasmus – und mit wem?
   Tat: Gehe auf die Toilette und komme ohne deinen Slip zurück.

4. Wahrheit: Hast du schon mal für Sex bezahlt?
   Tat: Versuche die Mitspielerin rechts von dir dazu zu motivieren, dich als Callgirl zu buchen.

5. Wahrheit: Was ist dein Lieblingstoy?
   Tat: Du bist in einer Dauerwerbesendung und musst für eine Minute den neuen Mega-Vibrator anpreisen. Los geht's!

6. Wahrheit: Hast du dir schon mal einen Lesbenporno ausgeliehen oder gekauft?
   Tat: Empfiehl jeder Mitspielerin einen Sexfilm oder einen Film mit einer heißen Sex-Szene, gern mit Phantasietiteln.

7. Wahrheit: Hast du schon mal Spiele mit Lebensmitteln gemacht? Mit welchen?
   Tat: Führe vor, wie du glitschige Aprikosenkonfitüre aus einer Kniekehle lecken würdest. Ja, gern an der Mitspielerin rechts von dir.

8. Wahrheit: Zu welcher Musik hast du am liebsten Sex?
   Tat: Leg einen Song auf, zu dem du gern einmal wunderbaren Sex erleben würdest.

9. Wahrheit: Hast du Erfahrung mit Analvergnügungen?
   Tat: Küsse die Mitspielerin deiner Wahl mit den sinnlichsten Lippen auf den Mundwinkel.

10. Wahrheit: Hattest du schon mal ein One-Night-Pleasure? Mit wem?
    Tat: Ersinne einen erotischen Vierzeiler, der sich reimt, und trage ihn laut vor.

11. Wahrheit: Was würdest du tun, um eine lustvolle Nacht mit einer Unbekannten zu verbringen?
    Tat: Geh ans Fenster und rufe laut in den Abend hinaus: »Ich will wilden Sex!«

ROT = Feld von spontaner Action
Wenn eine auf einem der von 1-9 nummerierten Actionfelder landet, hat sie die entsprechende Aufgabe auszuführen. Sonst heißt es: Zurück auf Start!

Die Aufgaben sind auf die jeweiligen Orte bezogen.

1. Arbeitszimmer
Lies deinen Mitspielerinnen eine spannende Stelle aus einem erotischen Text vor. Keine passende Lektüre im Haus? Dann musst du dir eben eine erotische Mini-Kurzgeschichte ausdenken und aus dem Stegreif vortragen.

2. *Wohnzimmer*
   Leg eine schön schnulzige Ballade auf und tanze mit der Mitspielerin, deren Spielstein am dichtesten bei deinem liegt.

3. *Sofa im Wohnzimmer*
   Lass dir mit einem Tuch die Augen verbinden. Errate, mit welchen drei Materialien du von deinen Mitspielerinnen am Arm gestreichelt wirst.

4. *Terrasse*
   Ganz schön heiß hier! Hol einen Eiswürfel und nimm ihn in den Mund. Bitte nun die Mitspielerin, deren Stein am weitesten von deinem entfernt ist, dir das Eis mit den Lippen abzunehmen und ohne Einsatz der Hände in dein Oberteil rutschen zu lassen.

5. *Flur*
   Wähle die stärkste deiner Mitspielerinnen aus und stelle im Rollenspiel eine Liebesposition nach, bei der sich deine beiden Beine in der Luft befinden. Versuche, sie für 15 Sekunden zu halten.

6. *Küche*
   Schneide Appetithäppchen für alle in Herzform zurecht und verfüttere sie so zärtlich wie möglich.

7. *Esszimmer*
   Versorge eine Mitspielerin deiner Wahl mit Sekt oder Selters – allerdings verführe sie dazu, aus deinem Mund zu trinken.

8. *Badezimmer*
   Geh mit der zartesten der Mitspielerinnen ins Badezimmer und creme ihr den Rücken liebevoll mit Bodylotion oder Massageöl ein.

9. *Schlafzimmer*
Besorge dir Accessoires wie Hut, Federboa und Tücher für einen heißen Strip (bis auf den Slip oder so weit, wie es sich gut anfühlt) nach sinnlicher Musik. Lass dir dafür mindestens zwei Minuten Zeit.

SCHWARZ = Wendepunkt
Pech: Du musst eine Ehrenrunde im Flur drehen und den Mitspielerinnen neue Getränke besorgen.

❶ *Kreativer Umgang mit möglichen Stolpersteinen:*
Wenn eine Spielerin von einer Frage oder Aufgabe überfordert ist oder eine Abneigung dagegen hat, ist es wichtig, ihre Grenzen zu respektieren und sie nicht zu Antworten oder Aktionen zu nötigen. Es kann aber auch sein, dass eine kleine Variation der Aufgabe ihr die Durchführung erleichtern würde. Hier ist statt Manipulation sensible Kreativität gefragt.

✪ *Variationsmöglichkeiten und Hinweise:*
Wenn keine Würfel, Spielsteine oder ein entsprechendes Spielfeld vorhanden sind, lässt sich der größte Teil des Spiels trotzdem durchführen – lustbereite Frauen sind ziemlich kreativ!

Spiele, Übungen und Rituale …

… zur Bildung von Vertrauen und kreativer Kommunikation

Wie viele Lesben, die nach der ersten Verliebtheit das Wagnis einer Beziehung eingegangen sind, stehen nach den ersten mehr oder weniger produktiven Streits ernüchtert oder hilflos da? Wie viele Frauen wollen so gern die Unterschiede in ihren Gefühlen und Lebensweisen lebbar machen, ohne sich selbst dabei aufzugeben oder einen schleichenden Vertrauensverlust zu erleben. Manchmal hilft der Austausch mit der besten Freundin, aber nicht immer weiß diese Rat. Paartherapeutinnen hingegen sind rar oder kostspielig, und sie aufzusuchen ist meistens kein schnell gefasster Entschluss, zumal sich nicht nur eine, sondern beide gleichermaßen dazu durchringen müssten. Hier also einige Anregungen zur Selbsthilfe:

Hilfreiche Kommunikationsregeln

Entsprechend der sich allmählich durchsetzenden lesbischen Streitkultur mit den Erkenntnissen aus Mediation und gewaltfreier Kommunikation haben sich ein paar Regeln entwickelt, die eigentlich für alle Gespräche gelten (doch wer schafft das schon, wenn's mal hoch hergeht?), aber besonders wichtig sind, wenn zwei sich bewusst zusammensetzen, um über schwierige Beziehungsthemen zu sprechen.

➲ *Ziel:*
Verbesserung des Kommunikationsstils in Richtung antihierarchischer Grundhaltung, gewaltfreier Kommunikation und effektiver Lösungssuche für beide.

◎ *Zeit und äußere Vorbereitungen:*
Je nach Thema, Zeitbudget und Ziel mindestens 1/4 Stunde, höchstens 2 Stunden (alles darüber fällt meines Erachtens eher in die Rubrik »sexfreier Masochismus«, als dass es der Wahrheitsfindung dient).

♥ *Schritt für Schritt:*
Günstig ist es, sich *vor* dem Gespräch darüber zu einigen, diese Regeln einzuhalten und bei Nichteinhaltung nicht in Vorwurfstiraden oder Rechtfertigungssentenzen abzuschweifen, sondern z.B. eine »Stopp-Regel« zu vereinbaren und zu versuchen, den gleichen Satz noch einmal unter Einhaltung der Regeln zu formulieren.

- Regel 1: *Die Partnerin ernst nehmen*
  Das bedeutet, ehrlich zu versuchen, Äußerungen der Partnerin anzunehmen und nicht gleich zu analysieren, zu kritisieren oder abzuwerten. Durch Abwertungen (z.B. »Dieses Gefühl ist völlig unberechtigt und übertrieben!«) fühlt sich unsere Partnerin oft als ganze Person verletzt und abqualifiziert. Darum ist es besser, sie ausreden zu lassen und sich oder sie zu fragen: Was will meine Liebste mir damit genau sagen?

- Regel 2: *Zuhören*
  Zuhören heißt, die Aussage der Liebsten bewusst, ohne sofortigen Reaktionszwang und mit allen Sinnen wahrzunehmen. Oft glauben wir bereits nach drei Worten der Partnerin genau zu »wissen«, was sie sagen will, und bereiten schon

unsere Antwort vor, anstatt sie ausreden zu lassen und ihr bis zum Schluss zuzuhören. Wir verpassen so oft das Wichtigste ihrer Aussage – es kommt manchmal in einem Nebensatz oder erst ganz zum Schluss. Genaues Zuhören erfordert entspanntes Wartenkönnen.

- Regel 3: *Sie verstehen wollen*
  Verstehen wollen ist mehr als zuhören. Es ist eine Funktion des Herzens in Kooperation mit Wahrnehmung und Einfühlung. Beim Zuhören habe ich die Aussage meiner Partnerin und die damit verknüpften Emotionen wahrgenommen. Verstehen wollen heißt, dass ich mich in ihre Situation hineinversetze und versuche, ihre Aussage aus ihrer Sicht zu verstehen und ihre Gefühle nachzuvollziehen. Oder wie ein Sprichwort besagt: Wenn du deine Partnerin verstehen willst, dann gehe tausend Schritte in ihren Mokassins.

- Regel 4: *Im Gespräch bleiben*
  Sehr oft sind die Standpunkte beider so verschieden, dass sie resigniert schweigen. »Es bringt ja doch nichts …« oder »Meine Partnerin will bloß recht behalten …« oder »Sie versteht nicht, worum es geht …« Im Gespräch bleiben bedeutet, nicht zu kämpfen, sondern sich und der Partnerin Zeit zu lassen, über die Ansicht der anderen nachzudenken, um zu einem späteren Zeitpunkt nochmals darüber reden zu können. Manchmal ist es auch günstig, diesen Zeitpunkt konkret zu vereinbaren, um die Klärung nicht auf die lange Bank zu schieben und sich auf diese Weise lange im Unklaren zu lassen, was das wechselseitige Vertrauen nicht gerade fördert.

- Regel 5: *Lösungen anstreben*
  Bei Konfliktgesprächen geht es meist nicht nur um Entlastung durch emotionale Äußerungen, sondern auch um

Wünsche nach konkreten Lösungen. Daher ist es wichtig, gemeinsam nach Lösungen zu suchen und sie verbindlich, konkret und überprüfbar zu machen – inklusive der Verteilung der jeweiligen Verantwortung für die Durchführung.

- Regel 6: *Zwei Gewinnerinnen*
  In einer Beziehung, in der sich beide Partnerinnen gleichwertig fühlen, gibt es keine Siegerin und keine Verliererin. Ein echtes Gespräch ist immer ein Gewinn für beide und kein »erfolgreiches« Machtspiel von einer. Daher ist es besonders bei schwerwiegenden und folgenschweren Differenzen wichtig, mit der Partnerin direkte Auseinandersetzungen oder auch handfeste Streits mit der Aussicht auf konstruktive Lösungen zu führen, wenn wir die bisherige Lösung ablehnen. Dabei lohnt es sich, sich selbst zu fragen, was wir an unserer Partnerin (weiterhin) schätzen und mögen. Die Partnerin gern zu haben macht es leichter, hart in der Sache zu streiten, um wieder weich in der Liebe werden zu können.

- Regel 7: *Die Kunst des Beendens*
  Manchmal ist nach einem harten Streit entweder so viel Energie da, dass »Fortgeschrittene der Liebe« sie direkt in erotische Energie verwandeln können – unabhängig davon, ob nun am Ende schon eine konstruktive Lösung steht oder nicht. Wenn eine oder sogar beide diese aggressive Restenergie mit ihrer Konzentration auf die erotische Anziehung ihrer Körper koppeln können, können sie auch gleich in aggressiv-leidenschaftlichen Sex übergehen, statt bis zur Versöhnungsphase zu warten. Diese hohe Kunst, eine gutgezielte Annäherungsaggression in Form einer sexuellen Annäherung (»Lass dich beißen, du leckeres Miststück …!«) noch wichtiger zu nehmen als die »Abgrenzungsaggression« der verletzten Frau (»Lass mich bloß in Ruhe, ich kann dich

gerade nicht mehr sehen!«) ist natürlich nur zu realisieren, wenn beide sich wirklich darauf einlassen können. Manchmal sind eine oder beide jedoch auch sehr erschöpft oder aber noch verletzt, so dass dies erst einmal noch ausgedrückt werden muss und dann eine Pause (z.B. in Form getrennter Tagesaktivitäten oder über Nacht) benötigt wird. Nach einer solchen Pause hat es sich als sehr liebesförderlich erwiesen, sich noch einmal zusammenzusetzen und sich gegenseitig einige Minuten schweigend in die Augen zu schauen, dabei ohne Worte die eigenen Gefühle mit den Augen auszudrücken und ihre Gefühle wiederum ohne Reaktionszwang offen wahrzunehmen.

Wenn ein Paar es schafft, diese Regeln selbst beim Austausch über sehr bewegende oder nervenaufreibende Themen weitgehend einzuhalten, verdient es wirklich ein gegenseitiges Lob, selbst wenn noch nicht alles geklärt ist und es für die Erarbeitung von Lösungen weiterer Gespräche oder einer gewissen Übung (z.B. beim Erlernen bisher vermiedener Haushaltstätigkeiten) bedarf!

❶ *Kreativer Umgang mit möglichen Stolpersteinen:*
Manche Paare sind derart geschickt im Einfließenlassen von indirekten Abwertungen oder in subtilen Machtspielen, dass es äußerlich den Anschein hat, als hielten sie alle Regeln ein, während sie in Wirklichkeit jede konstruktive Lösung unterwandern (wenn z.B. eine immer wieder Neuauflagen alter Streits inszeniert, statt einmal gefundene Lösungen zu übertragen oder die »Fehler« der anderen liebevoll anzunehmen, ohne sie dafür zu verurteilen oder insgeheim immer wieder ändern zu wollen). Hier hilft vielleicht der Hinweis, dass die Regeln nur die äußere Form für eine Haltung des offenen Herzens sind und keine Einladung, sie auszutricksen.

✪ *Variationsmöglichkeiten und Hinweise:*
Wenn zwei noch mehr lernen möchten über gewaltfreien Dialog oder konstruktives Streiten: Hierzu gibt es inzwischen ausreichend gute Literatur und Seminare aus dem Bereich der Mediation, des Kommunikationstrainings, der Encountertradition oder des politischen gewaltfreien Aktionismus (siehe z.B. die Bücher von Starhawk und Bryson im Anhang).

Kissenschlacht mit Schimpfwörtern

Gerade bei Lesben, die viel Alltag miteinander teilen, sammeln sich nicht nur schwerwiegende Probleme, sondern immer wieder kleinere »Beziehungsschlacken« an, z.B. in Form von aggressiven, ungeduldigen, besserwisserischen Untertönen, Übersehen, Ignorieren oder Vergessen bekannter Bedürfnisse oder Grenzen von ihr, kleiner beurteilender oder abwertender Bemerkungen oder kühler Kontaktvermeidung. Das ist dann oft in der Situation nicht immer gleich zu »bereinigen«, sondern da hilft nur ab und zu eine emotionale »Entschlackungskur«. Besonders Frauen, die in meiner eigenen Vorurteilsbildung die Kriterien der »klassischen weißen deutschen Mittelschichtslesbe ohne Kinder« erfüllen (gebildet, kultiviert, aggressionsgehemmt, höflich und harmoniesüchtig – ich bin bzw. war nämlich selbst so eine ...), tun sich damit aber aufgrund vieler Normen im lesbisch-feministischen Hinterkopf schwer (»Wir streiten nur, wenn's wirklich wichtig ist« oder »Viele Schimpfwörter sind Männersprache – die benutzen wir nicht mehr«). Da wird ein aggressives Schimpfwort, mit »böse« funkelnden Augen und heftigen Gesten »an die Frau gebracht«, schnell zum Beweis absoluter Lieblosigkeit und männlich-proletarischer Derbheit, die »natürlich« als Indiz für eine sehr eingeschränkte Beziehungsfähigkeit gilt. Da kann ein erweiterter Sprachschatz im »dudenfreien Bereich« die eigene Lebendigkeit enorm fördern. Und das geht oft erst einmal leichter im Spiel als in ernsthaften Gesprächen. Als hilfreich haben sich dabei eine Menge Übungen aus der Encountertradition, aus der Gestalttherapie, aus den verschiedenen Methoden der Kommunikationstherapie und anderen humanistischen Methoden (z.B. dem Psychodrama) erwiesen. Als Beispiel und Anregung hier eine davon:

➲ *Ziel:*
Spielerischer Ausdruck kleinerer Aggressionen im Alltag

◎ *Zeit und äußere Vorbereitungen:*
Ungefähr 20 Minuten intensiven und leicht erschöpfenden Ausdrucksspiels sind häufig effektiver als lange Phasen, bei denen mindestens eine kräftemäßig aufgeben muss oder bei denen jedes Wort auf die Goldwaage gelegt und ernsthaft nachbesprochen wird. Benötigt werden mehrere reißfeste, mittelschwere und nicht zu große Kissen und eine freie Wand. Bei unangenehm neugierigen NachbarInnen empfehlen sich geschlossene Fenster.

♥ *Schritt für Schritt:*

- Eine um die andere wirft mit dem Ausatmen kräftig ein Kissen an die Wand und schreit dabei ein (mehr oder weniger) phantasievolles Schimpfwort, das ihres Wissens nicht gerade schlimme alte Verletzungserfahrungen reaktiviert. Beispiele aus meinem privaten Repertoire:
  Du alte Zimtzicke!
  Du miese Sumpfkuhsau!
  Du dreckiges Schweineaas!
  Schweinepuckel!
  Frechsau!
  Du naives Ferkelchen!

Mistforkensupersau!
Du fiese Obermackerine!

- Jede holt sich ihr Kissen wieder (oder hat gleich mehrere zur Verfügung) und findet im Werfen immer neue Schimpfwort-Variationen oder – falls ihr nichts Neues mehr einfällt – wiederholt die, die für sie selbst die größte aggressive Entladung beinhalten.
- Dann nimmt jede das/die Kissen der anderen und wirft sie wieder an die Wand mit den Begriffen, die sie zu sich gehört hat – also mit Selbstzuschreibungen wie »Für dich bin ich wohl eine alte Zimtzicke« usw., bis sie diese Zuschreibung entweder lachend als einen Teil ihrer »bösen« Seite annehmen kann oder die »alte Zimtzicke« so lange an die Wand »zurückgeschlagen« hat, bis sie sich wirklich davon distanzieren kann.
- Am Schluss schauen beide etwas erschöpft auf die leere Wand und spüren, was noch von den Zuschreibungen in ihnen ist und was sie erfolgreich wieder »weggeschlagen« haben.

❶ *Kreativer Umgang mit möglichen Stolpersteinen:*
Oft gehen die Frauen, die sich in der aggressiven Seite der Beziehung von vornherein als schwächer definieren, noch mehr in die schwache Opferhaltung, weinen, atmen wenig und »schlagen« ziemlich kraftlos. Bevor daraufhin das Spiel, weil sinnlos geworden, abgebrochen wird, könnte die mutmaßlich Stärkere sie auch ermuntern, in ihre aggressive Kraft zu gehen, statt sich selbst zurückzunehmen und sich der depressiven Kraft der anderen unterzuordnen.

Auch hier – wie bei den meisten Spielen – gilt jedoch die Stopp-Regel: das heißt, wenn eine klar stopp sagt, muss mit dem Spiel (zumindest bis zum Finden einer für beide spielbaren Variante) aufgehört werden.

Variationsmöglichkeiten und Hinweise:
Wenn beide sich zusichern, nicht (gesichts-)verletzend mit dem Kissen zu schlagen, kann nach dem Schlagen an die Wand natürlich eine klassische »Kissenschlacht« folgen, die wiederum eine lustvoll-aggressiv-leidenschaftliche »Bettentoberei« nach sich ziehen kann.

Und auch hier gilt wie bei den meisten Spielen, Übungen und Ritualen das Motto: Alles kann – nichts muss!

Sinnloses Gequatsche

Viele Frauen reden viel – kluge Worte, geistreiche Worte, gefühlvolle Worte, funktionale Begriffe, rationale, klare, verständliche Redewendungen. Und selbst wenn die Sätze anfangen mit »Ich habe das Gefühl, dass …« enden sie oft genug mit Interpretationen von Verhalten, mit Bewertungen von Haltungen oder mit indirekt-vagen Bedürfnissen. So viel bleibt dabei ungesagt – besonders in Arbeitszusammenhängen, wo viel gesprochen wird. Und auch in Liebesbeziehungen gestatten sich viele nicht, einfach einmal »ins Unreine« zu reden, sondern verlangen von sich selbst im stressigsten Alltag noch geordnete Kommunikation.

So gewöhnungsbedürftig die folgende Übung zunächst erscheint, so erleichternd und entspannend kann es sein, sich Zeit zu nehmen, in der endlich sinnloses Zeug gequasselt werden darf:

Ziel:
Emotionale Entlastung durch Reden in sinnlosen Silben mit viel Gestik und von unverständlichen oder direkt emotional nachvollziehbaren Tönen/Geräuschen begleitet.

◎ *Zeit und äußere Vorbereitungen:*
Ungefähr 10-15 Minuten für das »Sinnlose Gequatsche« (eher aufzuhören hat oft keinen ausreichenden Entlastungseffekt) und noch einmal die gleiche Zeit zum Ausruhen und genießen der Stille danach. Ein Raum, in dem andere nicht akustisch belästigt werden, ist sinnvoll. Für eventuelle Impulse, nicht nur in der Luft herumzugestikulieren, sondern auch z.B. aggressiv auf den Boden zu schlagen oder zu treten: feste Kissen oder Polster vor sich legen.

♥ *Schritt für Schritt:*
- Beide setzen oder stellen sich nicht direkt gegenüber, damit die andere sich nicht automatisch »gemeint« fühlt.
- Beide atmen ca. 1-2 Minuten betont kräftig ein und aus; dabei stellen sie sich z.B. alle Personen des bisherigen Tages vor, mit denen sie noch ein Hühnchen zu rupfen haben oder denen sie immer schon einmal kräftig die Meinung geigen wollten, und alle Situationen, in denen sie nicht genügend zu Wort kamen oder ihre Gefühle nicht ausdrücken konnten. Jetzt ist die Gelegenheit dazu!
- Dann beginnen beide für 10-15 Minuten gleichzeitig und durcheinander ihre sinnlosen Silben, ihre Gesten, ihre Geräusche von sich zu geben und blind um sich zu schlagen und zu treten (und geben höchstens auf die vielleicht räumlich nahe Stereoanlage Acht ...).
- Wichtig ist dabei, sich von den lauten Tönen oder großen Bewegungen der anderen energetisch nicht »unterbuttern« zu lassen, sondern das Eigene dagegenzusetzen oder sich von ihr eher noch inspirieren zu lassen.
- Wichtig ist ebenfalls, sich in dieser Phase nicht damit zu beschäftigen, was an dem Ausdruck der anderen möglicherweise auf mich gemünzt war und umgekehrt, sondern auf maximalen Selbstausdruck konzentriert zu bleiben.
- Eine hat (abgesprochenerweise) die vorher vereinbarte Uhr-

zeit im Blick und signalisiert den Ablauf der Zeit mit einem lauten »Stopp« (das kann auch mit einer Zimbel o.ä. sein).

- Dann beginnt für beide eine Phase des Schweigens (nicht des Darüberredens!), in der jede sich erholen und die Stille in sich und mit ihr genießen kann.
- Das Schweigen kann wieder von der Partnerin mit der Uhr beendet werden, z.B. über eine gereichte Hand oder eine andere Berührung, die der anderen noch ein wenig Zeit zum »Umschalten« lässt.

❗ *Kreativer Umgang mit möglichen Stolpersteinen:*
Manchen Frauen kommen solche Übungen künstlich oder gar lächerlich vor. Das sind sie aber nur für Außenstehende, Ängstliche, Hochkontrollierte und solche, die nicht verstehen wollen, dass sich die eigene Natur gerade in der Künstlichkeit so wunderbar heimlich wieder »durchschleichen« kann, wo sie vorher versteckt, verdrängt oder sonst wie nicht bewusstseins- und ausdrucksfähig war. Das Zaubermittel für die Überwindung solcher Schwellen ist Selbstironie und/oder Hingabe an die Selbsterfahrung im Augenblick.

✲ *Variationsmöglichkeiten und Hinweise:*
Quasselgeübte Paare können dieses Spiel auch zur kleinen emotionalen »Entschlackung« zwischendurch – also in beliebigen Kurzformen – anwenden, wenn diese vom gängigen »Hochdeutsch« ziemlich abweichende Ausdrucksform (z.B. in der Hektik alltäglicher Kommunikationssituationen) von der einen oder anderen nicht missverstanden werden kann.

Meine Liebste und ich verwenden die Quassel-Sprache auch manchmal, wenn wir eigentlich zu erschöpft zum geordneten Reden oder Zuhören sind, aber z.B. aus Arbeitszusammenhängen oder von der Heimfahrt mit der Straßenbahn noch etwas »loswerden« wollen, ohne die andere mit nur mäßig interessanten Alltagsärgernissen behelligen zu wollen.

Liebesgeflüster unterm Schreibtisch

Was ist, wenn deine Liebste nicht nur deine private Liebste, sondern auch deine (liebste?) Kollegin ist? Wie lässt sich eine Liebe pflegen, wenn die Grenzen zwischen privater Liebe und kollegialer Verbundenheit oder auch kollegialer Konkurrenz und Auseinandersetzung ineinanderfließen? Diese Situation ergibt sich häufig in Frauenprojekten oder anderen Arbeitszusammenhängen, in denen vorwiegend oder ausschließlich Frauen zu finden sind, denn diese Frauenarbeitsorte fungieren immer auch als Orte für Erotik und Liebe.

Nun könnte sich ein Liebespaar als im Team arbeitende Feministinnen auch einfach nicht weiter um das Phänomen und seine Konsequenzen kümmern mit der Begründung, dass Liebesbeziehungen schließlich etwas Privates seien und von daher im Arbeitskontext nicht thematisiert oder gar problematisiert werden müssten. Das Problem ist bloß, dass es sich in solchen Fällen nicht mehr nur um rein private Beziehungen handelt, sondern um solche mit einem privat-öffentlichen Doppelcharakter, also um eine dritte Form. Und obwohl in den ersten Jahren der letzten Frauenbewegung so viele Frauenprojekte die geistigen Kinder eines Frauenpaares waren, bewirkten privat liebende Arbeitspaare oder zusammenarbeitende Liebespaare oft eine spezifische Art von Irritation und Un-Ordnung in der Gesamtorganisation. Und so mussten neue Ordnungen (z.B. bei Arbeitsteilungen oder Machtverteilungen) gefunden werden, wenn allen daran lag, diese spezielle Beziehungsform zu integrieren und in ihren möglicherweise anarchischen Elementen (z.B. dem arbeitsbezogenen »Blockieren« der Teeküche durch geschmatzte Liebesbekundungen) zu »kontrollieren« – soweit Liebe, Lust und Leidenschaft eben kontrollierbar sind ... Ich erwähne dieses Thema hier vor allem deswegen, weil ich der Überzeugung bin, dass es möglich ist,

Frauenliebe am Arbeitsplatz nicht heimlich zu betratschen, abzuwerten, totzuschweigen oder stillschweigend zu vereinnahmen, sondern einen konstruktiven Umgang mit diesen besonders grenzverändernden Beziehungsstrukturen sowohl auf der Paarebene als auch auf der Teamebene zu finden.

Nach meinen Erfahrungen tragen folgende Einstellungen und Verhaltensweisen zum konstruktiven Umgang damit bei:

a) auf der Ebene des Paares:

- Je differenzierter ein Paar mit den jeweils einzelnen und den paarbezogenen Grenzen und Nähe-Distanz-Schwankungen umgehen kann, umso differenzierter ist ihnen das vermutlich auch in ihrer Funktion als Kolleginnen möglich.
- Gemeinsame Arbeitsräume erfordern zum Erhalt auch des freizeitorientierten Charakters der Beziehung meist klar definierte Privaträume, wo Arbeitsthemen und Arbeitsstimmungen nichts zu suchen haben.
- Ein Liebespaar, bei dem eine oder beide Frauen ein besonders starkes Harmoniestreben und eine stark ausgeprägte Symbiosetendenz haben, macht es sich mit gemeinsamer Arbeit besonders schwer.
- Zum konstruktiven Ausleben von Themen wie Macht, Konkurrenz, Leistungsorientierung und Erfolg gehören schon im privaten Miteinander ein gehöriger Schuss Aggression und Kreativität – in der Kombination mit dem Arbeitsbereich noch einmal mehr.
- Durch die Möglichkeit einer differenzierten gegenseitigen Unterstützung – mit den Einschränkungen »blinder Flecke« und Selbstüberforderung – können Frauenpaare manchmal selbst unter schwierigsten Arbeitsbedingungen noch eher überleben und sich durchbeißen als Einzelkämpferinnen. (Voraussetzung dafür ist natürlich, sich immer wieder aktiv unterstützen zu wollen und dabei die eigenen Kräfte nicht zu überschätzen.)

- Wenn ein Paar in lebendigem Austausch miteinander bleibt, können die beiden nicht nur eine gehörige Wissens-, Informations- und Deutungsmacht entwickeln, sondern ihre informelle Macht auch nach außen darstellen, wodurch die einzelne Frau z.B. vor Übergriffen von außen stärker geschützt ist und in schwierigen Belastungssituationen häufig schnell eine Solidaritätspartnerin findet.

b) auf der Ebene des Teams:

- Je direkter die Kommunikation in einem Team, desto weniger Projektionen/Übertragungen, Phantasien und heimliche Zuschreibungen gibt es.
- Je klarer die Arbeitsinhalte und die Formen der Arbeitsorganisation festgelegt sind, desto weniger wirken sich emotionale Schwankungen von Einzelnen oder Gruppen darauf aus.
- Je klarer verschiedene Arbeitsrollen verteilt sind, desto leichter kann darauf immer wieder Bezug genommen werden.
- Je klarer ein Team mit Grenzen, Nähe und Distanz umgeht, desto leichter ist es auch für das Paar, dies als Arbeitskolleginnen zu tun.
- Je mehr sich ein Team bemüht, das Paar nicht nur als Paar, sondern auch als Einzelpersönlichkeiten mit Einzelmeinungen und -haltungen aufzufassen, desto differenzierter kann der Umgang mit beiden und der beiden untereinander sein.
- Durch Supervision und Rollencoaching können destruktive Prozesse umgelenkt werden in Richtung größerer Arbeitszufriedenheit, Arbeitseffektivität und Rollenklarheit.
- Jedes Interpretieren und Psychologisieren bezüglich Psychodynamik und Paardynamik der Einzelnen trägt gewöhnlich mehr zur destruktiven Emotionalisierung der Arbeitsbeziehungen bei, als dass es sie wirklich klären hilft.
- Manchmal sind partielle Arbeitsbefreiungen trotz dann notwendiger Mehrarbeit der übrigen Kolleginnen sinnvoller als z.B. die gesamten Schwankungen einer akuten Trennungs-

phase im gesamten Team mitzuerleben und ihre Folgen mitzutragen.

- Je deutlicher ein Team das Persönliche in Arbeits- und anderen öffentlichen Zusammenhängen trennen kann vom Persönlichen in privaten Zusammenhängen, desto eher ist es auch möglich, z.B. verständnisvoll und offen mit dem Paar umzugehen, ohne die Grenzen zwischen Arbeit und Privat dabei völlig zu verwischen.
- Wenn Paare nicht von vorneherein als Paare im Projekt vorhanden waren, sondern z.B. eine Partnerin ihre Liebste als Kollegin in das Projekt geholt hat, ist häufig eine gemeinsame »Probezeit« mit bewusster Bilanz auf beiden Seiten sinnvoll.
- Bei Einstellung eines Paares ist die »Probezeit« umso wichtiger, zumal in dem Fall für alle unbekannt ist, wie mit dieser Dynamik von allen umgegangen wird, welche Kommunikationskompetenzen vorhanden sind und in wieweit das Vorhandensein des Paares sich konstruktiv oder destruktiv auf die gemeinsame Arbeit auswirkt. Dies ist natürlich ein heikler Punkt, weil es einer Diskriminierung nahe kommt, wenn z.B. eine Probezeit nicht verlängert wird, weil ein Paar gerade in der Verunsicherung der Einarbeitungszeit privatpersönliche Schwierigkeiten miteinander (z.B. indirekter Aggressionsausdruck auf der Vorwurfs- und Entwertungsebene) auch beim Konkurrieren um den »Platz in der Gruppe« oder um erste Erfolge in die Gruppe hineingetragen hat. Dies gilt insbesondere deswegen, weil ja auch alle anderen Team-Frauen immer wieder mit ihren privat-persönlichen Nöten und Konflikten auf der Arbeitsstelle (und zwar nicht nur in den Pausen) gehört und verstanden werden wollen.

Und eines gilt für alle direkt und indirekt Beteiligten an dieser Dynamik: Unsere Liebes- und speziell unsere sexuelle Energie ist die schnellste und expansivste Energieform, also macht sie natürlich weder vor dem Kochtopf noch vor dem Schreibtisch halt. Es wäre auch viel zu schade, sie und damit einen Großteil unserer gesamten Lebensenergie für sechs, acht oder mehr Stunden am Tage unterdrücken zu wollen. Denn schließlich fördert sie Freude, Kommunikation, Kreativität und Tatendrang. Aber ein Schreibtisch ist hart und kantig, ein Kochtopf heiß, eine Teamrunde zielorientiert. Wenn wir die Verantwortung für Liebe und Sexualität wirklich tragen, suchen wir uns für die Befriedigung unserer Liebesbedürfnisse eine entspanntere Zeit und einen weicheren Ort, vielleicht auch eine intimere Atmosphäre. Und wenn wir die Verantwortung für Arbeit und Erfolg ernst nehmen, suchen wir uns dafür eine gut abgegrenzte Zeit der Wohlspannung, einen angenehmen wie funktionalen Ort und vielleicht auch eine sachlichere Atmosphäre ...

Ich plädiere also sehr dafür, sich für die verschiedenen Seins-Zustände die geeigneten Zeiten, Orte und Situationen zu suchen und das eine immer wieder zu begrenzen, damit das andere Raum bekommt und leben kann und umgekehrt.

Daher bedeutet z.B. die bewusste Entscheidung, sich nicht grenzenlos auf dem Schreibtisch zu lieben, nicht, es heimlich unter demselben zu tun (was mir als XXL-Frau ohnehin viel zu eng und ungemütlich wäre). Es bedeutet auch nicht, sich selbst zu unterdrücken, indem erotische, sexuelle und/oder andere Liebesgefühle verdrängt oder abspalten werden. Das Geheimnis liegt für mich darin, die eigene erotische und sexuelle Energie so auszudehnen, dass sie sich nicht nur auf die eine Liebste richtet, sondern so weit wird, dass sie alle miteinschließen kann (ohne dies auf der Sex-Ebene auszuleben) – dass sie nicht nur als sexuelles Begehren oder erotisches Entflammtsein erscheint, sondern als lustvolles Lebendigsein den eigenen Geist, das eigene Gefühl zur Arbeit und die Handlungen jeder Einzelnen erfüllt und belebt.

Dadurch entsteht auch der berühmte *flow,* also das leichte Fließen von Energie, das gerade für lustvolle *und* effektive

Arbeitsprozesse charakteristisch ist. Denn warum sind viele Lesbenarbeitsgruppen so kreativ und effektiv? Weil viele Lesben es gelernt haben, nicht gleich mit jeder attraktiven Kollegin eine Affäre oder mehr zu beginnen, die Gruppe oder das Projekt nicht mit dem häuslichen Liebesraum zu verwechseln, sich andererseits die Lust nicht schnöde zu verkneifen, sondern sie aus jeder Pore zu strahlen, sie zu verbinden mit der Lust anderer und so ein tragendes Freudennetz zu schaffen, das zur Grundlage eines vielfältig kreativen und energiegeladenen Frauenbündnisses werden kann.

Dann kann eine solche Arbeitsstelle auch für ein Frauenliebespaar zur weiteren Heimat und zum Ort der sich verbindenden Frauenkräfte werden.

Spiele, Übungen und Rituale …
… zur Verwandlung von Alltagsroutinen

Gerade wenn Paare länger zusammenleben – eventuell auch einen gemeinsamen Haushalt haben –, entwickeln sich geplant oder auch ungewollt Routinen, die eigentlich die Funktion haben, den Alltag miteinander zu erleichtern (z.B. nicht alles miteinander absprechen müssen) und Gewohnheiten auszubilden (z.B. über eingespielte Rollenteilungen), so dass die Komplexität der Beziehungsdynamik reduziert wird. Leider gibt es aber auch schwierige Auswirkungen wie z.B. eine chronifizierte Einseitigkeit von Rollenfestschreibungen, die Freiheit und Kreativität einschränken und damit das »Nervengift des Dauerfrusts« produzieren können. Damit dieses Nervengift Körper und Seele nicht so sehr lähmt, dass Lust und Freude schleichend gedämpft oder per Dauervorwurf an die andere nicht stetig neue Beziehungsgifte produziert werden, hier einige Ideen zum Verwandeln festgefahrener Gewohnheiten:

Rollentausch

➲ *Ziel:*

Hier hat jede die Möglichkeit – nach Absprache eventuell auch die Verpflichtung –, für einen vorher festgelegten Zeitabschnitt einmal in die Fußstapfen der anderen zu treten, um sich so besser in sie einzufühlen, aber auch die eigenen Rollenfähigkeiten und -grenzen deutlicher zu erfahren. Dadurch ergibt sich auch eine realistischere Grundlage (als die bloßen Gewohnheitsargumente) für eine bewusste und gemeinsame Entscheidung, ob die alten Rollen nach dieser Erfahrung beibehalten, verändert oder getauscht werden.

◎ *Zeit und äußere Vorbereitungen:*
Je nach Rolle kann der Tausch für einige Stunden, Tage oder für mehrere Wochen vereinbart werden. Wichtig ist vor und nach dem Tausch eine sorgfältige, vorwurfsfreie Aussprache mit möglichst konkreter Absprache über den weiteren Umgang mit der Rolle.

♥ *Schritt für Schritt:*

- Beide setzen sich gemütlich hin und schreiben für sich auf jeweils mindestens 10 Karteikarten jeweils eine Rolle auf, die sie selbst in der Beziehung spielen, und auf 10 weitere Karten jeweils eine Rolle, die sie der anderen zuschreiben. Die Rollen können direkt (z.B. »die Handwerkerin im Haus«) oder symbolisch (z.B. »die Seiltänzerin im Spiel der erotischen Verführung«) beschrieben werden, nicht jedoch abwertend (z.B. »die ewig zu Späte«) oder zweideutig (z.B. – je nach Bedeutung in der bisherigen Paarkommunikation – »die Mutti vom Dienst«).
- Dann legen beide die Karten auf den Tisch, vergleichen zunächst die Selbst- und Fremdzuschreibungen für die eine, dann für die andere und versuchen dabei, sich mit Urteilen und Bewertungen zurückzuhalten.
- Anschließend gibt es eine vorläufige Rollenanalyse mit z.B. folgenden Fragen:

  Wo gibt es Übereinstimmungen, wo Unterschiede zwischen den eigenen Rollenbeschreibungen und den Rollenzuschreibungen durch die andere?
  Was mag eine daran, was nicht?

Welche Rollen / Aufgaben / Verantwortlichkeiten möchte eine (trotzdem) behalten, welche möchte sie am liebsten (ganz oder vorübergehend) an die andere abgeben?
Welche aktiv ausgeführten oder passiv gelebten Rollen braucht die Einzelne / die Beziehung gerade besonders (z.B. die der technisch Ungeschickten, die immer wieder die Hilfe der anderen braucht und diese dann für ihre Geschicklichkeit bewundert)?
Welche Rollen sind möglicherweise in der Beziehung überrepräsentiert, welche fehlen oder werden nur ausnahmsweise eingenommen?
Wenn die Beziehung noch 2 (oder 5 oder …) Jahre weiterbestehen soll: Welche Rollen könnten den Zusammenhalt fördern, und welche von beiden könnte sie am besten einnehmen bzw. in welchen Situationen wäre es wichtig, dass beide sie einnehmen?

- Jetzt beginnt der Austausch mit der anschließenden Entscheidung über eine Rolle, die eine Partnerin für einen vereinbarten Zeitraum an die andere abgeben kann, eine Rolle, die sie selbst dafür übernimmt, und eine Rolle, auf die beide in der nächsten Zeit verzichten wollen.
- Falls für die Übernahme der neuen Rolle (z.B. »Köchin für die nächste Woche«) noch Hilfsmittel (z.B. eine neue Bratpfanne) oder Tipps (z.B. für die Zubereitung des Lieblingsgerichtes der anderen) bzw. Vorbereitungen (z.B. Markteinkauf) nötig sind, werden dafür Zeit, Geld oder ein hilfreicher Anruf bei einer Ratgeberin eingeplant.
- Jede übernimmt die neue Rolle nicht nur äußerlich, sondern macht sie zu einem fühlbaren Teil ihrer Person, indem sie viel Zeit und Energie darauf verwendet und immer wieder darauf achtet, wie sie sich in dieser neuen Rolle fühlt, welche Fähigkeiten und Grenzen für sie dabei deutlich werden und wie andere darauf reagieren. Manche Rollen verlangen auch, etwas Neues dazuzulernen und alte Gewohn-

heiten über Bord zu werfen. Unter solchen Gesichtspunkten kann es auch für die eigene Entwicklung spannend sein, über weitere Rollenaufteilungen für die Zukunft nachzudenken.

- Das Spiel mit der neuen Rollenaufteilung wird in einem ausführlichen Gespräch ausgewertet und eine Entscheidung für den zukünftigen Umgang mit den getauschten (sowohl mit den übernommenen als auch mit den abgegebenen) Rollen getroffen.
- Zum Schluss schauen sich beide noch einmal ihre Karteikarten an und entscheiden, ob sie weitere Rollen tauschen, neue entwickeln oder »alte Hüte« endgültig ablegen wollen.

❶ *Kreativer Umgang mit möglichen Stolpersteinen:*
Wichtig ist zu beachten, dass selbst noch so differenziert aufgelistete Rollen nie die ganze Person erfassen können, sondern sich eher auf Verhaltensmuster beziehen, die in der jeweiligen Beziehung entstanden sind und auf persönliche Grundmuster hinweisen können. Und: In keiner Liebesbeziehung können wir alle Seiten von uns aktiv leben, so wie wir auch nie alle Facetten der anderen vollständig sehen und erleben können. Statt also bei der Rollenanalyse in ein deprimiertes »Die andere sieht mich ja gar nicht vollständig« zu fallen, können sich beide die Neugier auf sich und auf die andere bewahren und so stetig dazulernen.

Manche neue Rolle erfordert eine gewisse »Anlernphase« – also lieber die »pädagogische Phase« zu Beginn miteinplanen, als den (sowieso erwarteten) Misserfolg vorprogrammieren!

Es ist auch günstig, wenn sich der (subjektiv eingeschätzte) Schwierigkeitsgrad der von beiden jeweils übernommenen Rolle ähnlich ist, weil sonst leicht das Gefühl von Ungerechtigkeit oder Benachteiligung bei einer aufkommen und die Offenheit für neue Erfahrungen einschränken kann.

Variationsmöglichkeiten und Hinweise:
Manchmal werden Rollen deutlicher beschreibbar oder spielbar, wenn sie auf gutmütige und humorvolle Weise übertrieben oder persifliert werden – jedenfalls wenn dadurch keine der Partnerinnen hinterrücks verletzt wird. Und: Jeder engagierte Versuch, eine Rolle zu übernehmen, verdient Lob!

Haushaltstätigkeiten als Tanzspiel

Einige Tätigkeiten im (gemeinsamen) Haushalt bereiten einer oder beiden Freude oder erzeugen zumindest Vorfreude auf ein gutes Ergebnis (z.B. eine gemütlich-saubere Wohnung oder ein leckeres Essen). Manche Arbeiten werden auf die lange Bank geschoben oder widerwillig gemacht, weil ihre Notwendigkeit anerkannt wird. Auch das mühsam erlernte »Positivsehen« aller Dinge fruchtet nicht immer. Ich selbst bin eher eine Freundin vom Herstellen angenehmer Rahmenbedingungen als vom »Schönreden« unschöner Aktivitäten. Daher die Idee, sich bei ansprechender Musik besonders auf Variationen von Bewegungsabläufen zu konzentrieren, die bei den jeweiligen Tätigkeiten vorkommen.

Ziel:
Mehr Freude an den notwendigen Alltagstätigkeiten entwickeln und die üblichen Bewegungsabläufe durch die Variationen bewusster wahrnehmen.

Zeit und äußere Vorbereitungen:
Günstig ist es, sich für verschiedene Tätigkeiten Musik auszuwählen, die eine Veränderung üblicher Bewegungsabläufe fördern, sie z.B. schneller, langsamer, schwungvoller oder besinnlicher gestalten kann.

♥ *Schritt für Schritt:*

- Beide beginnen mit einer Auflistung von Haushaltstätigkeiten, die die eine oder die andere nur ungern oder gar nicht ausübt, obwohl sie praktisch und zeitlich durchaus dazu in der Lage wäre.
- Günstig ist dann als erstes die Auswahl einer Tätigkeit, die beide zusammen machen können und die beide nicht besonders mögen (z.B. in den riesigen Bücherregalen eine erkennbare Ordnung zu schaffen oder Regenrinnen zu reinigen).
- Dann suchen beide Musikstücke mit verschiedenen Rhythmen aus und einigen sich über die Reihenfolge. Dabei könnte das erste Musikstück als zu der Tätigkeit passend eingestuft werden (z.B. Rock-Musik zum energischen Umräumen von Bücherstapeln), das nächste Musikstück als kontrastierend (z.B. Wiener Walzer, nach dem eine vielleicht lieber tanzen möchte als auf der Leiter zu stehen) oder herausfordernd (z.B. New-Age-Massage-Musik, nach der eine auch langsam und bedächtig ins Lesen kommen könnte), das nächste einfach als dem momentanen Gusto entsprechend – wichtiger als die exakte Rhythmusanalyse ist das Spiel mit dem Variationsreichtum möglicher Bewegungen. Zum vereinbarten Zeitpunkt beginnen beide, sich auf ihr Gefühl zu den Bewegungsabläufen konzentrierend, die gewählte Tätigkeit spielerisch in verschiedenen Tempi, Stärken, Bewegungsradien – je nach ausgewählter Musik – auszuführen und dabei statt schneller Zielerreichung immer auch die andere in ihre Bewegungen einzubeziehen oder sich von deren Bewegungen inspirieren zu lassen.
- Den Abschluss bilden das gemeinsame wohlgefällige Betrachten des Erreichten (auch wenn es nur eine Etappe auf dem Weg zum Ziel ist), das gegenseitige Lob und das Nachspüren in einer vielleicht mit einem Cappuccino gekrönten Ruhephase.

❶ *Kreativer Umgang mit möglichen Stolpersteinen:*
Dennoch kann es Konkurrenzen zwischen beiden geben (z.B. in Bezug auf die Schnelligkeit oder Gründlichkeit). Dann hilft manchmal die stärkere Konzentration auf Musik und Bewegung (speziell auf die Innenwahrnehmung dabei), statt auf das erklärte Ziel (z.B. erstes Regal sauber und geordnet). Was mir z.B. auch immer hilft, ist ein kleiner liebevoller Blick oder ein zugeworfener Handkuss.

✪ *Variationsmöglichkeiten und Hinweise:*
Ich selbst experimentiere auch gern mit großen Rhythmusunterschieden bei ein und derselben Tätigkeit oder probiere es manchmal auch mit Musik, die ich für diese Tätigkeit als absolut unpassend erachte (z.B. Liebeslyrik zum Toilettenputzen). Und so wundere ich mich manchmal selbst, wie schnell ich fertig werden oder wie angenehm eine Tätigkeit werden kann, wenn wir sie vierhändig in zärtlicher Langsamkeit ausführen.

Lustanregendes Mojidoku

Was hat dieses japanische Buchstabenrätsel mit lesbischer Paarkultur zu tun? Auf den ersten Blick nichts. Doch viele Paare, die mit ihren geübten Fingern direkt von der PC-Tastatur zum Körper der Liebsten wechseln wollen, wundern sich, dass das gar nicht so leicht ist. Gerade die »Kopfarbeiterinnen« und Stressgeplagten haben oft den Kopf voll von unerledigten Aufgaben und können sich nicht »einfach so« körperlich hingeben. (In meinem Buch *Tantra für Genießerinnen* habe ich deswegen auch einige Übergangsrituale beschrieben, damit frau bei einer lustvollen Körperlichkeit landen kann.) Hier können Sudokus hilfreich sein. (Sudokus sind diese kleinen

		S			G	K		N
				T	S	X	U	
T				N		P		
			X				G	
	P	U		K		S	E	
	K				E			
		P		G				U
	N	X	E	P				
U		K	T			E		

japanischen Zahlenrätsel, die nur eine einzige logische Lösung haben und in unterschiedlichen Schwierigkeitsgraden erhältlich sind.) Nicht umsonst ist das Sudoku-Fieber auch unter Lesben verbreitet, denn diese 9 Zahlen (bei klassischen Sudokus) – jedes Rätsel besteht aus 9 Zeilen, 9 Spalten und 9 Quadranten mit jeweils 9 Kästchen – können die Gedankenwelt wunderbar neutralisieren. Sie bieten dem Großhirn eine schlichte Beschäftigung, bei der der restliche Körper loslassen kann. Damit bilden diese kleinen intellektuellen Logik-Rätsel für manche einen guten Übergang zu tieferer Entspannung oder zum Umwandeln der Stressenergie in Lustenergie. Und wenn dann überdies beide ihr noch nicht ausgetragenes Konkurrenzgerangel im Wetteifern beim gemeinsamen Lösen des

Rätsels austragen, können auch die damit verbundenen Aggressionen einen konstruktiven Weg zum Miteinander einnehmen.

Eine Sonderform des Sudokus ist das Mojidoku, bei dem die Zahlen durch Buchstaben ersetzt werden. Doch wie beim Sudoku liegt auch hier die Lösung darin, dass die 9 Buchstaben (bei diesem Rätsel: E, G, K, N, P, S, T, U, X) jeweils 1 x in jeder Zeile, in jeder Spalte und in jedem Quadranten erscheinen. Es gibt nur logische Schlussfolgerungen und nur 1 Lösung für jedes Kästchen, so dass Raten allein nicht hilft.

Bei richtiger Lösung (s. S. 275) dieses von mir entwickelten Rätsels ergibt sich dann in einer Zeile auch ein recht lustvolles »Wort zum Sonntag« für liebeslustige Frauen …

Viel Vergnügen!

Liebe ist …

Manche Frauen haben in der gemeinsamen Wohnung eine Tafel oder ein Pinnbrett für Dinge, die zu erledigen sind, oder für aktuelle Infos. Eine solche Tafel kann auch mal anders benutzt werden. Zur Pflege der Beziehung können die folgenden »Liebe ist …«-Sprüche dienen, mit denen ich die Paare sich zu Beginn meiner Lesbenpaartantrakurse oft vorstellen lasse:

Liebe ist …
… sanftes Mondlicht – und sie.
… von ihrer bloßen Anwesenheit berauscht zu sein.
… herzförmig.
… bereit zu sein, auch mit nichts zusammen anzufangen.
… der Weg, auf dem zwei eins werden und trotzdem zwei bleiben.
… das Licht, das den Stoff des Alltags glänzen lässt.
… ein zartes Pflänzchen, das sorgsamer Pflege bedarf.

... erst dann zu verschenken, wenn wir sie in uns haben.
... die Zweisamkeit zu suchen, nicht die Bequemlichkeit.
... die Großzügigkeit des Verstehens, wenn ich eindeutig im Recht bin.
... das Wagnis, die andere und die, die sie werden kann, wirklich zu sehen.
... der goldene Schlüssel, der das Tor zum eigenen innersten Wesen öffnet.
... ihre Fehler mit der Großzügigkeit einer weisen Frau zu betrachten.
... bei der Versöhnung den ersten Schritt zu tun.
... die höchste Potenz homöopathischer Medizin.
... eine Frucht, die langsam reift und allmählich immer süßer werden kann.
... den letzten Walzer des Jahres zusammen zu tanzen.
... ein Resonanzraum für die Tiefe der eigenen Gefühle.
... für sie einen Rosengarten anzulegen.
... für sie Zwiebeln zu schneiden.
... gemeinsam auf Wellenkämmen zu reiten.
... ihr lächelnd beim Schlafen zuzusehen.
... ihr das Geschenk ihrer Träume zu machen.
... ihr den ersten Bissen zu überlassen.
... ihr Gelegenheit zu geben, Dampf abzulassen.
... ihr Herz zum Schmelzen zu bringen.
... ihre Wehwehchen wegzupusten.
... ihr im Waschsalon Gesellschaft zu leisten.
... ihr in Momenten von Schmerz und Kummer beizustehen.
... ihr zuliebe auch im roten Sportcoupé vorsichtig zu fahren.
... ihre Lieblingsblumen anzupflanzen.
... ihr zuliebe zum x-ten Mal die Möbel umzustellen.
... einen Streit mit einem Kuss zu beenden.
... im richtigen Augenblick den nötigen Mut aufzubringen.
... die Entscheidung, auch Sehnsucht und Verletzlichkeit zuzulassen.

... Wahnsinn mit einer Prise Vernunft gewürzt.
... wie der Mond: Wenn sie nicht zunimmt, nimmt sie ab.
... schwere Wege gemeinsam zu gehen.
... manchmal wie Ebbe und Flut.
... mit dem Stolz einer Königin das eigene Reich mit ihr zu teilen.
... sie in den kleinen Alltagsmomenten als kostbar zu erachten.
... sie verewigen zu wollen.
... das Elixier, das die Kräfte beider verzehnfacht.
... in jungen Jahren unwissende Seligkeit, in reifen Jahren wissende Süße.
... wenn du bei ihrem Anblick lächelst.
... zwei Herzen, zwei Kerzen und eine Seele.
... ?
... ?
Was kommt euch noch spontan in den Sinn?

Diese Liebesbotschaften lassen sich natürlich auch auf Karten schreiben und neben den Wecker legen oder in der Wohnung verstecken oder in ihrem Lunchpaket für den nächsten Arbeitstag unterbringen ... Und ein einziger »Liebe ist ...«-Satz als SMS kann ihr sehnsüchtiges Herz erfreuen und auf den gemeinsamen Feierabend einstimmen ...

Erlaubt euch die kleinen, wenig aufwändigen kreativen Einfälle des Alltags, die die Liebe nähren.

Spiele, Übungen und Rituale …

… für sinnliche und sexuelle Freuden in intimer Zweisamkeit

Liebe, Freude, Erotik, Sinnlichkeit, Sexualität – das ist expansive Lebensenergie in ihren vielfältigen Formen und Qualitäten! Und nicht nur das: Je mehr und bewusster ich eine Form entwickele, desto förderlicher ist das für alle anderen Formen. Das heißt also, auch mit der Freude über die aufgehende Rosenknospe kann ich meine sexuelle Empfindungsfähigkeit fördern, genauso wie ich durch freudvolle Orgasmen die sinnliche Wahrnehmung der Natur genüsslich verstärken kann. Das bedeutet: Egal, wo ich beginne – die Frequenz der Freude schwingt dort, wo sie zugelassen wird und verstärkt die Wellen ihrer expansiven Energie dort, wo beide sich ihr hingeben.

Der Tanz auf dem Vulkan

Tanz und Sex sind die bewegtesten Ausdrucksformen unserer Lebensfreude und unserer Liebe zum Leben. Tanz und Sex sind die ältesten und ursprünglichsten Formen, die unsere Sinnlichkeit, Erotik und Sexualität annehmen kann – besonders natürlich in der Begegnung mit der anderen.

So habe ich einzelnen Tanzbeschreibungen meine eigenen Assoziationen zu und Erfahrungen mit lesbisch-sexuellen Begegnungs- und Bewegungsformen angeschlossen. Lasst euch davon inspirieren, vielleicht einmal andere Rhythmen zu probieren oder mit der Vielfalt an Spielen und Bewegungsabfolgen eigene Tänze auf dem Vulkanfeuer sexueller Gelüste und Leidenschaften zu kreieren.

Das geht natürlich am besten mit kindlicher Neugier, erwachsenen Sehnsüchten, einer Prise Humor, einem Esslöffel Geduld und einem Schuss Frechheit in der gemeinsamen Umsetzung eurer Ideen und spontanen Mixturen ...

➲ *Ziel:*
Spiel mit verschiedenen Tänzen und ihrem erfahrbaren Bewegungsausdruck der jeweiligen Paardynamik.

◎ *Zeit und äußere Vorbereitungen:*
Es reicht schon eine kleine Einheit von ungefähr 15 Minuten für 1-2 Tänze. Wenn ein Paar sich jedoch Zeit für die Erfahrung seiner Vielfalt und der Auswertung dieser Erfahrung nehmen möchte, sind eher 2 Stunden oder mehrere Einheiten in Folge angebracht. Dabei reicht für die kurze Version oft schon der Wohnraum, die Diele oder der Sandstrand. Doch als passionierte Standard- und Lateintänzerin bevorzuge ich natürlich das Parkett – möglichst noch erweitert um den Spiegel und die Anregung durch andere Paare.

♥ *Schritt für Schritt:*

Tanz/Beschreibung:	**Assoziationen zum lesbischen Sex:**
Tanz allgemein ist eine lustvoll-anstrengende Ganzkörpersportart, die der Führenden wie der Folgenden hundertprozentigen mentalen wie emotionalen Einsatz abverlangt. (Im Volksmund gilt Tanz als der vertikale Ausdruck eines horizontalen Bedürfnisses ... Na ja, das stimmt wohl nur manchmal ...) Das Tanzen ist ein wichtiger Bestandteil vieler Religionen und Kulturen. Getanzt wird zum Beispiel, um Göttinnen anzubeten, Mächte zu beschwören (Regen- und Fruchtbarkeitstänze) oder als Teil von Initiationsriten. Ein modernes Überbleibsel alter Fruchtbarkeitstänze ist vermutlich der Bauchtanz.	**Sex** ist eine ganzkörperliche Begegnung, die den Liebenden hundertprozentigen psychischen wie körperlichen Einsatz abverlangt – sonst wird er eher flach, mau oder frustrierend. Lesbischer Sex ist eine der individuell verschiedensten und wesentlich auf Lust, Liebe und Beziehung ausgerichteten »Gangarten«. Sie kann in den tantrischen und taoistischen Formen nicht nur eine körperlich-emotionale Begegnung, sondern auch eine spirituelle Erweiterung bedeuten und damit wieder den Bogen zu den alten wie neuen Religionen schlagen.
Wiener Walzer ist einer meiner Lieblingstänze, weil ich es genieße, wenn beide eins werden in einem raumgreifenden Schwung. Mit seiner gleichmäßig schwingenden und kreisenden Bewegung lässt er vergessen,	**Sex** Hier assoziiere ich die Lichtseite der positiven weiblichen Symbiose beim Lieben – wenn nämlich zwei selig miteinander verschmelzen zu einer schwingenden, kreisenden Bewegung zweier Wonnekörper, bei der

dass nur wenige Figuren getanzt werden.

einer durchaus auch etwas schwindlig werden kann. Die Schattenseite ist dann wohl der Stress mit dem angestrebten gemeinsamen Orgasmus – statt ihn einfach passieren oder eben auch sein zu lassen.

Langsamer Walzer

In der Kombination von schwingenden, pendelnden und wellenförmigen Bewegungen wird der weiche und runde Charakter des Tanzes erzeugt. Hier gibt es raumgreifende Drehungen, in denen das Paar wie ein Pendel von Höhepunkt zu Höhepunkt schwingt. Das weiche Ein- und Ausschwingen zur schmelzenden Musik klassischer Walzermelodien macht ihn zum »Tanz des Herzens«.

Er gilt als der harmonischste Standardtanz und wird häufig zur Eröffnung eines Festes getanzt. Wegen seines gemäßigten Tempos bietet er besonders gut die Gelegenheit, »Equality« (= Gleichheit) zu erlernen, den stetigen Wechsel zwischen Führen und Folgen, so dass jede sich in jeder Rolle immer wieder neu erfahren kann.

Sex

Hier assoziiere ich die zärtlich-anschmiegsame Form des lesbischen Kuschelsex, der nicht so viel Energie benötigt und dadurch viel länger andauern kann oder von Höhepunkt zu Höhepunkt pendelt – verfeinert um individuelle Kapriolen und eine sanft schwingende Stimmung beider. Als Schattenseite sehe ich das klassisch weibliche Harmoniestreben, das dazu führen kann, dass schon Ansätze von Leidenschaft zu Störungen im harmonisch-sanften Schwingen werden und Unterschiede in den Bedürfnissen nicht vorkommen dürfen – zumindest in den Augen derjenigen mit dem emotionalen Führungsanspruch – es sei denn, ihre Partnerin ist selbstbewusst genug, um die Equality-Qualität, also den lebendigen Wechsel in den Liebesaktivitäten zu verlangen.

Foxtrott

Der Foxtrott ist ein Gesellschaftstanz mit zahlreichen Figuren, die ihn auf schwungvolle Weise interessant machen können. …

Sex

Wenn der gemeinsame Sex in der sonst so harmonischen Langzeitbeziehung allmählich etwas schwächelnd vor sich hin trottet und sich eher rar macht, ist es meist Zeit für neue Figuren oder Räume – und wenn es der Strand auf Lesbos ist …

Discofox

Discofox ist die flottere Form mit vielen aus den Lateintänzen übernommenen Figuren. Die Discofox-Szene setzt grundsätzlich alles in Tanz um, was sich irgendwie wie ein Viervierteltakt anhört. Vom Tempo her gibt es keine obere Grenze.

Allerdings gibt es hier auch die gemeinsamen Bewegungen, bei denen eine aus innerer Bewegtheit ein hohes Tempo in der Erregung hat, während die andere gerade auf »Slow Sex« steht. Diese verschiedenen Zeitrhythmen der Liebe kreativ zu kombinieren oder geduldig nacheinander zu leben, ist ein wichtiger Aspekt bei der Kunst, Frauen zu lieben.

Slowfox

Er ist charakterisiert durch fließende, raumgreifende Bewegungen und verkörpert von allen Standardtänzen am besten das englische Understatement. In den auf- und niederschwingenden Gehbewegungen entsteht die typische leichte Wellenbewegung, die die fließenden Übergänge zwischen den einzelnen Tanzfiguren ermöglicht.

Das englische Understatement des Slow Sex ist immer wieder bei den nur auf den ersten Blick cool wirkenden Butches (und natürlich auch anderer Frauen mit ähnlichen Qualitäten) zu finden, die es verstehen, die feurige Vulkanenergie ihres Begehrens so geschickt über die Zeit zu dehnen, dass die Glut noch tagelang auf der Haut der Femme zu sehen ist …

Quickstep
Der Quickstep wird im Gegensatz zum Slowfox spritzig und voller Übermut getanzt. In der Familie der Standardtänze gilt er als »der Sekt unter den Weinen«: perlend in seinen langgestreckten Bewegungen und spritzig in seinen Hüpfschritten.

Die Quickies – bei vielen Lesben immer noch als oberflächlich und zu genital fixiert verpönt – sind die spontan-spritzige Version, bei der die spitzen klitoralen Orgasmen im Vordergrund stehen und räumliche Bedingungen wie Küchentische oder wackelige Tretboote sowie herbeilaufende Deichschafe den Reiz der spontanen »Impulsdurchbrüche« durchaus erhöhen können.

Europäischer Tango
Charakteristisch ist der Kontrast zwischen harten und weichen Bewegungen, seine ausgeprägte Dynamik und die enge Paarbeziehung. Die scharf akzentuierte Bewegung wird durch die rhythmisch betonte Musik unterstützt und gibt dem Tanz sein unverwechselbares Gesicht. Er ist geprägt vom Wechsel zwischen Aktion und Pause. Die »abrupten Aktionen« (von knappen, schnellen Kopfbewegungen begleitete Schritte) werden im Knie weich abgefangen, was dem Tango das Doppelgesicht verhaltener Leidenschaftlichkeit verleiht.

Sex
Dies ist einfach *der* Rhythmus für Paare mit einer hohen Spannung und Dynamik. Die ruckartig-explosiven Orgasmen wechseln mit weichen, implosiven Orgasmen, gefolgt von den verhalten-leidenschaftlichen Bewegungen, die den Zeitpunkt der nächsten Explosion noch nicht wirklich ahnen lassen. Diese ausgeprägte Dynamik zeigt sich jedoch meist nur bei gutem, direktem Kontakt zweier selbstbewusster, energiegeladener Ladies, die wissen was sie wollen ...

Tango argentino

Er gilt als ein Plädoyer für das »Weniger ist mehr« im Tango und dafür, mit dem sehnsüchtigen oder traurigen Herzen statt mit dem Kopf zu tanzen und dem Figurenfetischismus zu verfallen.

Sex

Hier assoziiere ich die gleiche Leidenschaft wie beim o.g. (europäischen) Tango, aber auf stille Weise verfeinert, noch raffinierter, überraschender und inniger. Das können alle erleben, besonders gut jedoch frisch verliebte Alte, die die sportlichen Varianten nicht mehr so interessant finden. Hier assoziiere ich ebenso all die offenen, weichen Frauen, die ihr Herz anrühren und manchmal im Orgasmus auch ein paar Tränen fließen lassen.

Rumba

Die Folgende schwankt zwischen Flucht und Hingabe und die Führende zwischen »Selbstherrlichkeit« und »Zuneigung«. Eine Rumba erfordert Ausdruckskraft und Sparsamkeit der Mittel.

Sex

Eigentlich ist jeder Sex wie eine Rumba: ein Tanz zwischen Flucht und Hingabe, zwischen selbstbezogenem Luststreben in der Damensolodrehung und zärtlicher Zuneigung im Auf-sie-zu-Tanzen. Spontaneität und Kreativität im Ausdruck wechseln mit Ängstlichkeit und die wiederum mit liebevoller Begegnung. Die Höhepunkte sind nicht so wichtig wie die wechselhaften Höhenwege, selbst wenn gelegentlich Umwege dabei sind ...

Cha-Cha-Cha

Im Cha-Cha-Cha kommen ähnliche Figuren vor wie in der Rumba, aber allein durch seine Schnelligkeit ermutigt er zu übermütiger Ausgelassenheit und kokettem Flirt.

Sex

Hier denke ich besonders an Verliebte, die schon gemerkt haben, dass sie wirklich verliebt sind, auch wenn sie sich Seitenschritte oder Seitensprünge vielleicht (noch) gar nicht verbieten wollen. Aber die übermütige Ausgelassenheit und die spielerische Koketterie der Flirtatmosphäre lässt sie auch nach den Solodrehungen immer wieder zusammenkommen.

Jive

Der Jive bringt robuste Lebensfreude zum Ausdruck. Er war der »Tobetanz« der Vor-Beat-Generation, aus dem sich der akrobatisch-athletische Rock'n'Roll entwickelt hat.

Sex

Hier denke ich trotz vieler Jive tanzender »Safias« (Lesben ab 40) immer wieder an die sportlichen Junglesben, die es verstehen, den auffordernden Flirtblick geschickt mit guten Muskelspielen (z.B. des PC-Muskels) zu verbinden und dadurch die lustvoll-sportliche Seite hitziger Sexualität zu betonen.

Außerdem macht das Toben beim Sex herrlich munter, wandelt Stress und kleinere Aggressionen geschickt in Leidenschaft um und ist oft ein gutes »Vorspiel« für ruhigere Gangarten.

Salsa

New York Style

Der New York Style unterscheidet sich von anderen Stilen im Wesentlichen dadurch, dass er der folgenden Dame mehr Freiraum zur Selbstdarstellung lässt. Es wird viel Wert auf Solo-Einlagen gelegt und auf Show-Effekte wie Fall-Figuren.

Cuban Style

Im Gegensatz dazu ist der Cuban Style kreisförmig ausgerichtet; darüber hinaus bestimmen Wickelfiguren und die dominante Führung das Tanzbild. Er ist aber auch viel weicher und runder in den Bewegungen, sehr hüftbetont und damit noch sinnlicher und erotischer – wenn die Führende der Folgenden genug Raum dafür lässt.

Sex

Diese Freiräume zur Selbstdarstellung sind natürlich ein wunderbares Aktionsfeld für alle lebenslustigen Narzistinnen, Egomaninnen, aber auch für die, die in den Anfangsphasen einer sexuellen Beziehung noch nicht alle empfindlichen Seiten, sondern erst einmal die eigenen Schokoladenseiten präsentieren wollen.

Achtung: So manche selbstunsichere Gespielin geht dabei eher auf Rückzug, statt ihr in die Arme zu fallen, besonders wenn sie glaubt, für ihren Selbstausdruck keinen Raum mehr zu haben. Wenn jedoch zwei Solistinnen zusammenkommen, helfen nur kreative und aufmerksame Abstimmung und klare Führungsvereinbarungen, sonst ist der unsanfte Break vorprogrammiert ...

Samba

In Wiegeschritten und Drehungen, Rollen und Promenadenläufen bewegen sich die Paare mit schneller Schwungkraft durch den Raum. Die binnenkörperliche Wellenbewegung

Sex

Diese schwungvollen Wellen schäumen oft hoch, befeuchten die andere mit ihrer Gischt und lassen ihr dennoch genügend Raum für die lustvolle Wahrnehmung ihres eigenen Körpers –

jeder Einzelnen wird dabei durch die Bauchmuskulatur erzeugt und entfacht selbst bei den ruhigeren Schritten eine erotisch getönte Wahrnehmung des eigenen Tanzkörpers.

wenn sie schnell genug darin ist, denn expansive Lebensfreude ist eben nicht langsam ...

Paso doble

Der Paso Doble ist eine Darstellung des Stierkampfes. Die Folgende stellt nicht den Stier dar, sondern das rote Tuch der Torera. Führende und Folgende bewegen sich also gemeinsam um einen imaginären Stier. Der Tanz erfordert große Präzision und eine stolze Aufrichtung mit einer Spannung, die ohne Höhepunkte kaum aushaltbar wäre.

Sex

Wenn der gemeinsame Stier die machtvolle Ausstrahlung animalischer Wildheit verkörpert, können Sex-Spiele wie »top und bottom«, »Abenteuerin und Unschuldslämmchen« oder das schlichte Spiel »erst locken, dann bocken« immer neue reizvolle Varianten bekommen, die allerdings zielsicher immer wieder auf klare Höhepunkte hinauslaufen – also auch ein spannender Tanz für gut eingeübte Langzeitpaare, die die Rhythmen und erogenen Zonen der anderen ziemlich genau kennen und die hart-zarte weibliche Macht genießen wollen, die mit jeder Faser spürbar ist, wenn sie unter den eigenen Händen stöhnend dahinschmilzt ...

Doch Achtung: Auch die Nachwirk- und Ruhepausen sind recht begrenzt und für meditative Rückzüge nicht geeignet!

Flamenco

Dabei ist die Tänzerin völlig im Bann des leidenschaftlichen Geschehens und lässt sich von der Musik leiten. Sie kann – und die meisten guten Tänzerinnen tun das auch – in völlige Ekstase gelangen. In Spanien wird in diesem Fall vom *duende*, dem Geist des Flamencos, gesprochen, der sie gepackt hat.

Sex

Der kultiviert-gezügelt-leidenschaftliche Tanz der Feuerfrau ist vor allem etwas für erfahrene Ekstatikerinnen, die wissen, wie sie die sexuelle Energie in sich und bei der anderen langsam aufbauen und ihre Entladung so geschickt hinauszögern können, dass nicht nur körperliche, sondern auch geistige Orgasmen die Folge sind und diese feine geistig-spirituelle Verbindung die Beziehung stärken und über so manchen Alltagsfrust hinwegtragen kann.

Dieser Tanz auf dem Vulkan ist der Rhythmus der Ekstase, die genauso vielfältige Formen annehmen kann wie ein feuerspuckender, lavaproduzierender Berg. Ein Vulkan drückt das spannungsvolle Verhältnis von Feuer und Erde aus – begrenzt berechenbar, aber genauso wenig kontrollierbar wie die sexuelle Energie der Frau.

Bauchtanz

Bauchtanz ist ein uralter von Frauen zu orientalischer Musik ausgeführter Tanz, der vermutlich auf alte Fruchtbarkeits- und Gebärtänze zurückgeht. Die typischen Bewegungen, das Kostüm und die Tatsache, dass

Sex

Hier spüre ich als alte Bauchtänzerin die Sterne im Becken tanzen, die Schmetterlinge im Bauch fliegen und die glühende Lava des inneren Vulkans zum Meer hin fließen.

Dies ist der Sex der wilden Voll-

die meisten Tänzerinnen den Bauchtanz auf sinnliche, leidenschaftliche oder hingebungsvolle Weise vorführen, tragen dazu bei, dass Bauchtanz oft als reiner Erotiktanz wahrgenommen wird.

blutfrauen, die mit allen Facetten zwischen Leidenschaft, Hingabe, Verführung, Zärtlichkeit, Ekstase und Stille spielen können, ohne sich jemals am Feuer zu verbrennen, weil sie es geschickt durch sich hindurchleiten und so ausstrahlen, dass die andere kaum anders kann, als sich mitzubewegen und die züngelnden Flammen erotischer Freuden im eigenen Körper zu spüren.

Striptease

Oft mit dem leicht bekleidet getanzten Bauchtanz verwechselt, ist er doch eine Sonderform des erotisch-sexuellen Tanzes, bei dem die erotische Selbstdarstellung nicht nur nach Bewunderung heischt, sondern speziell der erotischen Verführung dient.

Sex

Die Kunst der Verführung hängt nicht nur mit dem Mut zusammen, die ersten Schritte zu tun, sondern auch mit dem Mut, so viele Hüllen fallen zu lassen, dass sie gelockt wird und so viel anzubehalten, dass ihre Phantasie angekurbelt und sie aktiviert wird.

Hip Hop

Hip Hop entstand in den späten 60ern als Musik von schwarzen Jugendlichen als eine Alternative zu Bandenkriegen und von friedlichen Breakdance-Crews, die mit ihren akrobatischen Überraschungsbewegungen durch die Straßen zogen. Er zeichnet sich durch sowohl akro-

Sex

Sex statt Aggression? Nein, Sex mit guter aggressiver Energie, die sich austoben und raumgreifend verbinden will. Hier denke ich an die freiheitsliebende Junglesbe, die ihre eigene Sexualität nur kennen lernen kann, wenn sie sich überraschen lässt und immer wieder Neues probiert. Außer-

batische als auch aggressive oder abgrenzende Bewegungen nach klaren und härteren Rhythmen aus.

dem denke ich an die, die Sex gern in der Öffentlichkeit leben und dadurch immer wieder neue Kicks bekommen.

Chartdancing
Hier werden besonders die Videos aus den aktuellen Charts nachgetanzt und so die Atmosphäre und die Charakteristika der Stars nachgeahmt.

Sex
Dabei fällt mir das lustvoll-angetörnte Nachspielen verschiedener Lesbenrollen ein, was sich zu einem neuen gemeinsam gedrehten oder erlebten Film entwickeln kann, wenn beide die eigenen Wünsche dabei geschickt in Rollen kleiden und auf diese Weise klug an die Frau bringen.
Andererseits fällt mir leider auch der hilflose Versuch so mancher Ungeübter ein, klassische Lesbenvideos mit den spärlichen und viel zu kurzen Sex-Szenen nachzuspielen und – dabei die eigenen Bedürfnisse nicht beachtend – ziemlich schräg und verkrampft »rüberzukommen«, weil sie weder im Kontakt mit sich selbst noch mit der anderen ist. Da hilft dann nur ein humorvolles Korrektiv durch die Erfahrenere ...

Kontaktimprovisation
Als zeitgenössischer Tanz geht es bei der Kontaktimprovisation um die aktive Entdeckung aller Bewegungsmöglichkeiten, wel-

Sex
Dies ist die kreativ-bewegte Sex-Variante für Abenteuerinnen, Spielfreudige, Neugierige und Sportliche jeden Alters, die gern

che zwei oder mehr menschliche Körper ausführen können. Die Tänzerinnen versuchen alle Möglichkeiten zu erforschen, wie sie übereinander klettern, rollen oder sich gegenseitig schwingen können.

Toys einsetzen, klettern, rollen oder sich raumgreifend winden wollen. Grenzen setzen nur die Abgrenzungsgesten bzw. die harten Hüftknochen der anderen oder ein paar schnöde Raumgrenzen wie Fensterscheiben, Blumentöpfe oder Stereoanlagen ...

Capoeira

Capoeira ist eine aus Brasilien stammende Kampfkunst. Ursprünglich praktiziert von (männlichen) Sklaven, denen das Kampftraining verboten war, so dass sie es als »Volkstanz« tarnten. Capoeira enthält daher nicht nur kämpferische Elemente, sondern auch sehr viel Akrobatik und Spielerei.

Sex

Von der Sklavin in einer defizitorientierten Abhängigkeitsbeziehung hin zur freien Amazone, die in ihrem Stolz als Frau auch einmal unten liegen oder trotz neugieriger Ohren im Lesbencamp ihren orgastischen Urschrei ausstoßen darf. Was p.c. ist, definiert sie schließlich selbst – manchmal sehr zum Leidwesen ihrer eingeschüchterten Geliebten ...

Kreistanz

Der Kreistanz ist die früheste Form des gemeinschaftlichen Gruppentanzes. Tanzschritte und dazugehörige Melodien wurden in der Frühzeit mündlich überliefert und erst spät niedergeschrieben.

In den 80er Jahren hat der Kreistanz bei uns eine Wiederbelebung erfahren. Getragen von

Sex

Sex im Kreis von Frauen löst entweder alte Hexen- oder neuere Gruppensexassoziationen aus – und schon droht die unsensible Grenzüberschreitung.

Ich selbst kenne wunderbare Kreisformen gemeinsam erlebter Sexualität, in denen nicht nur die Würde und die Grenzen der einzelnen Frauen gewahrt bleiben,

einem Gefühl der Zusammengehörigkeit wurden und werden verstärkt internationale Tänze (vor allem aus dem Balkan) getanzt.

sondern in denen jede das Glück erfahren kann, das entsteht, wenn sie ihren eigenen Intimraum bewusst erweitert und sich mit der ekstatischen Energie der anderen verbindet und den eigenen Prozess durch sie mittragen lässt. Auch die jeweilige Gruppenatmosphäre, die dadurch nachhaltig entsteht, ist von hoher Sensibilität, Offenheit und freudvoller Stille gekennzeichnet.

Sacred Dance

Eine weitere Richtung hat sich parallel zu den Folkloretänzen entwickelt: der so genannte Sacred Dance, der auch als sakraler oder meditativer Tanz bezeichnet wird. Als Grundlage dienen einfache Kreistänze.
Im Gegensatz zur extrovertierten Folklore kommt es beim Sacred Dance eher auf Besinnung und Meditation an. Der sakrale Tanz findet zunehmende Verbreitung in spirituellen und kirchlichen Gruppen und wird auch im pädagogischen und therapeutischen Bereich angewendet.

Sex

Manche Kreisformen gelebter Sexualität betonen noch besonders die Transformation in geistig-spirituelle Energie und schaffen dadurch eine Grundlage für Intuition, Weisheit und Freude, von der jede noch lange zehren und die spirituell-politisch arbeitenden Gruppen Kraft für die nächste mutige Aktion geben kann.

❶ *Kreativer Umgang mit möglichen Stolpersteinen:*
Wenn eine passionierte Rumba-Queen harmonisch mit einer Wiener-Walzer-Königin tanzen will, braucht es vermutlich ein bisschen Offenheit für das Fremde und eine Portion Übung, bevor beide im jeweiligen Takt verschmelzen können. Das Gleiche gilt natürlich auch für entsprechende sexuelle Begegnungen. Und manchmal – nach vielen Konflikten um Führen oder Folgen – ist es einfach nervenschonender und genussbringender, gemeinsam einen neuen Tanz zu erlernen oder es mit neuen sexuellen Aktivitäten zu versuchen …

✪ *Variationsmöglichkeiten und Hinweise:*
Dies sind natürlich nur ein paar tänzerische Annäherungen an die Vielfalt lesbischer Sexualität und noch dazu von mir sehr subjektiv zu den einzelnen Tänzen assoziiert. Vielleicht findet ihr für euch, eure bewegenden und bewegten Gefühle ganz andere Rhythmen oder in den Rhythmen ganz andere Ideen zur Weiterentwicklung, Erweiterung, Kultivierung eurer sexuellen Aktivitäten – nur zu! Der weiblichen Kreativität sind keine Grenzen gesetzt. Ich jedenfalls wünsche mir, dass diese Gemeinsamkeiten von Tanz und Sex euch anregen, selbst weiterzuspinnen, zu spielen, zu erproben und eure Erfahrungen damit großzügig und stolz weiterzugeben, damit möglichst viele Frauen ermuntert werden, ihre Eigen-Art zu finden und in vollen Zügen auszuleben.

Liebe in Wellen

Es sagt sich so leicht, dass es in jeder Liebensbeziehung Höhen und Tiefen gibt, Ebbe und Flut, Fließen und Stocken. Wie aber damit leben, dass die eine vielleicht gerade »verstockt« ist, während die andere symbiotisch verschmelzen möchte?

Eine Möglichkeit ist, die verschiedenen Energiezustände in der Paardynamik zu ermöglichen und zu erlauben, also ihnen Raum und Aufmerksamkeit zu schenken und sie entweder gleichermaßen miteinander oder getrennt zu durchleben in der Hoffnung, dass sich verwandeln oder verstärken kann, was bewusst durchlebt wurde.

Gabrielle Roth hat mit ihren vielfältigen Rhythmuserfahrungen menschliche Bewegungen und Ausdrucksformen in fünf Grundrhythmen des Lebens unterteilt. Sie bietet diese Rhythmen als »ertanzbare Selbsterfahrung« an. Diese lässt sich auch wunderbar als paarbezogene Erfahrung miteinander teilen.

➔ *Ziel:*
Tänzerisch miteinander die fünf Grundrhythmen zu gestalten und dabei neue oder ungeübte Begegnungsmöglichkeiten auszuprobieren, um sie anschließend (z.B. durch neue Formen, sich körperlich zu begegnen) in den Beziehungsalltag hineinwirken zu lassen. Dabei kann ein erleichternder Nebeneffekt sein, die Verschiedenartigkeit der anderen nicht nur theoretisch zu akzeptieren, sondern in der Bewegung zu beantworten, sich von ihr berühren zu lassen und gemeinsam neue Bewegungsmuster zu kreieren.

Zeit und äußere Vorbereitungen:
Mindestens 1 Stunde inklusive Dehnungsübungen zu Beginn; günstig ist ein etwas größerer Raum zum Bewegen und eine Matratze oder Decke zum Ruhen danach. Zur Erleichterung des Hineinfühlens in die verschiedenen Bewegungsrhythmen ist es günstig, sich vorher entsprechende Musikstücke hintereinander zu brennen oder aufzunehmen.

♥ *Schritt für Schritt:*
- Günstig sind einige Vorübungen als sanfte Dehnungen und bewusste »Beatmungen« von Kopf bis Fuß (z.B. nach

Musik von Maniko: *House of the Beloved)* in folgender Reihenfolge:

- Kopf in behutsamer Langsamkeit mehrmals nach rechts und nach links, dann nach vorn und nach hinten bewegen und schließlich in der Mitte einpendeln.
- Schultern nach vorn und nach hinten kreisen lassen, dann so weit wie möglich hochziehen und fallen lassen.
- Die Ellbogen ausstrecken und Kreise beschreiben, die klein anfangen, nach und nach größer und dann wieder klein werden.
- Sich Rücken an Rücken aufstellen; dann beugt sich die erste nach vorn, lässt den Oberkörper sinken, so dass die zweite sich rücklings auf ihrem Rücken ablegen kann; diese konzentriert sich dabei besonders auf das Ausatmen und die Dehnung ihrer Vorderseite; dann kommt sie wieder hoch und zurück in die Ausgangposition, und die Rollen werden getauscht.
- Beckenkreisen in kleinen wie großen Kreisen. Dabei können sich beide auch dicht hintereinander stellen, so dass die Hintere die Bewegungen der Vorderen mit ihrem Becken mitmachen kann. Ein Rollentausch kann, aber muss nicht immer sein.
- Die Füße stehen hüftbreit nebeneinander, die Knie sind nicht durchgedrückt, sie schütteln sich und damit den »Rest« der Frau ein wenig durcheinander.
- Die Füße berühren gehend bewusst den Boden, rollen langsam ab, probieren verschiedene Gangarten und verweilen ein wenig in der persönlichen »Lieblingsgangart«.

• Wenn ihr danach in die einzelnen unten beschriebenen Bewegungscharakteristika gleitet, ist es günstig, zunächst für sich allein zu beginnen, sich in diesen Rhythmus einzufühlen (egal ob er einer gerade gefällt oder nicht), dann Bewegungen dazu kommen zu lassen und dann erst der anderen zu begegnen und in einen gemeinsamen »Tanz« zu kommen.

1. Fließen (in immer größeren Wellen)
Hier geht es darum, dem Fluss der eigenen Atmung zu folgen, in der Bewegung flexibel zu sein und sich so zu bewegen, dass das momentane Sein leicht und mühelos wird. Auch mit der anderen geht es um das »Miteinander in Fluss kommen«, das »Ineinanderfließen« und das Auflösen der kleinen Egoismen oder Hemmungen in der gemeinsamen Bewegung.

2. Stakkato (also ruckartig und im weiteren Verlauf noch abrupter, abgehackter)
Die Bewegungen werden schnell wie das Feuer und wirken allen Zuständen wie Müdigkeit, Zorn und belastenden Erinnerungen aktiv entgegen. Stakkato wird auch Tanzen mit den Knochen genannt, alle Formen von eckigen, abgehackten, kantigen Bewegungen sind möglich. Auch im Paartanz geht es um Abgrenzung, Plötzlichkeit ohne Übergänge, um Überraschungen sowie um Widerstand.

3. Chaos (Bewegungsdurcheinander, bei dem verschiedene Bewegungen nach und nach verbunden werden)
Fließen und Stakkato kreieren das Chaos, das Unkontrollierbare und das Fließenlassen tiefer Gefühle, wie das Wasserelement sie symbolisiert. In dieser Phase geht es um das Loslassen geordneter Bewegungen, um Bewegung aus der tiefen inneren Bewegtheit heraus, um deine Wildheit und das Durcheinander deiner Gefühle – was im Paar noch eine Steigerung erfahren kann, wenn zwei chaotische Zustände aufeinandertreffen.

4. Lyrische Bewegungen
Hier wird sogar das Loslassen im Chaos losgelassen. Lyrik ist Luft und Leichtigkeit. Wenn dein Körper in der Luft tanzt, befreist du dich von Vorstellungen und Illusionen. Das Gefühl der Freude und der sanften Melancholie liegt in der Lyrik. So

könnt ihr auch zusammen die Poesie gemeinsamer Bewegung kreieren und neu zueinander finden.

5. Stille

Stille Bewegungen aus der eigenen Bewegtheit heraus sind manchmal so klein, dass sie von anderen gar nicht mehr zu sehen sind. In körperlichem Zur-Ruhe-Kommen entsteht ein Raum für Berührtheit und innere Bewegtheit. In dieser Phase wende dich wieder mehr dir selbst zu – erfüllt und bewegt auch durch die gerade erlebte Begegnung mit ihr.

❗ *Kreativer Umgang mit möglichen Stolpersteinen:*

Es gibt für jede Lieblingsrhythmen und solche, die sie nicht so gut leiden kann. Statt dann bei dieser Sequenz zu pausieren oder nur mit halber Kraft dabeizusein, schlage ich vor, gerade da ganzkörperlich hineinzugehen und bewusst zu fühlen, was dabei in einer selbst und in der Begegnung mit der anderen passiert.

Wichtig ist auch, die andere nicht in eine Bewegung hineinzudrängen, sondern bei sich zu bleiben und die Begegnungen eher zuzulassen als angestrengt zu »machen«.

Und das Wichtigste bei dieser wie vielen anderen Übungen und Spielen: Alle Intelligenz und Sensibilität nicht in Analysen und Bewertungen, sondern in die bewusste Wahrnehmung, ins Fühlen geben! Die Analysen, die sich dann auch daraus ergeben, sind meist mehr von emotionaler Intelligenz als vom reinen Verstand geprägt und gewinnen dadurch Tiefe.

✪ *Variationsmöglichkeiten und Hinweise:*

Statt gleich darüber zu reden, ist es meist wirkungsvoller, wenn erst einmal jede für sich in der Stille im Sitzen oder Liegen nachspürt, um sich danach gemeinsam noch ein wenig über die jeweiligen Tanz-Erfahrungen und deren Verbindungen zu den Rhythmen der Beziehung assoziativ auszutauschen.

Jede kann auch erst einmal die Bewegungsfolge für sich allein machen und erst beim wiederholten Male die Begegnung mit der anderen einbeziehen. Dadurch hat sie möglicherweise schon etwas mehr Sicherheit und Bewusstheit im Eigenen, bevor sie sich mit ihren Bewegungen und Gefühlen zeigt und verbindet.

Zauber der sinnlichen Verführung

Der Zauber der Verliebtheitsphase liegt häufig im Moment der Verführung. Wie geht das, auch wenn ein Paar schon in anderen Phasen der Beziehung gelandet ist?

Verführung ist die Kunst, die Sehnsüchte und die Grenzen der Geliebten genauso wichtig zu nehmen wie die eigenen Wünsche und dann alles (!) in der eigenen Macht Stehende zu tun, um sie zu motivieren, ihre Grenzen freiwillig und freudig zu erweitern. Mittel dazu sind Charme, Humor, Spiel- und Experimentierfreude, Optimismus, sinnliche Verlockung und augenzwinkernde Zielgerichtetheit. Und: Es lässt sich keine verführen, die das nicht im Innersten auch will! Darin genau liegt der Unterschied zwischen Verführung einerseits und Manipulation und Grenzüberschreitung andererseits: Sie will – wenn auch vielleicht nur heimlich. Es geht also um das sensible Spiel an der Grenze mit dem Ziel, auf lustvolle Weise mehr Nähe herzustellen. Und es geht um die beiderseitige Entscheidung, jetzt gerade in diesem Moment das »Ja« gewinnen zu lassen gegenüber dem »Nein«. Und wenn das »Nein« oder das »Jetzt lieber nicht ...« oder das »Ach, ich weiß nicht recht ...« oder ein »Was soll uns das bringen?« der Liebsten schneller über die Lippen kommt als ein vorfreudiges »Ja«, hilft manchmal ein kleiner Verführungszauber, den ich als ein Beispiel für viele hilfreiche kleine Zaubereien hier beschreiben will.

➲ *Ziel:*
Verzauberung der Liebsten durch kleine Mittel, die ihr ihre Lust auf Liebe, Hingabe, Leidenschaft näher bringen.

◎ *Zeit und äußere Vorbereitungen:*
Vorbereitung über Nacht; für den Verführungszauber mindestens 1/2, höchstens 2 Stunden. Benötigt werden Rosenöl (es geht auch Jasminöl oder ein Öl mit ihrem aktuellen Lieblingsduft), der eigene Beziehungsring oder ein anderes Symbol dauerhafter Liebe, Liebesräucherstäbchen (z.B. Rose, Jasmin, Ylang-Ylang) oder Raumduft »Rose«, Rosen oder ihre Lieblingsblumen, Kerzen, Servietten mit Rosen- oder entsprechendem Blumenmuster, originelle Süßigkeiten oder exotische Früchte.

♥ *Schritt für Schritt:*

- Bereite am Vortag einen Liebesdrink vor, indem du maximal 1 Tropfen Rosenöl auf mindestens 1 Liter Wasser gibst. Schüttle das Gemisch gut, halte dann deinen Beziehungsring hoch, sprich dreimal einen Spruch der Liebe darüber (z.B.: »Du sollst meine Liebe spüren – ich werde dich ganz sanft verführen!«), lege ihn in das Getränk und sprich den Spruch noch dreimal in die Flüssigkeit hinein (wie die Wasserforschung erwiesen hat, ändert sich daraufhin die Molekülzusammensetzung in Richtung Harmonisierung). Lass ihn über Nacht darin. Am nächsten Tag kannst du ihn kurz vor eurem Treffen herausnehmen und dieses Wasser noch mit echten (ungespritzten!) Rosenblättern versehen oder Mangosaft hineinmischen.
- Dekoriere dann den Tisch mit Kerzen in ihrer Lieblingsfarbe, Blumen, den Süßigkeiten (z.B. Zartbitterschokolade in Herzchenform oder kandierte Rosenblätter), den exotischen Früchten und dem Liebesdrink mit zwei Gläsern.
- Bedufte den Raum eher dezent und kleide dich sinnlich zum Wohlfühlen.

- Wenn sie kommt, empfang sie zu ihrem Erstaunen etwa mit den Zauberworten: »Liebste, ich bin jetzt hier und ganz für dich da, egal, was du mit mir tun möchtest oder möchtest, dass ich tue!«
- Wenn sie wissen möchte, was das plötzlich soll, lächle und versichere ihr, dass du ihr später alles ehrlich erklären wirst.
- Wenn sie nicht weiß, was sie mit einer solchen Situation anfangen soll, füttere sie sanft mit den Süßigkeiten/dem Obst, gib ihr von dem Liebesdrink, vielleicht auch durch einen Kuss, nachdem du ihre Ohren schon mit Komplimenten verwöhnt hast, und streichle ihre Haut mit den Blüten der Rosen oder ihrer Lieblingsblumen.
- Tu mit ihr das, wonach dir ist, und spüre, wie weit ihr »Ja« dazu reicht. Geh dabei nicht über ihre ausgedrückten oder für dich deutlich spürbaren Grenzen.
- Wenn sie etwas von dir möchte, das vielleicht nicht genau deinem Wunsch entspricht, spüre, ob du es dennoch mit Liebe tun kannst und tue es bewusst.

  Möge eure gemeinsame Zeit eine lust- und liebevolle sein!

❶ *Kreativer Umgang mit möglichen Stolpersteinen:*
Dieses kleine Verführungsritual birgt viele Stolpersteine und Hindernisse:

- Vielleicht ist sie abgenervt von ihrem Job und will erst einmal bloß ihre Ruhe haben – auch vor dir.
- Vielleicht findet sie das ganze »Brimborium« affig und blöd.
- Vielleicht versucht sie dich in kleinen Machtspielchen dazu zu bewegen, in dieser für sie möglicherweise sehr verunsichernden Situation lieber den Müll wegzuräumen oder Kisten zu schleppen, als sie zu verwöhnen.
- Vielleicht bekommt sie Angst vor der sinnlich-erotischen Atmosphäre und muss versuchen, sie irgendwie zu zerstören.
- Vielleicht will sie einfach ein Bier und eine Stulle und nicht so einen »Kleckerkram«.

- Vielleicht ist sie misstrauisch und wittert eine geheime Strategie dahinter, ihr irgendetwas schmackhaft zu machen (z.B. deine Reisepläne), was sie eigentlich nicht will.
- Und vieles mehr …

Wichtig ist, dass du als Erstes dich selbst verzauberst (z.B. indem du dir deine eigenen Zaubersätze »auf der Zunge zergehen lässt« und sie wie ein Mantra still vor dich hin rezitierst) und dich einhüllst in deine Liebe zu ihr. Und wie das Licht einen dunklen Raum erhellen kann, so kannst du mit konsequenter und sicherer Liebesausstrahlung ihr Misstrauen, ihre Ängste oder Machtspielchen »erhellen« und liebevoll als *ihre* Hindernisse bei ihr belassen, während du sie verlockst, mit dir zusammen hier und jetzt auf die Lustseite der Liebe hinüberzuwechseln.

Es kann für dich oder sogar für euch beide zur Initiation in das tiefere »Ja« zueinander werden, wenn du klar bleibst und ihr Zeit gibst und bei ihr bleibst. Und jede Initiation hat auch etwas mit Initiative zu tun, also mit dem Aktivwerden in diesem Fall für die Liebe, auch wenn alles dagegen zu sprechen scheint!

Der zweite wichtige Punkt ist, genau zu spüren, wo die Grenze zum stillen Masochismus erreicht ist – wenn sie einfach nichts will, was irgendwie mit Lust zu tun haben könnte. Respektiere diese Grenze und beende den Versuch. Du selbst kannst natürlich jetzt in Beziehungsfrust und Grundsatzfragen abgleiten oder dich nach und nach ihrer (Negativ-) Stimmung anpassen. Du kannst dich aber auch ein paar Mal kräftig schütteln, ihre Atmosphäre von dir abschütteln und in ein lustvolles Selbstlieberitual gleiten (wie ich es z.B. in meinem Buch *Tantra für Genießerinnen* beschrieben habe). Du hast die Wahl!

Ein dritter Punkt kann schön-schwierig werden, wenn sie es nämlich schwer hat, sich annehmend hinzugeben und gleich in inneren Druck gerät, die Verwöhnung möglichst bald oder möglichst gleich schön zurückgeben zu müssen. Du tust nicht nur ihr, sondern auch dir selbst einen großen Gefallen, wenn du ihr ernsthaft versichern kannst, dass dies eine höchst »einseitige« Aktion bleiben darf.

✪ *Variationsmöglichkeiten und Hinweise:*
Ein solcher Verführungszauber muss nicht »naturnotwendig« bei klassischen Formen von Sex und Leidenschaft enden. Vielleicht wird es eher ein ruhiger, zärtlicher Streichelabend, ein Anlass, endlich ein schwieriges Thema respektvoll zu besprechen oder ein von ihr schon lange heimlich ersehntes Geschenk der tätigen Liebe, das sie hingebungsvoll genießen kann und dir nie vergessen wird …

Aphrodisische Genüsse für dich, für sie, für alle

Aphrodisiaka sind so wenig notwendig wie ein Sahneeis an einem herrlichen Sommertag, das einer Eisliebhaberin den ganzen Tag versüßen kann. Das wichtigste Aphrodisiakum ist natürlich die Liebe, dicht gefolgt von Verliebtheit, Wahrnehmung von Schönheit und einem ehrlichen Kompliment.

So sind die wenigen aphrodisischen Genüsse, die ich auf den folgenden Seiten beschreibe, nur eine kleine Anregung, einmal (statt oder neben Alkohol) etwas anzubieten, was alle Frauen mit weicher, wacher und liebevoller Wärme erfüllen und dem Liebespaar einen wunderbaren Zauberteppich zum sanften Entschweben, Landen und erneutem Emporschweben bereiten kann …

Aphrodisisches Massageöl

Eine Massage mit einem angenehmen und möglichst vorgewärmten Öl bietet eine sehr gute Möglichkeit, sich sinnlich einzustimmen, den Stress des Alltags hinter sich zu lassen und Verkrampfungen zu lösen. Wenn das Öl dann noch so wohlduftend ist, dass jeder Atemzug zum Genuss wird, kann auch Weiteres (z.B. ein gehauchtes Kosewort) mit dem Atem aufgenommen werden.

Wenn du deine Liebste also nicht nur durch gekonntes Streichen und Kneten verwöhnen willst, sondern den Raum für sie *und* für dich in einen Ort sinnlicher Genüsse verwandeln willst, nimm z.B.:

50 ml Mandel- oder Jojobaöl
10 Tropfen Rosenöl aus Bulgarischer Rose (diese Rosenart hat einen besonders würzigen, tiefen Duft und weniger oberflächliche Süße als z.B. die heimische Wild- oder Teerose)
5 Tropfen Jasminöl
5 Tropfen Ylang-Ylang-Öl

Eine weitere Kombinationsmöglichkeit ist:
50 ml Pfirsich- oder Aprikosenkernöl, alternativ: Sesamöl
5 Tropfen Jasmin
5 Tropfen Marokkanische Rose (hat eine nachhaltige, etwas herbe Süße)
5 Tropfen Sandelholzöl

Gib die Zusätze jeweils Tropfen für Tropfen in das Mandelöl bzw. Pfirsich- oder Aprikosenöl und prüfe zwischendurch immer wieder den entstehenden Duft. Bei der Dosierung der Zusätze ist es wichtig, dass die Mischung für dich gut riecht – es ist egal, ob du die vorgeschlagene Tropfenanzahl oder mehr oder weniger nimmst. Wichtig ist natürlich, dass das gemischte

Öl keine Stoffe enthält, die sie bekanntermaßen nicht mag oder auf die sie allergisch reagiert.

Variation 1: Diese Mischung eignet sich auch für ein duftiges Ölbad vor, nach oder während weiterer sinnlicher Begegnungen.

Variation 2: Diese Mischung kann auch für Duftlampen oder Duftsteine verwendet werden und damit schon vor der Massage den Raum sanft beduften.

Variation 3: Für Ladies, die es besonders gern süß mögen und eine unter der Massage besonders entspannte Geliebte auch gern abschlecken oder anknabbern, hier auch noch meine eigene Lieblingszusammenstellung:

50 ml süßes Mandelöl, alternativ: Sesamöl
2 Röhrchen Vanillearoma aus der Backwarenabteilung
1 Röhrchen Orangenaroma, auch aus dem Lebensmittelregal
1 üppige Prise weißen gemahlenen Pfeffer (Achtung: immer wieder schütteln, sonst setzt er sich leicht unten ab.)
1 Prise Kardamom

Variation 4: Für Damen, die es ebenfalls süß und abschleckbar mögen, gibt es in Frauensexshops auch Flüssigschokolade – allerdings mehr zum Mustermalen, gemeinsamen »Herumschmieren« und Abschlecken als zum längeren Massieren.

Aphrodisischer Feuertrunk

Bei vielen Ritualen reichen sich beide einen Kelch (aus dem der Saft des Lebens und der Liebe gemeinsam getrunken wird) mit einem (Symbol-)Getränk (z.B. Rotwein oder roten Traubensaft zur Assoziation von Blut), das nicht nur zum Löschen des Durstes oder als Anregung für die Zunge dient, sondern auch den Gefühlsfluss zwischen zwei Menschen anregen und das Nährende der intimen Begegnung zu zweit betonen soll. (Für ganze Gruppen – wie in späteren Kapiteln beschrieben – mit einem sinnlichen Charakter oder erotischen Themen sind natürlich auch sinnesanregende Gewürze darin von unschätzbarem Wert.)

Frau nehme also für sich und ihre Liebste:

1/2 Liter roten Trauben-, Erdbeer-, Aprikosen- oder Mangosaft
1 üppige Prise schwarzen Pfeffer (Achtung, seine Wirkung entfaltet sich erst allmählich!)
1 mäßige Prise gemahlenen Ingwer oder entsprechend frische Ingwerwurzeln
1 kleinere Prise Roten Paprika
1/2 Teelöffel gemahlene Bourbon-Vanille (keinen Vanillezucker!)
1 Mini-Prise gemahlene Muskatnuss
1 üppige Prise Zimt
eventuell kurz vor dem Trinken ein wenig Sekt oder kohlensäurehaltiges Mineralwasser zum Prickeln oder – bei zu starker Würzung – zum »Verlängern« hinzufügen

Frau vermische alles gut mit einem Quirl, probiere es immer wieder, bis sie es köstlich findet und wohlig-bedauernd den Löffel sinken lässt und es dann gut vor neugierigen Schleckermäulern versteckt. Kurz vor dem Ritual wird es in einen schönen Ritualkelch oder eine Nachtischschale gegeben und gegebenenfalls mit ein wenig prickelndem Mineralwasser oder Sekt vermischt. Die Wirkung entfaltet sich auch schon bei kleinen Schlucken, wenn z.B. jede ihrer Liebsten ein wunderbares, ehrliches Kompliment macht und ihr dann mit dem Trunk »das Mäulchen stopft«, bevor diese höflich widersprechen kann. Wohl bekomm's!

Falls einer dieser Feuertrunk zu scharf sein sollte, gibt es eine Alternative, für die frau das Elixier jedoch am besten am Vortag vorbereitet:

eine Handvoll Rosmarinnadeln
2 Gewürznelken
13 Anissamen
2 Teelöffel Honig

in 1/4 Liter Traubensaft oder Rotwein kurz aufkochen. Dieses Gemisch wird nach kurzem Abkühlen durch ein Tuch geseiht und am Liebesabend oder am Tag des Rituals mit Wein, Aprikosen- oder Mangosaft aufgefüllt und durchmischt.

Aphrodisische Schokoladenherzen

Frau nehme für sich, ihre Liebste und für ihr geheimes Versteck im Kühlschrank (wird vermutlich ohnehin nicht sehr lange benötigt ...)

2 Tafeln feine Zartbitterschokolade (à 100 g) mit hohem Kakaoanteil
abgeriebene Schale einer halben unbehandelten Orange
3/8 Liter Sahne
3 Teelöffel dunklen Kakao
4 frische Minzeblätter

für eine dazu passende Vanillesahne:
1/4 Liter Sahne
3 Esslöffel Zucker
Mark aus 1 Vanilleschote oder 1 Tüte Bourbon-Vanille
1 Prise Zimt
1 Röhrchen Orangenaroma

Die Schokolade in kleine Stücke brechen und im heißen Wasserbad erwärmen, bis sie flüssig ist. Die Orangenschale untermischen. Die gut gekühlte Sahne steif schlagen und portionsweise unter die noch flüssige, aber leicht abgekühlte Schokolade mischen. Die Kunst liegt hier im richtigen Timing, bei dem die Schokolade noch flüssig bleibt.

3 Herzförmchen (günstig sind die elastischen Formen) mit Öl ausstreichen und dann mit der Schokomasse füllen. Die Oberflächen glattstreichen und die Herzen ca. 2 Stunden in den Kühlschrank stellen.

Die Sahne mit dem Zucker halbsteif schlagen und mit Vanillemark, Zimt und Orangenaroma parfümieren.

Die Herzförmchen kurz bis knapp unter den Rand in heißes Wasser tauchen, damit sich die Herzen leichter auf die Teller stürzen lassen. Anschließend mit Kakao und Minzeblättern verzieren und die Vanillesahne dazu reichen.

(Dies ist ein leicht abgewandeltes Rezept aus dem Buch *Liebesmenüs* von Alfons Schuhbeck.)

Variation 1: Die Liebste darf das Kunstwerk zwar kurz ansehen und gebührend bewundern, dann jedoch werden ihr mit einem zuvor bereitgelegten Seidentuch die Augen verbunden, und sie wird in kleinsten Portionen langsam damit gefüttert.

Variation 2: Freche Geliebte spielen noch mehr damit, indem sie sie an beiden Köstlichkeiten schnuppern lassen und sie ihr immer wieder entziehen (frei nach dem klassischen Frauenprinzip »erst locken, dann bocken«), bis sie immer gieriger wird und es lustvoll in Kauf nimmt, dass du kreativ in ihrem Gesicht herumschmierst (z.B. Muster mit der Vanillesahne malst), bevor sie etwas davon zu kosten bekommt.

Wohl bekomm's!

Heiß durch Eis

Da die Liebe ja zuweilen schweißtreibend ist, bietet sich eine kühle Erfrischung an, die jedoch dank Zimt und Vanille so aphrodisisch wirkt, dass die innere Glut erhalten bleibt oder sich sogar noch beim Verdauen steigert (das gilt auch schon für kleinere Mengen, so dass der Magen nicht liebesunfreundlich belastet werden muss).
Frau nehme für ein Zimtparfait für sich und ihre heißblütige Liebste:

2 Eigelb
50 g Zucker
3/4 TL Vanillezucker
150 ml Schlagsahne
1 TL Zimt
1 Spritzer Orangensaft
Zum Garnieren: frische Mangoscheiben, frische Erdbeeren in Scheiben geschnitten, etwas Schlagsahne und frische Minzeblätter

Das Eigelb mit Zucker und Vanillezucker im heißen Wasserbad schaumig rühren. Dann die kleine Rührschüssel in eine größere Schüssel mit Eisstücken oder sehr kaltem Wasser setzen und die Masse unter Schlagen abkühlen. Die Sahne steif schlagen. Zimt und Orangensaft hinzufügen und alles unter die Dottermasse heben. Dann nicht zu viel probieren, sondern alles in gekühlte Formen (z.B. elastische Herzformen) füllen und im Tiefkühlfach 4-5 Stunden lagern, bis es fest geworden ist. Vor dem Servieren die Formen kurz bis unter den Rand in heißes Wasser halten und auf große Teller stürzen, so dass noch genug Platz bleibt, um sie mit den Mango- und den Erdbeerscheiben, der Schlagsahne und den Minzeblättern zu garnieren. (Dies ist ein leicht abgewandeltes Rezept aus dem Buch *Liebeskochkunst* von Käthe Springer.)

Variation 1: Die kühle Köstlichkeit wird zur Einstimmung auf eine sinnliche Begegnung während eines heißen Schaumbades mit Jasminduft und (ungespritzten) Rosenblättern als Dekoration in aufreizender Langsamkeit an die Liebste verfüttert.

Variation 2: Frau dusche, ohne ein parfümiertes Duschgel zu benutzen, lege ein großes Badetuch unter sich aufs Bett, ein kleineres Handtuch und einen leicht feuchten Waschlappen zum »Resteabwischen« in Griffnähe, drapiere das Zimtparfait mit Garnierungen geschickt und frech auf ihrem nackten Körper, rufe die Liebste schnell ins Bett und warte, während sich jede Pore für ihren freudigen Atem und ihre gierige Zunge öffnet. Wohl bekomm's!

Feuriger Mango-Salat mit Riesengarnelen

Egal, ob vor oder nach oder anstelle einer heißen Liebesnacht: Dieser kühle Salat lässt keine kalt, sondern weckt Lust auf die vielfältige Welt des Genusses und beschwert den Bauch nicht unnötig.
Frau nehme für sich und ihre Liebste:

1 große Mango
1/2 rote Peperoni oder 1/2 kernlose Chilischote (fein gehackt) oder 1 Prise Chilipulver
2 EL Haselnussöl
2 EL Limettensaft
4 EL Orangensaft
etwas Salz
1/2 Bund Koriander (bei Unverträglichkeit alternativ Petersilie)
3 EL Haselnüsse, grob gehackt
6 Riesengarnelen (oder 16-20 Shrimps)

2 EL Sesamöl (alternativ Olivenöl)
1 Limette

Die Mango waschen und schälen. Das Fruchtfleisch erst vom Stein und dann in feine Schnitze schneiden. Diese Mangoschnitze fächerförmig auf zwei großen Tellern anrichten.

Für die Salatsoße die Peperoni/Chilischote waschen, putzen und sehr fein hacken. Das Haselnussöl mit Limettensaft, Orangensaft und fein gehackter Peperoni/Chili verrühren, mit Salz abschmecken. Den Koriander waschen, trockenschütteln und die Blättchen abzupfen. Die Haselnüsse in einer Pfanne ohne Fett kurz rösten.

Dann die Riesengarnelen putzen, waschen und mit Küchenpapier trockentupfen. Das Sesamöl in einer Pfanne erhitzen. Die Garnelen darin bei mittlerer Hitze 8 bis 10 Minuten braten, dabei mehrmals wenden (alternativ können die Garnelen im Sommer natürlich auch gegrillt werden; die etwas kürzere Grillzeit beachten).

Die Riesengarnelen auf den Mangoschnitzen anrichten. Diese Pracht, bei der schon der Köchin der Mund wässrig wird, mit der Salatsoße beträufeln und mit Korianderblättchen, Haselnüssen und dünnen Limettenschnitzen anrichten.

Übrigens: Sinnliches Essen allein reicht nicht zum erotischen Glück, auch Atmosphäre und Ambiente wollen lustfördernd inszeniert sein. Ein aphrodisisches Mahl, bei dem berufliche Probleme erörtert werden, törnt ebenso ab wie ein lieblos gedeckter Tisch. Sanfte Musik, Blumen und Kerzenlicht dagegen lassen die Herzen meistens höher schlagen. Und noch ein Tipp für alle, die auf Aphrodites Pfaden wandeln: Alkohol wirkt nur in Maßen stimulierend – in größeren Mengen macht er der Libido ebenso den Garaus wie Kaffee oder Nikotin.

Wohl bekomm's!

Natürlich könnte ich noch viele Rezepte hinzufügen, aber zum Thema »Aphrodisiaka« gibt es schon einige Meter an Büchern, von denen ich im Anhang einige empfehlenswerte nenne (mit der Einschränkung, dass viele dort aufgeführten Aphrodisiaka auf die männliche Potenz abzielen, auch wenn sie oft z.B. die sinnliche Präsenz und Erregbarkeit allgemein erhöhen). Das Wichtigste ist jedoch, solche Rezepte nur als Anregungen zu nehmen, selbst kreativ zu werden und aus den Lieblingsgerichten mit vielleicht nur geringen Abwandlungen aphrodisische Zaubergerichte zu machen, die dann mit zauberhaftem Lächeln serviert werden.

Mindestens so spannend wie die Rezepte selbst finde ich das »Warum« der aphrodisischen Wirkung. Im Folgenden also ein bisschen »nüchterne« Biochemie, gespickt mit sinnlichen Assoziationen zu einzelnen Aphrodisiaka:

Austern: Austern sind nicht nur eine beliebte Delikatesse, sondern auch eines der bekanntesten Aphrodisiaka. Sie enthalten viel Phosphor und sind sehr leicht verdaulich. Das Erotischste an der Auster ist sicherlich die Weise, wie sie gegessen wird. Die frivol anmutende Art, sie zu schlürfen und genussvoll zu schlucken, bringt sicherlich viele Frauen auf schlüpfrige Gedanken.

Artischocke: Die Artischocke ist ein sehr edles Gemüse. Sie hat den Ruf, bei Verzehr eine kräftigende und lustfördernde Wirkung zu erzielen. Die erotischen Empfindungen werden von den vielen anregenden Bitterstoffen hervorgerufen. Schon rein optisch bietet dieses Gemüse einen erotischen Anblick. Sieht die Artischocke nicht aus wie eine geheimnisvolle Frucht mit verborgenem kostbaren Inhalt, die Stück für Stück entblättert werden will?

Brunnenkresse: Die Brunnen- oder Gartenkresse soll gerade die Frauen »gnädiger« für die Liebe stimmen. In den orientalischen Ländern verwendet man den Samen der Kresse zur

Vitalisierung und zur Aphrodisierung beider Geschlechter. Roh genossen ist die Kresse ein wunderbarer Vitaminspender!

Chili: Chili ist sicherlich der Scharfmacher im doppelten Sinn unter den Gewürzen. Der darin enthaltene Wirkstoff Capsaicin steigert die sexuelle Leidenschaft. Der Charakter des Chili ist von äußerst feuriger Natur, schon kleinste Mengen entfachen Flammen der Lust. Damit sie sich im entscheidenden Moment jedoch nicht zum »Feuerspeienden Drachen« entwickelt, ist bei Chili äußerste Vorsicht in der Dosierung angesagt! Und Achtung: Nach dem Hantieren mit Chilischoten unbedingt Hände gründlich waschen, bevor du die edlen erogenen Zonen deiner Liebsten berührst!

Curry: Curry ist eine indische Gewürzmischung, die unter anderem aus den Gewürzen Pfeffer, Paprika, Zimt, Muskat und Chili besteht. Eine hochexplosive Mischung also, die nicht nur Zunge und Gaumen reizt. Seine vielfältigen Anwendungsmöglichkeiten machen den Curry so beliebt. Ob in Gemüse, in Suppen, zu Fleisch oder zu Fisch, Curry verfehlt selten sowohl seine kulinarische, als auch seine aphrodisierende Wirkung. Der scharfe Genuss treibt nicht nur die Schweißperlen auf die Stirn, sondern regt auch alle Arten von Schleimhäuten zu verstärkter Produktion von Säften an ...

Erdbeere: Die Erdbeere ist nicht nur kulinarisch eine ideale Frucht zur Sinnesanregung. Die prallen, roten Früchtchen sind auch ein äußerst erotischer Anblick. Vitamine pur verspricht der Genuss dieser köstlichen Frucht.

Fenchel: Schon in der Vergangenheit galt Fenchel als ausgezeichnetes Aphrodisiakum, das besonders bei Frauen Wirkung zeigt. Eine genügend starke Dosierung der eigentümlich geformten Knolle kann einen angenehmen Rausch erzeugen, der mit Euphorien verbunden ist!

Ingwer: Der Ingwer ist ein vielseitig verwendbares Liebesgewürz. Sowohl in kräftigeren Speisen als auch in süßen Leckereien macht er froh und frei. Er hat einen sehr intensiven, recht eigenwilligen Geschmack – also bitte erst kosten, bevor das Gewürz großzügig verwendet wird! Ingwer regt Nerven und Blutgefäße an, was für einen späteren Lustgenuss von Vorteil ist. Eine absolute Köstlichkeit ist Ingwer in kandierter Form.

Knoblauch: Die Knolle wurde schon im alten Ägypten verzehrt, um sich Lust und Kraft zu verschaffen. Auch heute gilt Knoblauch noch als starkes Aphrodisiakum. Er stärkt fast alle Organe, reinigt das Blut, erhöht die Vitalität und wird immer wieder erwähnt, wenn langes Leben mit spezieller Ernährung in Verbindung gebracht wird. Knoblauch zu zweit genossen ist sicher angenehmer, als wenn du ihn allein verzehrst und dann deine Liebste mit dem Atem der Leidenschaft beglücken willst.

Minze: Die aus dem Mittelmeerraum stammende Minze wurde in früheren Zeiten oft als Aphrodisiakum genutzt. Das Kraut duftet und schmeckt scharf aromatisch. Es verleiht Gerichten eine erfrischende Note. Die Blätter (frisch oder getrocknet) können auch als Tee aufgegossen werden. Durch ihre stimulierenden Stoffe kann sich gerade die frische Minze als luststeigernd erweisen oder positiv auf trübe Stimmungen auswirken.

Muscheln: Nicht umsonst wird die Vulva der Frau auch Liebesmuschel genannt. Optisch erinnert die Muschel sehr an den geschützten Schoß, der geöffnet wunderbar zartes, weiches und feuchtes Fleisch offenbart. Ihr Anblick ist geheimnisvoll und regt die Säfte des Gaumens an. Das Muschelfleisch enthält u.a. reichlich Eisen, Jod und Kalzium und fördert dadurch den lustbetonten Bewegungsdrang.

Muskatnuss: Schon seit dem 16. Jahrhundert in Europa heiß begehrt. Nicht nur wegen ihrer speziellen Würze, sondern wegen ihrer anregenden bis berauschenden Wirkung. Sie enthält ein Liebesreize weckendes ätherisches Öl, dessen Hauptbestandteil auch die Ausgangssubstanz für die Liebesdroge MDMA (Ecstasy) darstellt. Als Gewürz sparsam dosieren!

Paprika: Der Fruchtknoten der Paprika enthält den Wirkstoff Capsaicin, der Nieren und Hormondrüsen anregt. Bei Genuss dieses vielfältig verwertbaren Gemüses werdet ihr also nicht nur kulinarisch erregt. Die Farbvielfalt in gelb, orange, lila, rot oder grün ist allein schon ein Genuss fürs Auge. Also, lasst euch anmachen!

Petersilie: In der Wurzel dieses Gartenkrauts sind etwa 0,2 Prozent, in den Blättern sogar 2 bis 6 Prozent ätherisches Öl vorhanden. Es wirkt anregend auf die Harnwege und den Uterus und ist damit sexuell stimulierend. Darüber hinaus enthält Petersilie einen beeindruckenden Nährstoffmix aus Vitaminen und Mineralstoffen (Hauptwirkstoffe: Apiol, Myristicin), der nicht nur entwässert, sondern Kraft und Lust auf Lust verleiht.

Pfeffer: Der Pfeffer ist eines der beliebtesten Küchengewürze. Das liegt sicherlich nicht nur daran, dass er je nach Geschmack zu fast jeder Speise passt. Schon im alten Griechenland wurde der Pfeffer als exotisches Gewürz mit der Wirkung eines erotischen Muntermachers genutzt. Bei Genuss dieses aus Indien stammenden Würzmittels werden die Harnwege stimuliert und dadurch die Libido und sexuelle Empfindungen gestärkt.

Sellerie: Diese Knolle macht scharf! Lass dich von dem unscheinbaren Äußeren des Selleries nicht täuschen. Viele Vitamine und ein ätherisches Öl wirken sich positiv verstärkend und kräftigend auf die sexuelle Lust aus. Also, ran an die Knolle!

Spargel: Der Spargel, wohl eines der edelsten Gemüse überhaupt, enthält viele aphrodisierende Substanzen. Phosphor, Kalium und Kalzium setzen in kurzer Zeit große Energiemengen frei. Spargel macht auf angenehme Weise satt, wirkt entwässernd und hinterlässt kein schweres Gefühl im Bauch. Weibliche Unlust kann sich bei dem Genuss dieses schmackhaften Gemüses in pure Leidenschaft verwandeln.

Trüffel: Schon die BabylonierInnen ließen die kostbaren Knöllchen von Schweinen aus der Erde graben. Die Trüffel ist reich an Proteinen und Mineralstoffen, doch auch ihre geheimnisvolle Herkunft aus dem Schoß der dunklen Erde und ihre Seltenheit regen die Gemüter an. Wohl aus diesem Grunde lautet ein altes französisches Sprichwort: »Wer Trüffeln liebt, liebt gut.«

Vanille: Die Vanille ist die Frucht einer Orchidee. Liebeslust-steigernde Fähigkeiten sagt man vor allem der »reinen« Vanille (in etwas höherer Dosierung) nach, wie man sie z.B. in der Vanillestange findet. Für einen aphrodisierenden Genuss geh also ruhig großzügig mit dem Gewürz um. Da Vanille köstlich schmeckt, spricht ja auch nichts gegen größere Mengen. Mit diesem aromatischen Aphrodisiakum können auch Süßspeisen wie süße Sahne, Kompott, Pudding, Milchdrinks oder Kuchen luststeigernd verfeinert werden.

Zimt: Dieses winterliche, schnell wärmende Gewürz lässt sich wunderbar dazu verwenden, Gebäck und Süßspeisen weihnachtlich zu aromatisieren. Es heißt, dass Frauen verführerischer wirken und eher die Initiative beim Sex ergreifen, wenn sie zuvor Zimt genossen haben. Die Zimtstange verfeinert alkoholische Getränke wie Glühwein oder Punsch, aber auch Tee oder Kaffee. Also, auf zur weihnachtlichen Lust ...

Die spielfreudige Liebhaberin

In schamanistischen Seminaren der Cheroquees aus Nordamerika, die uns Europäerinnen ihre Entwicklungen auf dem »süßen Medizinradpfad« weitergegeben haben, habe ich spannende und lernintensive Anregungen zum Thema Belebung und Weiterentwicklung weiblicher Sexualität bekommen. Einige davon möchte ich als Anregungen für eigene Kreationen weitergeben. Zum Zweck leichterer Umsetzbarkeit in unserer Kultur habe ich sie in Form und Bezeichnung ein wenig abgewandelt.

➲ *Ziel:*
Neue Erfahrungen mit der Lust durch bewusstes Spielen vorher ausgesuchter Rollen.

◎ *Zeit und äußere Vorbereitungen:*
Ihr könnt euch z.B. einigen, dass jede (oder zuerst nur eine von beiden) sich für den nächsten »Beziehungsabend« eine Rolle aussuchen darf, während die andere alles tut, was ihr diese Rolle möglichst intensiv erfahrbar machen könnte. Wie sexuell das wird, ist dann eher eine Momententscheidung von beiden.

Bevor sich dann die zweite mit ihrer gewählten Rolle inszeniert, bietet sich eine kleine Pause an, damit die Rollengrenzen sich klären können – es sei denn, die Rollen beider ergänzen sich zu einem für beide stimmigen kreativen Spiel.

♥ *Schritt für Schritt:*
Beschreibungen der einzelnen Rollen:

Die zärtlich-aufmerksame Liebhaberin:

- Das ist die allgemein akzeptierte, angepasste Art von weiblicher/lesbischer Sexualität im hiesigen kulturellen Kontext, von einigen Lesben auch »PC-Sex« genannt.
  Ziel: in Harmonie mit der anderen sein, anerkannt werden als gute Liebhaberin
  Fokus: Wie kann ich mich selbst und die andere (mehr) lieben? Wie weit kann ich gehen, um ihr gegenüber meine Liebe auszudrücken?
- Diese Rolle birgt allerdings die Gefahr, in alten Gewohnheiten hängenzubleiben und sich zu sehr nach angenommenen Regeln politischer Korrektheit, den Auffassungen einer bestimmten Szene oder alten biographisch erworbenen Sex-Regeln zu richten.

Das neugierige Kind:

Das ist das innere Kind, das endlich alles darf – es ist die naive, neugierige Rolle, die mit allen Fragen, mit allen Spielwünschen dasein darf.

Ziel: der eigenen Neugier spielerisch nachgeben und dadurch vieles lernen

Fokus: jede Frage stellen, alles berühren und beriechen, was eine nicht kennt; spielerisch alles ausprobieren, alte Geschichten (z.B. als aufregend erinnerte »Doktorspiele«) nachspielen oder neue Geschichten schaffen (z.B. beim Zelturlaub in einem engen Schlafsack übernachten »müssen« und ausprobieren, wie sich beide darin bewegen können).

Die forsche und forschende Abenteuerin:

- Das ist die Frau, die mutig, wild und entschlossen vor keinem Tabu Halt macht. Sie will alles ausprobieren und findet immer neue Wege der Lust.
  Ziel: ein Risiko eingehen, etwas tun, was eine noch nie gemacht hat
  Fokus: die Angst überwinden, indem eine ihre Lust auf neue Erfahrungen wichtiger nimmt als alle Vorbehalte, Regeln und Normen, und jetzt beschließt, es zu tun

Die unerbittliche Tyrannin:

- Diese expansive Rolle erlaubt Grenzüberschreitungen und dient meist besonders der eigenen sexuellen Weiterentwicklung. Die mit dieser Rolle spielt Meisterin/unerbittliche Herrscherin, die andere Dienerin/Sklavin, was von der Machtverteilung her umgekehrt zu verstehen ist – die »Sklavin« hat die Macht zu bestimmen, was mit ihr gemacht werden soll.
  Ziel: Ziel der Meisterin ist es, der Sklavin maximales Vergnügen zu bereiten (statt vorrangig das eigene Vergnügen zum Ziel zu haben)! Dabei können die Handlungen selbst (z.B. Fesseln oder Befehlen) subtil oder offen sein.

<u>Fokus</u>: Dadurch bekommen beide die Möglichkeit, alte Muster aufzulösen, sich wirklich auf den Körper einzuschwingen, die eigene Vorstellungskraft zu erweitern und Dinge auszuprobieren, die bisher verboten waren, um auf diese Weise das Vergnügen hinter den Tabus zu finden.

- 3 Regeln sind dabei wichtig:
  Vorher vereinbartes Code-Wort unbedingt beachten (oft gilt »Stopp!« als Code-Wort für sofortiges Aufhören).
  Keine nicht vorher vereinbarten physischen Schmerzen (z.B. über erlaubtes Beißen, Kratzen, Schlagen hinaus) zufügen (sonst Abgleiten und Verharren in der dunklen Seite der SM-Lust, die vielen zu viel Angst bereitet bzw. die »Passive« retraumatisieren kann).
  Keine abwertende oder würdelose Behandlung der »Dienerin«, sondern genaues Erspüren, wo ihre Grenzen liegen und wie sie erweiterbar sind.
- So lernen beide nicht nur, alte Muster zu überwinden und dadurch Kraft zu gewinnen, sondern erfahren auch, zu welch unterschiedlichen und intensiven Empfindungen ihr Körper fähig ist und welch hohe Sensibilität entstehen kann, wenn der Verstand nicht mehr die Situation beherrscht.

Die gierig-geile Draufgängerin:

- Diese Rolle bedeutet, mit dem ganzen Körper sexuell zu empfinden und zu reagieren (statt sich nur auf die sogenannten erogenen Zonen zu konzentrieren), und zwar für die Rollenspielerin allein wie auch im Spiel mit ihrer Partnerin oder mit einem (phantasierten) Publikum (z.B. Tanzen, als ob jede Pore geöffnet wäre).
  <u>Ziel</u>: unersättlich sein dürfen, nur Genuss sein dürfen, egal, was sie jetzt über mich denkt; besonders die physische Lust befreien, die sogenannten »niederen Instinkte« hervorbrechen lassen
  <u>Fokus</u>: sich selbst und die andere gleichzeitig antörnen; in

Kontakt sein mit der Wahrheit auch der »dunklen«, ungebändigten, wilden Seite des Körpers und der Seele, ohne diese der anderen aufzuzwingen; sie stattdessen kreativ zum Ausdruck bringen und ein Gegenüber/eine Zeugin dafür zu haben, die die Wirklichkeit dieser Seite widerspiegeln und bestätigen kann.

- Durch das Lebenlassen der oft als dunkel und unschön gewerteten Seiten werden Heilung (z.B. von alten Verleugnungen, Verurteilungen und Einschränkungen der Lust) und Stärke bewirkt.

Die großzügige, weise Alte:

- Das ist die weise Frau, die mit ihrer Sexualität zufrieden/befriedigt ist und so die andere auf ihrem Weg unterstützen kann.
- Diese Rolle erfordert ein tiefes Verstehen der Sexualität, das im Laufe eines Frauenlebens erst allmählich entstehen kann, indem eine viele unterschiedliche Erfahrungen mit sich selbst macht, sich darin selbst annehmen lernt, aber auch Fremdes, kulturell Ungewöhnliches oder Beängstigendes integrieren lernt (was nicht bedeutet, alles ausleben zu müssen, was prinzipiell möglich wäre).
  Ziel: zur Heilerin für die Sexualität der anderen werden aus der Fülle der eigenen Lust heraus. Das vertieft das Verständnis von sich selbst und der anderen.
  Fokus: die Weiterentwicklung der anderen; erfordert Entspannung in der eigenen Sexualität, so dass die großzügige, weise Alte wirklich für die andere da sein kann
- Wichtig dabei: nicht vorzugeben, etwas zu wissen, was eine nicht wirklich kennt

Die hingebungsvoll Empfangende:

- Das ist ein Archetypus aus alten Kulturen, der in unserer Kultur leider entweder im Sinne weiblicher Passivität und

Aggressionshemmung verzerrt wurde oder in der Rolle der Prostituierten meist eine männerangepasste Selbstausbeutung und wenig Authentizität verkörpert. Die hingebungsvoll Empfangende ist keine passiv Erduldende, sondern eine, die ganz in sich selbst bleibt und zentriert ist. So kann sie auch den Mut aufbringen, ihren Körper zum Gefäß für Lust werden zu lassen.
Ziel: völlige Hingabe an die Wünsche der anderen, das heißt auch enorme Ausweitung der eigenen Grenzen, Verzicht auf eigene Wunscherfüllungen und die Fähigkeit, darin das eigene Ego verschwinden zu lassen – ähnlich wie im künstlerischen Prozess des hochkonzentrierten Malens eines Aktbildes.
Fokus: Die klare Entscheidung, dass der eigene Körper die Möglichkeit für die sexuelle Entwicklung der anderen darstellt, statt die eigenen Bedürfnisse in den Mittelpunkt zu stellen. Dadurch wird die Sexualität der einen zum Medium einer spirituellen Verbindung mit der anderen.

Lustvolle Freiheit

- Diese bewusst eingenommene Haltung eröffnet die Möglichkeit, alle oben beschriebenen oder vorher besprochenen weiteren Rollen willentlich anzunehmen, sie nach Gusto zu wechseln, sich »selbstvergessen« hineinzusteigern und beim Aufkeimen neuer Wünsche wieder zu verlassen.
  Ziel: persönliche Freiheit beim Spiel mit Rollen und Situationen erfahren
  Fokus: die jeweilige eigene sexuelle Regung des Augenblicks immer wieder in den Vordergrund zu stellen und das Gegenüber genau darauf einzuschwingen bzw. sich in der Kunst der Verführung und des klugen Arrangements zu üben
- erfordert meist klare vorherige Vereinbarungen mit der anderen über Möglichkeiten und Grenzen des Spiels

Diese knappen Stichworte zu den einzelnen Rollen sollen noch genügend Spielraum lassen, um sie individuell zu füllen und kreativ zu beleben. Jede von uns trägt natürlich all diese Aspekte oder Liebhaberinnenrollen in sich und spielt – ob bewusst oder unbewusst – immer eine oder mehrere davon. Welche – das hängt davon ab, was sie an Verhaltensweisen und Einstellungen bisher gelernt hat, was ihr gefällt und was sie ängstigt oder ihr unangenehm ist. Spannend wird dieses Spiel, wenn eine nicht beim Gewohnten, Erlaubten stehen bleibt, sondern neue Rollen ausprobiert und darüber neue Seiten ihrer Lust zum Klingen bringt.

Die spielfreudige Liebhaberin hat hier also Gelegenheit, neue Rollen mit ihrer Liebsten als lebendigem, neugierigem Gegenüber auszuprobieren und die damit verbundenen neuen oder lange im Dornröschenschlaf schlummernden Qualitäten mit ihr auszuleben. Und wenn wir neue Rollen (z.B. die der forschen und forschenden Abenteuerin) mit der Kraft von Erotik und Sexualität füllen, können wir ihre Wirkung in Richtung Lebendigkeit und Bereicherung unserer Persönlichkeit leicht spüren und auf andere Lebensbereiche (z.B. das Verständnis einer Dienstreise als Abenteuer) übertragen.

Spiele, Übungen und Rituale …
… zur Versöhnung und »Entleidigung«

Die meisten Frauenpaare, die über einen Mangel an Freude, Sex, Freiheit und Liebe klagen, haben im Laufe ihrer Beziehung eine Menge an (gegenseitigen wie einseitigen) Verletzungen angesammelt, die immer noch schmerzen, Angst vor neuen Verletzungen wecken oder ein Gefühlswirrwarr haben entstehen lassen, das es unmöglich macht, die einzelne Schmerzerfahrung wieder loszulassen. So sammeln sich die Gefühlsreste oft an und wirken wie ein anästhetisierendes, also emotional taubmachendes »Nervengift«, das die Herzen und Poren verschließt, die Energiebahnen förmlich verknotet und in zarte Frauenhaut und noch zartere Frauenseelen eindringt und sie von innen her zerfrisst. In sensiblen Beziehungssituationen scheint dann jedes zarte oder ursprünglich leidenschaftliche Gefühl wie eingenebelt oder eingeschlafen, was bis hin zum oft beschriebenen »Bettentod« in lesbischen Langzeitbeziehungen führen kann. Solch ein trüber Nebel aus Groll, Verachtung, Hass, Hemmung oder zur Schau getragener Gleichgültigkeit bewirkt oft zusätzlich quälende Beziehungsdynamiken wie chronische Kritiksucht, Rachsucht und rigide Unnachgiebigkeit.

Um dem entgegenzuwirken, nützen – gerade was die verletzte Frau angeht – Ratschläge wie »Sei doch nicht immer gleich beleidigt!« oder »Sei nicht so nachtragend, sondern übernimm endlich die Verantwortung für deinen Anteil an unseren Schwierigkeiten!« herzlich wenig. Sie quälen die Frau eher noch mit für sie gerade unerfüllbaren Forderungen oder resignierten Abwertungen, z.B. für ihre Unfähigkeit, alte Verletzungen loszulassen. Nach meiner Erfahrung hilft eher ein Prozess der »Entleidigung« nach einer Beleidigung und ein Prozess der Versöhnung oder Aussöhnung mit Verletzungen, die dabei nicht nur benannt und anerkannt, sondern auch – zumindest teilweise – wiedergutgemacht wurden.

Versöhnungsritual für Paare

In den letzten Jahren gab es für Paare viele Anregungen zu einer aktiven »Streitkultur«, in der auch gerade Lesben mit einem überstark ausgeprägten Harmoniestreben im privaten Beziehungsleben ermuntert wurden, sich abzugrenzen, die Unterschiede zwischen beiden ernstzunehmen und nein zu sagen. Bei aller Betonung des notwendigen Neinsagens liegt mir das ernsthafte Ja doch mehr am Herzen. Und das Ja zur anderen ist nicht nur das freudvoll-liebende Zauberwort, sondern auch ein Ergebnis des aufrechten Bemühens um Vergeben und Verzeihen. Denn Kränkungen und Verletzungen passieren – bewusst oder unbewusst. Und sie brauchen heilsame Ausgleichsprozesse, sonst machen sie krank – die Einzelne oder die Beziehung. Auch die Verantwortung für einen Ausgleich zu übernehmen ist Teil einer Paar-Kultur, durch die Lust und Liebe aus der Verliebtheitsphase in die Phasen der erfüllenden Partnerinnenschaft hineinwachsen können.

In punkto Versöhnung gibt es zwar meterweise Esoterik-Literatur über das Loslassen und das Positiv-Sehen, aber kaum eine weiß, wie das wirklich geht. Ich auch nicht. Ich nähere mich jedoch dem Loslassen durch den Zwischenschritt des Abgebens oder Zurückgebens an die Quelle oder zumindest die Auslöserin des Schmerzes. Manchmal erfordert das Loslassen noch einen weiteren Zwischenschritt, nämlich den des Wiedergutmachens – soweit das im Nachhinein geht.

Wenn also z.B. die eine noch auf einer Verletzung »sitzt«, die dadurch ausgelöst wurde, dass die andere sie in einem Gruppenkonflikt sehr unsolidarisch alleingelassen hat, kann es wichtig sein, dass die verletzende Partnerin nicht nur anerkennt, ihr damit weh getan zu haben, sondern beim nächsten Treffen dieser Gruppe noch einmal öffentlich zu ihr steht und im weiteren Verlauf besonders achtsam auf sie eingeht, bis sie sich wieder entspannt und sicher fühlt.

Hier folgt ein durchaus zeitaufwändiges Ritual für zwei, das sich eignen kann, das angesammelte Gift wieder aufzulösen, die Herzräume wieder zu weiten und so neuen Raum für neue Erfahrungen zu schaffen.

➲ *Ziel:*
Loslassen alter Verletzungen allmählich (wieder-)erlernen und den mutigen Versuch des Verzeihens unternehmen oder – wo das (noch) nicht möglich ist – es mit dem Vergeben versuchen.

◎ *Zeit und äußere Vorbereitungen:*
Ungefähr 15 Minuten Zeit für jede allein, um die derzeit quälendsten Verletzungen aufzuschreiben; danach mindestens 20 Minuten pro Frau und pro Verletzung, um sie aufzulösen.

♥ *Schritt für Schritt:*

- Schreibe je eine erlittene Verletzung auf einen Zettel. Deine Partnerin macht es ebenso still für sich.
- Überprüfe, was du davon eventuell loslassen kannst (dennoch kann es sinnvoll sein, es noch einmal zu benennen) und was nicht (das könnte zum Inhalt eines solchen Rituals werden) bzw. was du brauchst, um es loszulassen. Mit Loslassen meine ich hier, diese Erfahrung aus der Gegenwart

in die Vergangenheit zu entlassen, sie vielleicht noch einmal auszudrücken und dann abzugeben, um anschließend auch die restlichen Gefühle (z.B. alten Groll, ängstliche Hilflosigkeit) an eine Person/an einen Ort abzugeben, von der/dem du dein bewusstes Selbst distanzieren kannst, so dass du sie also woanders als in der Tiefe deiner Seele verortet hast.

- Lies deiner Partnerin erst einmal eine der aufgeschriebenen Verletzungen vor. Diese versucht, nicht nur mit dem Verstand, sondern mit offenem Herzen zuzuhören (siehe Hilfreiche Kommunikationsregeln).
- Sie fragt dich, was du brauchst, um diesen alten Schmerz/diese alte Wut loslassen zu können.
- Du teilst mit, was du jetzt von ihr brauchst, wie sie dir in diesem Prozess hilfreich sein könnte, und sie versucht, es dir zu geben/zu sagen/zu zeigen.
- Eine ritualisierte (d.h. bewusste, für weitere Verletzungsthemen wiederholbare und den Regeln konstruktiver Kommunikation folgende) Antwort der Partnerin, die ernsthaft um Entschuldigung bittet, könnte z.B. lauten:

> *»(Name), ich habe gehört, womit ich dich in der Vergangenheit verletzt habe. Ich begreife, dass ich dir damit weh getan habe, auch wenn das nicht in meiner Absicht lag, und es tut mir leid, dass ich dich damit so verletzt habe. Bitte verzeih mir.«*

- Wenn die ehrliche Entschuldigung nicht genügt (wenn du ihr z.B. trotzdem weitere Vorwürfe machst oder die Verletzungserfahrung immer wieder dein Denken und Handeln beeinflusst), brauchst du eventuell einige Zeit zum Einsinkenlassen der Entschuldigung in dein Herz oder eine Wiedergutmachung oder einen erneuten Ausdruck deiner restlichen Gefühle. Finde es mit ihr zusammen heraus und setze es um.

- Eine ritualisierte Antwort der Partnerin, die der anderen ernsthaft verzeiht, könnte z.B. lauten:

> *»(Name), ich sehe und höre, dass du meine Verletzung anerkennst und dass es dir leid tut. Ich nehme deine Entschuldigung an. Ich verzeihe dir und bin bereit, meine Verletzung loszulassen. Ich versichere dir, dass ich sie in künftigen Auseinandersetzungen nicht mehr als Argumentation gegen dich verwenden werde. Befreit von dieser Last möchte ich mit dir zusammen in die Zukunft gehen.«*

  (An die Zusicherung, diese Erfahrung künftig weder im Streit noch »wie nebenbei« durch entsprechende Bemerkungen oder nonverbale Aktionen wieder aufzuwärmen, solltest du dich natürlich halten und mit erneut aufkeimenden Erinnerungen selbst zurechtkommen.)
- Gemeinsames »Loswerden« des Zettels (z.B. verbrennen, zerreißen und in den Wind oder ins Wasser geben).
- Pause zum beiderseitigen »Umschalten«
- Die andere ist an der Reihe; und so geht es im Wechsel (mit eventuell längeren) Pausen, bis alle (!) jetzt bewusstseinsfähigen und besprechbaren alten Verletzungen auf den Tisch gekommen und auch wieder abgeräumt wurden.

Die Pausen oder auch das Fortführen zu einem späteren Zeitpunkt werden klar abgesprochen und richten sich nach der Frage, inwieweit die Entlastung gegenüber der in solchen Prozessen üblichen emotionalen Belastung für eine oder beide überwiegt. Manche Paare nehmen sich auch eine regelmäßige Fortführung als »emotionale Grundreinigung« vor, aber wenn das nicht gerade im verpflichtenden Setting einer Paartherapie passiert, scheint dies leicht an den beiderseitigen Widerständen gegen diese unangenehme Aufräumarbeit zu scheitern.

Es kann auch sein, dass einzelne Verletzungen so alt sind und so schwer, so nachhaltig gewirkt haben, dass z.B. die Würde der Frau tief getroffen und ein momentanes Verzeihen nicht möglich ist. In diesem Fall habe ich gute Erfahrungen gemacht mit dem bewussten momentanen Verzicht auf das »edle« Verzeihen. Stattdessen kann der Versuch des »Vergebens« unternommen werden: also das symbolische wie energetische »Zurückgeben« dieses Ereignisses an die andere, um sich selbst aus den Klauen der schmerzhaften Vergangenheit zu lösen und sich – wenn nicht mit entsprechendem Gefühlsausdruck, so eventuell mit Selbstdisziplin – von der Fixierung auf die alten damit verbundenen Gefühle und Gedanken zu befreien, auch wenn noch keine milde Einstellung dem Fehler der anderen gegenüber entstehen will ... Das Wichtige am Vergeben ist die emotionale Befreiung der Vergebenden und weniger die emotionale Entlastung der Verletzenden!

Dazu kommt, dass durch das Vergeben auch die Fixierung auf oft festgefahrene Opfer-Täterin-Rollen gemildert wird und die Selbstverantwortung gegenüber der Schuld (wieder) stärker ins Blickfeld rückt. Das ist auch deswegen wertvoll, weil sich ohne den Prozess des Verzeihens oder zumindest seiner »Light«-Version, des Vergebens, leicht Rollen (z.B. die böse Schuldige und das arme Opfer) einseitig festsetzen und dadurch ein beide belastendes Machtgefälle in der Beziehung entsteht, das die Lebendigkeit in der emotionalen Begegnung und dadurch auch die verbale Paarkommunikation dauerhaft schädigen kann.

❶ *Kreativer Umgang mit möglichen Stolpersteinen:*
Die hochkommenden Gefühlsreste werden manches Mal in Form von Vorwürfen, Abwertungen oder resignativen Pauschalsätzen geäußert. Das schafft hierarchische Kommunikation und unterstützt oft alte Opfer-Täterin-Rollen. Es bringt meist nicht die erwünschte Erleichterung und die Übernahme

von mehr Selbstverantwortung bei beiden. Den darunterliegenden Schmerz oder die alte, immer wieder aufbrechende Wut effektiv und nicht in Form von Racheakten oder Retourkutschen auszudrücken, erfordert Mut und Orientierung auf den inneren Ort der Berührtheit. Hier ist die Selbstverantwortung für den authentischen Selbstausdruck der verletzten Frau gefragt. Die Unterstützung durch die andere kann oft nur in der offenen Bereitschaft zum Verstehen liegen – intellektuelle Analysen oder Deutungen hierarchisieren nur aufs Neue.

Manchmal kann es große Unterschiede in der Einschätzung geben: Die eine findet, sie hat etwas sehr freundlich ausgedrückt, die andere ist zutiefst gekränkt. Dann gilt letztlich nicht die (gute) Absicht, sondern die (verletzende) Wirkung, die dann Inhalt des Rituals wird.

✻ *Variationsmöglichkeiten und Hinweise:*
Gerade bei Langzeitpaaren kann die Liste der noch nicht aufgelösten Verletzungen viele Seiten lang sein. Deswegen: Geduld, Pausen, Dranbleiben statt vorschneller Resignation!

Was für die Pausen von solchen durchaus auch anstrengenden Prozessen hilfreich sein kann, sind die von Claudia Hartmann in ihrem Buch *Rituale zu zweit* vorgeschlagenen »Nettigkeitsstunden«, also z.B. die Vereinbarung, trotz Stress miteinander jetzt beispielsweise für zwei Stunden wirklich lieb und nett zueinander zu sein, was für manche schon eine ziemliche Herausforderung sein kann.

Ich selbst habe auch gute Erfahrungen damit gemacht, die übrig gebliebenen Probleme symbolisch in einen Raum zu verbannen, diesen zu verlassen und in einem anderen Raum bewusst die Nähe zu ihr zu suchen, manchmal sogar Sex zu haben und dadurch neben dem Vergnügen noch eine Bestätigung zu bekommen, wie viel mehr die Beziehung beiden bedeutet als das mühsame »Abarbeiten« von Beziehungsstressoren.

Bei Kurzzeitpaaren hat es eventuell noch nicht so viele und

so tiefe Verletzungen gegeben. In diesem Fall könnte ein kürzeres Ritual eine wichtige vorbeugende Funktion gegenüber sich anbahnenden Beziehungsgiften haben. Und daneben wirkt es auch als Bestätigung der Liebe durch sorgfältige Pflege und aktive Förderung ihrer Lebendigkeit.

Listen der Wiedergutmachungen

Warum schon wieder eine Liste zum »Abarbeiten« machen, wo doch Putz- und Einkaufslisten bereits genug Stress im Alltag bedeuten? Weil Listen gute Gedächtnisstützen auch und gerade bei emotionalem Stress sind.

Und ich habe den Eindruck, dass bei tieferen Verletzungen die von manchen Partnerinnen schon automatisch und mit wenig Herzblut vorgebrachten Entschuldigungen oft nicht genügen, um zu erreichen, dass es für die Verletzte wirklich »wieder gut ist« (siehe dazu auch das obige Versöhnungsritual).

Natürlich hat diese ihren Teil zu einem Wiedergutmachungsprozess beizutragen, wenn etwa die aktuelle Verletzung an alte, immer noch nicht verheilte Wunden rührt und alte Gefühle von Schmerz, Wut, Ohnmacht usw. wiederaufleben lässt. Dann liegt die wirkliche Lösung manchmal auf einer anderen als der Beziehungsebene und erfordert eine liebevolle Beschäftigung mit der eigenen Vergangenheit. Manchmal kann aber von der Liebespartnerin zusätzlich aktuell etwas zur Wiedergutmachung getan werden – wenn die emotionalen Wellen einer Verletzungssituation hoch schlagen, fällt allerdings beiden oft nicht gleich das Richtige ein. Meine Erfahrung aus den Paartherapien mit vielen Lesbenpaaren ist, dass die Verletzende nur zu gern wüsste, wie sie etwas wiedergutmachen kann, wenn sie die Verletzung schon nicht ungeschehen machen kann. Doch manchmal schlagen ihr die Schuldgefühle oder ihre Widerstände, jegliche Gefühle von Schuld zuzulassen, einfach auf die sonst vorhandene Kreativität …

Die hier vorgeschlagene Liste soll nicht die spontanen eigenen Ideen ersetzen und auch nicht suggerieren, dass jede Verletzung »so mal eben« wiedergutzumachen sei (manche brauchen viel Zeit, Distanz und von liebevollen Freundinnen verabreichte »emotionale Wundsalbe« …). Doch wenn diejenige, die eine Verletzung bewirkt hat, mitfühlend, guten Willens und tatendurstig ist, könnte eine ihr für diesen Zweck ausgehändigte Liste ihre Phantasie anregen und es ihr erleichtern, die für die jeweilige Situation passende Aktion auszuwählen und mit der Verletzten zu besprechen oder einen Versuch »ins Blaue« (d.h. ohne Erfolgsgarantie) zu wagen.

➲ *Ziel:*
Jede erstellt eine Liste mit verschiedenen Sorten von Wiedergutmachungen, die sie sich nach leichten, mittleren oder schwereren Verletzungen wünscht.

◎ *Zeit und äußere Vorbereitungen:*
Individuell sehr unterschiedliche Zeit zur Fertigung der Liste und etwa 30 Minuten für die »Übergabe« mit Fragen und Veränderungsnotizen. Auch hierfür ist eine entspannte Atmosphäre ohne Anwesenheit anderer sicher unterstützend.

♥ *Schritt für Schritt:*
Jede kann diese Liste still für sich nach und nach anfertigen (eventuell zunächst als Sammlung einzelner Notizzettel und erst später als leserlichen »Wunschzettel«). Günstig ist es, unabhängig von gerade aktuellen Verletzungen einen »Übergabetermin« zu vereinbaren, an dem in etwas entspannterer Atmosphäre noch Verständnisfragen gestellt, Grenzen gesetzt oder Veränderungen vorgenommen werden können.

Beispiel für eine solche Liste:

Liebe (Name),
ich möchte Verletzungen, die ich durch dich erleide, auch wieder loslassen und mich und unsere Beziehung damit nicht auf lange Sicht belasten. Dafür brauche ich manchmal einen kleinen Ausgleich, der meine Konzentration wieder auf unsere Liebe lenkt.

Hier eine Liste als Grundlage für deine oder unser beider spontanen Ideen zur Wiedergutmachung:

Anlass	Ausmaß der Verletzung in mir (z.B. leicht/ mittel/schwer	Wieder-gutmachungs-tätigkeit	Zeit/ Dauer

! *Kreativer Umgang mit möglichen Stolpersteinen:*
Ein Stolperstein könnte die Überzeugung sein, dass eine »wirkliche« Wiedergutmachung nur spontan aus der Situation und aus dem Herzen kommen könne. Was aber, wenn das Herz der anderen gerade eng ist, weil sie Angst hat, nichts zu finden, was die Verletzung ausgleicht? Dann kann eine solche Liste ein guter Schubser sein, der die Phantasie in Gang bringt, statt bei einer diffusen Angst hängenzubleiben. Die Verletzende ist meistens keine »böse Täterin«, sondern spätestens wenn sie (im Nachhinein) ihr Herz wieder öffnen kann eine hilflos Liebende!

✲ *Variationsmöglichkeiten und Hinweise:*
Bei leichteren Verletzungen (z.B. wäre das bei mir das Übertreten meiner »Ruhezone«) gibt es vielleicht eine ganze Reihe an Wiedergutmachungsmöglichkeiten (z.B. Abwaschen, zum Eisessen oder ins Kino einladen). Passieren die Verletzungen häufiger, brauche ich zusätzlich vielleicht noch das Versprechen, dass sie sich künftig um mehr Achtsamkeit bemüht und mein Ruhebedürfnis ernst nimmt. Gehen Verletzungen mehr zu Herzen (z.B. abwertende Bemerkungen über mich), brauche ich auch eher herzbetonte Wiedergutmachungen (z.B. Gehaltenwerden beim Weinen oder langes Streicheln danach). Rühren Verletzungen an meinen »Kern«, will ich manchmal keine schnelle Wiedergutmachung, sondern brauche erst einmal Zeit und Ruhe für mich, aber auch die Perspektive, dass noch eine Wiedergutmachung erfolgen wird, und zwar baldmöglichst nach Absprache.

Wichtig für die Wiedergutmachende kann auch die ernsthafte Versicherung sein, dass es jetzt wirklich wieder gut ist bzw. die Rückmeldung, was dazu noch fehlt, damit sie sich nicht zu lange in Unsicherheit oder mit übertriebenen Schuldgefühlen herumquält.

Heilung vergangener Grenzverletzungen

Trotz Wiedergutmachung und ehrlichem Bemühen um Verzeihung sitzen oft die Verletzungen besonders tief, die als Grenzverletzungen angekommen sind oder als Angriff auf die eigene Würde als Frau (z.B. das achtlos-leidenschaftliche Ergreifen ihrer Brüste, obwohl sie Signale gesetzt hat, dass sie hier mehr zärtliche Behutsamkeit braucht). Meist lässt sich dann eine direkte Linie zu früheren Verletzungen als Mädchen oder als junge Frau ziehen, so dass die aktuellen Schmerzen und Ohnmachtsgefühle durch früher zugefügte und noch nicht genügend abgeheilte Verletzungen verstärkt werden. Dann brauchst du vielleicht noch viel stille Zeit zum Abheilen der alten Wunden, die möglicherweise gerade wieder neu aufgerissen wurden (was du dann von dir selbst brauchst, wirst du längst wissen oder mit Hilfe lieber Menschen herausfinden – vielen helfen Selbstverwöhnung, Meditation, Therapie, Trost durch Freundinnen, Naturbegegnungen, Musik, Ruhe oder Lieblingsbeschäftigungen). Aber selbst nach dem Prozess des Abheilens bleibt manchmal noch Befremdung über sie und ihre so ganz andere Art zu sein und dir zu begegnen. Das wirkt manchmal ähnlich schmerzlich wie eine Grenzverletzung, auch wenn es eher ihre Eigenart ist, die mit deiner Person wenig zu tun hat (wenn sie z.B. zuerst ihre Wut herausbrüllen muss, bevor sie über ihre Ängste oder Schmerzen sprechen kann).

Wenn ich in diesem Zusammenhang das Wort »Heilung« erwähne, meine ich nicht, nach einer kleinen Übung könnte in dir und zwischen euch alles wieder heil und gut sein. Das wäre eine Illusion. Aber wenn eine Frau nicht nur von der anderen »Heilsalbe für zugefügte Wunden« erwartet, sondern ihre eigenen Heilquellen anzapft, kann sie selbstverantwortlich den Prozess der Besserung verstärken.

➲ *Ziel:*
In der nun folgenden Trance geht es darum, das schmerzliche Erleben ihres Andersseins und die unangenehme Berührtheit mit Befremdlichem/Fremdheit abfließen und an jenen Ort zurückfließen zu lassen, wo solche Erfahrungen hingehören.

◎ *Zeit und äußere Vorbereitungen:*
Für etwa 1 Stunde Ruhe, Wärme und eine bequeme Unterlage zum Liegen.

Damit ein noch alltagsgestresstes Frauenhirn langsam andere Wellen produziert, hilft manchmal ruhige, rhythmusarme, wellenartig gleitende oder direkte Wassermusik (z.B. *Oceansurf* von Anugama), die nicht nur beruhigen, sondern auch die Gefühlswelt insgesamt wieder mehr ins Fließen bringen kann.

♥ *Schritt für Schritt:*

- Leg dich bequem hin, schließ die Augen, räkle dich, gähne ausführlich und stell dich auf eine Zeit mit dir selbst ein, die du mit liebevoller Zuwendung für dich selbst füllst.
- Nimm den Atemraum wahr, den deine Atembewegung mit Luft füllt, und konzentriere dich dann auf die Mitte dieses Atemraumes.
- Während du deinem übrigen Körper erlaubst, sich zu entspannen, der Schwerkraft nachzugeben, darf auch deine (phantasierte) Mitte nachgeben, sich einlassen, dich sein lassen, so wie du bist, mit allem, was dir wichtig ist, mit deinem ganzen Gewicht.
- Atme tief, langsam und bewusst in deine Mitte hinein.
- Alles, was wichtig ist, kommt dabei in Fluss, verflüssigt sich. Die Gewichtungen können sich neu verteilen. Bedeutungen können sich neu ergeben, ein neuer Sinn sich herstellen, während deine Sinne weit offen und auf Empfang geschaltet sind.

- Und diese phantasierte, erspürte Mitte, die lebt und lebendig macht, dieser innerste Kern deines weiblichen Körpers, ist wie eine Instanz, an die du dich immer wenden, der du vertrauen kannst. Eine ureigene Kraft zirkuliert in dir, pulsiert, atmet, erneuert sich mit jedem Atemzug und bestätigt dir, wie sie in dir und durch dich lebt. Da gibt es etwas, das dich lebendig macht, wann immer du Kontakt dazu aufnimmst, daran erkennst du, wie sehr es zu dir gehört und dich selbst, dein eigentliches Wesen ausmacht.
- Du weißt, dass es für alles, auch für das Fremde, einen Platz gibt. Manches gehört zu dir und manches nicht – vielleicht hat es einmal zu dir gehört, war ein Teil von dir, ist es jetzt aber nicht mehr. Manchmal werden deine Grenzen verletzt, und Fremdes dringt in dich ein, ohne dass du es darum gebeten hast oder es in dein Innerstes integrieren kannst oder willst.
- Und während du in deiner Mitte einen Ort einrichtest, in dem du alles, was dir wesentlich, wichtig und gewiss ist, bewahrst, so dass du immer Zugang dazu hast, weißt du auch, dass manches Fremde (nicht das destruktive) eines Ortes würdig ist, so dass du auch darauf Zugriff hast, wenn es einmal wichtig für dich werden sollte.
- Du richtest an einem Ort außerhalb deines Körpers, in einem Winkel, in einer Ecke oder auch in einem bestimmten Zimmer, an einer Stelle in der Natur, irgendwo, nur nicht in dir selbst, einen Platz ein, der für das Fremde reserviert ist. Nenne den Ort so, wie es für dich stimmig ist: vielleicht das Archiv oder Museum, das für dich geöffnet ist, oder die Bibliothek, deren Türen dir offen stehen, wenn du dich informieren willst.
- Während du jetzt wahrnimmst, was es wahrzunehmen gibt, und während deine Zellen wach und frisch ein Bewusstsein dafür entwickeln, wie alles an seinem Platz seinen Sinn hat und es für alles einen Platz gibt, und während du dir immer

mehr erlaubst, ganz wach zu sein, ohne dich durch Vorbehalte trüben zu lassen, kannst du den Fluss des Lebens beobachten, wie er in dir fließt und deine Mitte nährt und umspült.

- Dann merkt dein Innerstes auch in Form deines Körperbewusstseins, was zu dir gehört und was nicht. Erlaube dir ohne Bewertung, die Aufmerksamkeit auf das zu lenken, was sich in deinem Körper fremd anfühlt. Du weißt, du kannst dich auf die Weisheit deines Körperbewusstseins verlassen. Du weißt, dass dein Körperbewusstsein – gesteuert von der tiefen Integrationskraft deiner Mitte – erkennt, was dir fremd ist und nicht zu dir gehört, ohne dass du genau wissen musst, woher es kommt und seit wann es da ist – der Körper kennt sich und erkennt Fremdkörper im eigenen System, und dein Körperbewusstsein kann diese Fähigkeit sogar auf Empfindungen, Gefühle und Gedanken ausdehnen.
- Gerade für emotionale und gedankliche Prozesse wirken Worte wie eine Sonde in den Händen einer Internistin, die z.B. eine Störung im Magen zu erkennen sucht. Du kannst also Worte wie Sonden benutzen und dein System nach dem »Fremden« in dir abfragen. In alle Zellen dringt diese Sonde, dieses Wort »fremd«, welches das Fremde vom Eigenen, das Wesentliche vom Überflüssigen, das Essentielle vom Zufälligen unterscheiden kann. Es kann gut sein, dass das Fremde in dir zu ungewohnten Assoziationen führt oder in deinem Hirn Bilder erzeugt, durch die das Fremde von dir erfassbar und verstehbar wird.
- Stell dir vor, wie die Weisheit deines Körperbewusstseins mit sanften, zarten Fingern alles in dir abtastet und durchstreift, um das zu finden, was nicht hineingehört, und noch während diese Kontaktaufnahme sich vollzieht, spürst du schon, wie das Fremde sich löst, auflöst, flüssig wird, in Umlauf gerät und auf eine wundersame Weise von selbst ausgeschwemmt

wird. Das Fremde strebt seinem eigenen Ort zu, den du dafür eingerichtet hast. Das Fremde ist wie ein Wesen in dir, das sich nun von dir erkannt und geachtet fühlt, und es verlässt dich von selbst, als sei es das Natürlichste der Welt, als habe das Fremde nur darauf gewartet, deinen Körper, deinen Geist, dein System zu verlassen und ist nun dazu bereit – nachdem du ihm einen würdigen Platz bereitet hast. Es ist, als ob ein geheimer Magnetismus am Werk wäre. So findet alles seine Ordnung. Du kannst dich in Ordnung fühlen.

- Beende diese Trance, indem du dich mit einem der nächsten tiefen Atemzüge reckst und streckst, dich dehnst und gähnst und dann sanft und fest zugleich über die Stirn, den Kopf, das ganze Gesicht streichst.
  Bedanke dich bei allen Kräften, die für dich am Werk waren.

❶ *Kreativer Umgang mit möglichen Stolpersteinen:*
Es kann sein, dass du die Bilder von deiner »Mitte« und dem »Fremden«, das seinem eigenen Ort zustrebt, als Suggestion ablehnst. Ich selbst gehe an solche Ideen pragmatisch heran: Wenn sie mir nützen (mich z.B. von altem Ballast befreien und erleichtern), erwäge ich, sie nach genauer Prüfung zu integrieren und schließlich zu meinem eigenen Wissensschatz zu machen. Wenn nicht, nehme ich mir die Freiheit, mich nicht weiter mit ihnen zu beschäftigen.

✪ *Variationsmöglichkeiten und Hinweise:*
Bei dieser Übung kann es gut sein, sie dir vorab auf Band zu sprechen oder sie dir von einer einfühlsamen Freundin sehr langsam und ruhig vorlesen zu lassen. Wenn du sie ein paarmal gemacht hast, wirst du die Anleitungen vermutlich in deine eigenen Worte übersetzt haben und in der Form nicht mehr benötigen.

Spiele, Übungen und Rituale …

… zur Förderung liebender Verbundenheit

Liebende Verbundenheit entsteht durch Achtsamkeit, regelmäßige Pflege und Kultivierung einer einmal begonnenen Liebesverbindung. Das schafft eine über die Aneinanderreihung von Liebesbegegnungen hinausgehende Liebesbeziehung. Natürlich schleichen sich in jede Liebesbeziehung, die zur Alltagsbeziehung wird, auch Gleichgültigkeiten und Gewohnheiten ein. Aber es liegt an uns, ob wir das Gewohnte passiv weiter zulassen oder ob wir die Liebe aktiv pflegen, durch unsere Spontaneität beleben und die Paarkultur durch bewusste Rituale immer wieder neu entwickeln.

Warum Rituale? Reichen nicht auch neue Verhaltensweisen? Nein, Paare brauchen neben den spontanen Aktionen auch beständige Strukturen, in denen die Liebe wachsen und gedeihen kann. Als Beispiel für das aktive, bewusste Schaffen solcher Strukturen der liebenden Verbundenheit fällt mir ein Paar ein, das sich einmal im Monat zu einem Glas Sekt in schönem Ambiente zusammensetzt und sich fragt:

»Was haben wir in den letzten vier Wochen erlebt, das wir jetzt feiern können?«

Das wird dann ausführlich erzählt, und darauf wird angestoßen. (Natürlich könnte dann auch eine Negativ-Bilanz von Fehlern und Missverständnissen folgen. Ich favorisiere jedoch, nicht alles miteinander zu vermischen und dem Freudvollen mehr Raum zu geben als der Analyse der Schwierigkeiten.)

Das, was Freude und Hoffnung bereitet, ist natürlich in der ersten Verliebtheitsphase am leichtesten wahrnehmbar. Die Kunst in den nächsten Phasen der Beziehungsentwicklung (s. u.) besteht dann darin, diese Erlebnisse im Bewusstsein zu halten, zu wiederholen oder zu erneuern. Hierzu entwickeln wir nach der ersten Verliebtheitsphase in jeder Beziehung kleine Gewohnheiten (z.B. regelmäßige Telefonate von Arbeitsplatz zu Arbeitsplatz) und längerdauernde Rituale (wie z.B. den gemeinsamen Wochenendeinkauf mit anschließendem Brunch mit Freundinnen), die freudvolles Miteinander, Zugehörigkeit, Geborgenheit, Heimat, Entspannung und Vereinfachung des Miteinanders bewirken. Manche schaltet jedoch besonders in Zeiten von Anstrengung und Stress im äußeren Lebenskontext schleichend auf »Autopilotin« (die über Einzelaktionen nicht mehr nachdenken oder sie verändern muss) und ist missmutig oder verwirrt, wenn die Liebste plötzlich eine Neuerung einführen will. Andererseits braucht jede Liebe auch die Hingabe an den lebendigen Fluss der spontanen Gefühle. Das Geheimnis eines beziehungsfördernden Gleichgewichts zwischen Altem und Neuem sind dabei der lebendige und ehrliche Dialog, der Mut, »unrealistisch« zu träumen und die beiderseitigen bewussten und realistischen Entscheidungen.

Die Phasen einer Liebesbeziehung

Die Phasen, in die Liebesbeziehungen zur allgemeinen Orientierung gern unterteilt werden, sind natürlich keine festen Schubladen, sondern sich überlappende, sich wiederholende, in anderen Reihenfolgen auftretende und unterschiedlich lange Prozesse – je nach den Frauenpersönlichkeiten, die sich in Liebe zusammenfinden. Mir gefällt die Unterteilung von Clunis & Green (in: *Geliebte, Freundin, Partnerin)* am besten, die ich hier kurz und leicht abgewandelt skizziere für die, denen Phasenmodelle helfen, Verunsicherungen und Irritationen zu klären sowie ihre Erfahrungen sinnhaft zu verarbeiten:

1. »Die Vorbeiziehungsphase«
Themen, Aufgaben:
Kennenlernen, Umwerben, Experimentieren, Erwartungen klären, Entscheidung über die Art der ersehnten Beziehung bzw. der Entschluss, sie wieder »ziehen zu lassen«
Hilfen dabei:
Spiele und ungeplante Zeit zum Kennenlernen, Orientierung anhand wichtiger Bereiche wie Emotionalität, Sexualität, Alltag, politische und andere Lebenseinstellungen

2. Die Verliebungsphase
Themen, Aufgaben:
Intensive Annäherung, Idealisierung und positive Selbstdarstellung, Erotik, Sexualität, Verschmelzung und Hineingleiten in Liebesgefühle
Hilfen dabei:
nicht zu schnell eine feste Bindung eingehen, sondern spielen, experimentieren, zwischendurch pausieren (diese Phase ist anstrengender als viele wahrhaben wollen) und ab und zu die rosarote Brille absetzen

3. »Die Konfliktphase«
Themen, Aufgaben:
Grenzen setzen und Grenzen akzeptieren, Differenzierung der Persönlichkeiten, der Bedürfnisse und Lebensarten; Auseinandersetzungen, Enttäuschungen, Machtkämpfe, Entscheidungsfindungen und Kommunikationsvereinbarungen
Hilfen dabei: Methoden gewaltfreier Kommunikation, Erlernen einer Streitkultur, die für beide möglich ist; Akzeptanz, dass Konflikte immer wieder auftreten und nicht das Ende der Beziehung bedeuten

4. »Die Akzeptanzphase«
Themen, Aufgaben:
Stabilität und Sicherheit herstellen, sich von den Auseinandersetzungen erholen, mit den Schwächen der anderen leben

lernen, die eigenen Grenzen akzeptieren, tiefe Zuneigung als Basis der Beziehung verspüren und Zustände von Ruhe und Zufriedenheit entwickeln

Hilfen dabei:

die eigenen Schwierigkeiten von denen der Partnerin unterscheiden, sich um sich selbst kümmern, Vertrauen schenken, Rituale der Entlastung, Entleidigung und Versicherung

5. »Die Bindungsphase«

Themen, Aufgaben:

Bewusste Entscheidung für eine längerfristige Bindung und Einstehen für diese Entscheidung für sie, Akzeptanz von Veränderungen bei jeder und in der Beziehung, ohne dass diese gelöst werden muss; immer wieder neue Einigung über unterschiedliche Wünsche, Bedürfnisse, Grenzen und Freiheiten

Hilfen dabei:

Gewohnheiten, Vereinbarungen und Entscheidungen, um im Alltag Entlastung zu schaffen, Vernetzung mit anderen Lesben, die einen Heimatboden für die Beziehung darstellen können; Hoch-Zeits- und andere Bindungsrituale

6. Die Phase der Neuorientierung

Themen, Aufgaben:

Überprüfung der Beziehungsziele, Einbettung der Beziehung in größere soziale, politische, spirituelle Zusammenhänge; Sinnfragen und Fragen der persönlichen Entwicklungsmöglichkeiten in der Beziehung

Hilfen dabei:

Rituale, die helfen, die Liebe zu erneuern; sich zeitweilig zurückziehen für die selbstverantwortliche Beschäftigung mit den eigenen Entwicklungsprozessen; Paar-Zeit zum Bilanzieren der Beziehung und zum Wünschen, Träumen, Mitfühlen und Verstehen

Symbole der Liebe

Manche Frauen sind eher Freundinnen schöner Zeichen als schöner Worte, und dies nicht nur bei feierlichen Anlässen oder Ritualen, sondern gerade auch im oft stressigen, ekstasefeindlichen und gefühlsverarmten Frauenalltag. Wenn du deine Liebste also mit Zeichen deiner Liebe – besonders deiner erotisch-sexuellen Liebe – erfreuen möchtest: Hier folgt nach dem *Lexikon der Erotik*, dem *Lexikon der Symbole* sowie dem *Buch der magischen Rituale* eine kleine Auswahl von Zeichen, von denen dir einige sicher schon begegnet sind. Da du jedoch nicht unbedingt davon ausgehen kannst, dass deine Liebste neben der (schönen) Form auch die Bedeutung kennt, können ein paar erklärende Worte nützlich sein. Wenn du mehr als diese kurzen Stichworte wissen willst, kannst du in den genannten Werken stöbern.

Apfel: Verführung, Schönheit, Fruchtbarkeit, Liebe, Freude, Erkenntnis, Weisheit
Ankh-Kreuz: ewiges Leben durch die Verbindung von Kosmos und Erde, Reinigung des Körpers von schädigenden Einflüssen, Förderung von Heilungsprozessen
Auster: weiblicher Schoß, Schöpferkraft des weiblichen Prinzips, der Initiation und der Fruchtbarkeit
Blume der Aphrodite: bringt dauerhafte Liebe oder wunderbare FreundInnenschaften
Dreieck: mit Spitze nach unten: das weibliche Prinzip (die große Mutter als Erzeugerin)
Eichel: Symbol des Lebens, der Fruchtbarkeit und der Unsterblichkeit
Feige: Fruchtbarkeit, Leben, Frieden und Gedeihen
Frosch: Erotik, verbunden mit Fruchtbarkeit und Produktivität; Transformation und Vermittlung zwischen den Welten

Haar: Liebeskraft, Stärke und Energie; Haupthaar: Inspiration; Körperhaar: Sinnlichkeit
Höhle: Schoß der Mutter Erde, das im Weiblichen Verborgene, verschlossene Liebeskraft
Hufeisen: weiblicher Schoß
Kelch: Lebensdrang, Unsterblichkeit und Fülle
Lotos: Geburt und Tod, Kosmos; das empfangende weibliche Prinzip, die weibliche Schönheit, die aus dem Schlamm erwächst; Vereinigung im Herzen
Mandel: Süße, Liebe und Zartheit
Muschel: das weibliche, feuchte Prinzip, der nährende Mutterboden, Geburt, Leben, Liebe, Fruchtbarkeit
Mond: das kollektive weibliche Unbewusste, weibliches Leben in Zyklen
Myrthe: das weibliche Prinzip als magisches Kraut; Freude, Frieden, Ruhe, Glück, Beständigkeit, Liebe und Glück in der Beziehung
Pentagramm: machtvolles Schutzzeichen, besonders bei magischen Ritualen
Oval: weibliches Geschlecht
Rhombus/Raute: Sinnbild des Venusberges, weibliches Geschlecht allgemein, Fruchtbarkeit

Solche Formen bzw. Zeichen lassen sich gut als Symbole in Liebesrituale einbinden (z.B. durch Aufmalen auf den nackten Körper der Geliebten, ergänzt um erklärende Liebesbezeugungen); manche lassen sich auch aus dem hässlichen Goldring von Oma anfertigen oder in den Sand malen ... Du wirst gewiss einen Weg der Präsentation finden, der sie wirklich erfreut und eure Liebe nachhaltig stärkt!

Weitere Symbole wie *Blumen* (Rosen, Orchideen und viele mehr) sowie *Steine* (z.B. Rosenquarz, Blutjaspis, Diamanten, Rubine) bekommen zwar in Ritualbüchern (z.B. *Weiße Magie in der Praxis* von Mangana Gerloff) eine Vielzahl von Liebes-,

Heilungs-, astrologischen und anderen magischen Bedeutungen zugeschrieben, meiner Erfahrung nach sind jedoch Vorlieben bei Farben, Formen oder Düften individuell noch unterschiedlicher als bei abstrakteren Symbolen, so dass bei vielen z.B. ein Stein in ihrer Lieblingsfarbe, vielleicht in einer wunderschönen Form gefasst, viel mehr Entzücken auslöst als ein anderer Stein mit einer ideal passenden Symbolbedeutung. Außerdem hat es immer auch eine persönliche Symbolik und einen tieferen Sinn, welche Dinge wir gerade schön finden und welche nicht.

Elfchen der Liebe

Manchmal möchte die Liebe sich poetisch ausdrücken, aber die Liebenden sind keine passionierten Dichterinnen. Macht nichts. Im Schulalltag hat sich eine schlichte Form bewährt, durch die auf einfache Weise recht poetische Texte entstehen können. Es bietet sich an, so ein »Gedicht« gemeinsam, z.B. abwechselnd Wort für Wort, oder jede für sich auf einen Zettel zu schreiben, und zwar: **Elf** Worte in fünf Zeilen, jeweils:

____
1 Wort in der 1. Zeile

____
2 Worte in der 2. Zeile

____
3 Worte in der 3. Zeile

____
4 Worte in der 4. Zeile, die mit dem Wort »Wir« beginnt

____
1 Wort in der 5. Zeile

____
, den

____
beide Namen

Ich wette, dass beide überrascht sein werden, welch poetische Wortkombinationen sich ergeben, wenn sie ein solches Elfchen (oder zwei) z.B. nach einer berührenden Liebeserfahrung aufschreiben!

Ansprache der Klit ans Hirn

Wie längst bekannt, entsteht Sex bei Frauen vorrangig im Hirn und dann erst in der Klitoris, der Vagina und all den feinen erogenen Zonen – wenn diese zum richtigen Zeitpunkt von der Richtigen richtig berührt werden. Manches zärtlichkeitsbereite Frauenhirn wird denn auch besonders durch Lyrik geöffnet und in Wallung gebracht. Und so wie ein berührender Gesang nicht immer selbst gesungen werden muss, sondern auch von einer CD kommen kann, so können wir auch auf eine Fülle von gedruckter erotischer und Liebeslyrik zurückgreifen.

Hier nun ein kleines Gedicht, das ich einmal nach ausführlicher Beschäftigung mit sexuell traumatisierten Frauen in einem Seminar als Hymne an die Klitoris geschrieben habe, da unsere Klitoris das einzige Organ ist, das ausschließlich der sexuellen Lust dient und sonst keinen weiteren Zweck hat.

Klitoris an Großhirn: »Wir kommen!«

Eine Ansprache aus der Tiefe weiblichen Seins

O lüsternes Frauenhirn,
wir wissen beide, dass Sex oben im Kopf entsteht.
In deinen Windungen bahnt sich Sehnsucht ihren Weg
und sucht die Verbindung zum offenen Herzen.

Und verbunden mit der Weisheit des weiten Herzens
findest du die Berührtheit in der Berührung.

Das bahnt den Weg zu mir,
dem einzigen Körperteil, der allein dem Vergnügen dient.

Mein ganzer Stolz ist, dir lustvoll den Kopf zu verdrehen,
deine Sorgen weichzuspülen,
jede deiner Nervenzellen vibrieren zu lassen
und mit der Frequenz der Freude zu füllen.

Also gib es auf, die Flut aufstrebender Erregung kontrollieren zu wollen:
Du weißt, im Handumdrehen ist sie da und Flucht meist zu spät.
Ich als Kopf am Eingang der Vagina verlange, dass du dich mir ergibst –
ohne Widerrede – ganz!

Mein Geschenk an dich sind die Wellen der Lust.
Sprudelnd in der Leidenschaft. Sanft in der Stille.
Schäumend gebe ich schließlich meine glänzende Perle frei.
Hingebungsvoll lasse ich dich reiten auf meinen innersten Schenkeln.

Meine Gabe an deinen offenen Geist ist die Intensität des Gefühls.
Mein Ursprung sind die Tiefen der Erde.
Mein Ziel ist die Weite des Kosmos,
zu dem du mich geleiten kannst.

Wenn du im Regenbogen meiner Ekstase aufgegangen bist,
ziehe ich mich wieder zurück und schweige.
Wenn du aber glaubst, dass ich gegangen bin ans andere Ende der Welt,
habe ich längst gewendet weit draußen.

Meine Geschichte folgt dem ewigen Lied
vom Kommen und Gehen,
mit meiner speziellen Vorliebe zu »kommen«.
So spüle ich aus Zaudern und Zögern das »Ja« hervor.

Ich bin
das Weltenmeer der wogenden Lebensfreude
und schenke dir
die Kraft, auf meinen Wellen zu reiten.

In tiefer Verbundenheit
Deine Klitoris

Begegnung zweier Kaiserinnen

Lesbische Liebe wird in unserer Gesellschaft keineswegs stets gewürdigt, gesegnet oder sogar geehrt – nicht einmal in feministischen Kreisen, wo sie entweder als selbstverständlich betrachtet oder kritisch beäugt wird. Deswegen greife ich auf den mittelalterlichen Begriff der »Kaiserinnen« zurück als Inbegriff für mächtige Frauen, die ihre Macht klug einsetzten – allerdings nicht in Gebietskämpfen, sondern mit der Weisheit des Herzens in Bereichen, die der weiblichen Freiheit, Lust und machtvollen Verbindung dienten (viele Anregungen dazu finden sich in dem Buch *Der Weg der Kaiserin* von Christine Li und Ulja Krautwald).

Mein Vorschlag lautet, einen oder mehrere der unten folgenden Sätze

- sich gegenseitig vorzulesen
- auf Kärtchen zu schreiben und ihr z.B. auf Reisen mitzugeben
- sich im Rahmen eines Rituals oder eines Beziehungsfestes von anderen vorlesen zu lassen
- sich allein »auf der Zunge zergehen zu lassen« und über die Konsequenzen im Alltag wie an Feiertagen nachzusinnen
- als »Impuls« für eine Morgenmeditation zu nehmen und Stärke daraus zu ziehen
- in Kurzform als »Mantra« beim Gehen, Walken oder im Fitness-Studio sich wiederholt zu sagen oder zu denken

Die Kaiserin …

… ist frei geboren.

… geht ihren eigenen Weg in dem ihr eigenen Tempo.

… beherrscht ihr eigenes Reich – und sei es noch so klein.

… freut sich, ein Stück des Weges mit einer anderen Kaiserin zu gehen.

… lädt die Geliebte ein und verwöhnt sie aus vollem Herzen.

… kann ihre Geliebte sogar bedienen, ohne ihren Stolz als Frau zu verlieren.

… weiß, was sie will – besonders wenn es um ihr Vergnügen geht.

… lenkt ihre Gedanken in Richtung maximaler Lust und Macht.

… hütet sich vor einer Geliebten mit verschlossenem Herzen.

… ist großzügig zu sich und ihrer Liebsten.

… bleibt in Bewegung und ruht sich nicht auf Gewohnheiten aus.

… ist schamlos.

… entscheidet sich dafür, von ihrer Liebsten ganz gesehen zu werden.

… zieht ihre Kraft aus der Tiefe der Begegnung.

… blickt ihrer Angst ins Auge – und entscheidet sich, den nächsten Schritt zu gehen.

… ist ein tiefes Wasser und nur manchmal still.

… bündelt ihre Kraft und verbindet sie mit der Kraft der anderen.

… genießt den Kampf, besonders wenn beide dabei gewinnen können.

… ist wild und geheimnisvoll.

… weiß um Ebbe und Flut in der Lust.

… genießt die Macht ihrer Magie.

… bemuttert sich selbst.

… nimmt sich, was sie braucht, wenn die andere es ihr geben möchte.

… gibt sich seelischen wie körperlichen Genüssen ganz und gar hin.

... verrät nicht alle ihre Geheimnisse.
... bereut nur die Dummheiten, die sie versäumt hat.
... liebt das Leben und lebt ihre Liebe mit sich und mit der anderen.
... hat so viel Vertrauen in das eigene Wesen, dass sie auch die andere groß und stark sein lassen kann.
... erzeugt beim Lieben all die kreative Energie, die sie braucht, um ihr Reich zu gestalten.

Da bleiben zum Schluss natürlich noch ein paar Fragen, z.B. wie das Reich einer heutigen »Kaiserin« aussieht, wie sie ihre Macht und ihre Power leben kann, wie sie beides so mit der anderen teilen kann, dass sie selbst sich nicht eingeschränkt fühlt, sondern bereichert, gestärkt und lustvoll-stolz verbunden – mit ihrer Liebsten wie mit sich selbst.

Antworten darauf finden die Kaiserinnen selbst ...

Die Liebe als Klangfeld

Wenn zwei auf stille Art miteinander schwingen wollen, können sie sich langsam und bewusst nach einer Musik bewegen, die den Gleichklang und die Verschmelzung beider Energiefelder ermöglicht. Dazu habe ich für die Nadabrahma-Meditation von Osho* und Deuter (siehe Anhang) Bewegungsfolgen entwickelt, die die gemeinsame Schwingung im Paar besonders fördern. Außer dieser Musikfolge können auch viele andere Musikstücke genommen werden, die die Qualität ruhiger Klangteppiche haben.

---

* Osho war der die Sannyas-Bewegung begründende Meister mit dem früheren Namen Bhagwan, der auch deswegen großen Zulauf hatte, weil er gute Brücken gebaut hat zwischen östlicher und westlicher Mentalität, auch wenn ich persönlich mich vielen seiner Glaubenssätze nicht anschließen kann.

➲ *Ziel:*
Subtile Verbindung in Ruhe und Konzentration auf Klang und langsame Bewegungen miteinander, die oft eine stille, hohe Sensibilität füreinander hinterlässt und das vorhandene oder vielleicht gerade ein wenig vermisste Verbundenheitsgefühl auf feine Weise stärken kann.

◎ *Zeit und äußere Vorbereitungen:*
Ungefähr 1 Stunde auf weichem Lager mit Sitzgelegenheit (Sitzkissen oder bei Rückenbeschwerden auch entsprechende Stühle) gegenüber und Decke zum eventuellen Zudecken in der letzten Phase des inneren Nachschwingens.

♥ *Schritt für Schritt:*
Die 4 Phasen der Nadabrahma-Meditation habe ich vom äußeren Rahmen her übernommen, aber wie folgt abgewandelt:
Phase 1: Beide sitzen sich ohne Berührung gegenüber, schließen die Augen und lauschen der Musik in der Vorstellung, sie nicht nur mit den Ohren, sondern mit dem ganzen Körper aufzunehmen.
Phase 2: Jede legt eine Hand auf ihren Venushügel und die andere in Höhe ihrer Gebärmutter und atmet tief in dieses Kraftzentrum ihres Schoßes hinein, um dann jedes Mal beim Ausatmen mit nach unten geöffneten Handtellern einen langsamen Kreis vor sich zu beschreiben und sich dabei vorzustellen, der ihr gegenübersitzenden Partnerin großzügig etwas von der Kraft und Ruhe ihres Schoßes abzugeben. Gleichzeitig öffnet sie sich für die Kraft, die von der anderen zu ihr herüberströmt. Diese macht die gleichen Bewegungen, eventuell in einem individuell etwas anderen Rhythmus.
Phase 3: Jede beschreibt jetzt jedes Mal beim Einatmen möglichst langsam einen möglichst großen Kreis, diesmal mit nach oben weisenden Handtellern, die sich am Ende des Einatmens auf der Höhe der Gebärmutter übereinander auf den Bauch

legen. In dieser Haltung atmet sie langsam aus in Richtung ihres Schoßes. Beim erneuten Einatmen stellt jede sich vor, dass sie alle für sie verfügbaren Energien im Raum in sich hineinziehen kann, ohne der anderen dabei etwas »wegzunehmen«. Diese eingeatmete Lebenskraft wird dann beim Ausatmen wieder besonders in der Gebärmutter konzentriert. Wie das geht? Die Energie folgt stets der Vorstellung. Wenn wir uns also eine Richtung vorstellen, folgt der Atemstrom, die vitale Energie auch dieser Richtung.

Phase 4: Beim letzten Musikstück gleiten beide in ein stilles Miteinander, indem sie entweder Hand in Hand nebeneinander liegen oder mit den Venushügeln aneinander in Scherenposition, so dass die Wärme des einen Schoßes sich leicht mit dem Energiefeld des anderen Schoßes verbinden kann. Diese Position hat auch den Vorteil, dass jede sich gleichzeitig autonom (die Köpfe liegen weit auseinander) und verbunden (über die Venushügel) fühlen kann. Jede atmet in ihrem eigenen Rhythmus und folgt innerlich der Vorstellung, dass die Atemrhythmen nach und nach ineinanderfließen zu einer bewegten Form von Stille miteinander.

Nach dem Verklingen des letzten Musikstücks kann diese stille Begegnung mit einer Abschlussumarmung beendet werden.

❶ *Kreativer Umgang mit möglichen Stolpersteinen:*
Manchmal ist eine noch zu nervös, gestresst oder anspruchgeplagt, um sich tief einzulassen. Dann kommt es vielleicht durch eine oder beide zu Störgeräuschen (z.B. ungeduldiges Stöhnen, Seufzen), nervösen Bewegungen, kichern o.ä. Mein Vorschlag an die mit den inneren Widerständen ist, diese als Teil ihrer momentanen Befindlichkeit anzunehmen, ohne sie zu thematisieren oder über Laute/Bewegungen auszudrücken, stattdessen das mitzumachen, was in dem Augenblick möglich ist, und ansonsten die andere in ihrem Prozess zumindest nicht zu stören. Das Gute am Mäßigen: Auch eine nicht perfekt

durchgeführte Meditation hat ihre Wirkung, weil das Klangfeld und die Schwingungen, die von Atem, Bewegungen und Geist der einen ausgehen, auch wirken, wenn die andere sich noch nicht »auf der gleichen Wellenlänge« bewegen kann.

Gelegentlich stören auch äußere Faktoren wie Straßengeräusche, zu niedrige Raumtemperatur oder ein versehentlich doch nicht stumm gestelltes Telefon. Da hilft es nur manchmal, noch einmal aufzustehen, um etwas zu verbessern; meistens hilft eher eine bewusste Konzentration auf den eigenen Atem, auf die Langsamkeit der Bewegungen und auf die eigenen Empfindungen und Gefühle.

✪ *Variationsmöglichkeiten und Hinweise:*
Etwas Fortgeschrittene können bei den Phasen 3 und 4 auch so sitzen, dass die von ihnen beschriebenen Handkreise ineinanderlaufen – allerdings ohne dass die Hände sich dabei berühren. Das geht am besten im Wechselatem (eine atmet ein, während die andere ausatmet – beide etwa gleich lang). Das fördert noch das feine Wahrnehmen, wie die Energiekreise allmählich überlappen, verschmelzen und eins werden. Für Ungeübte bedeutet die Koordination des beiderseitigen Atems möglicherweise jedoch so viel Stress, dass sie es erst einmal bei sich beinahe berührenden Kreisen und der Vorstellung von beiderseitiger Offenheit füreinander belassen können. Denn, wie gesagt, der Vorteil bei solchen Übungen ist: Die Energie folgt der Vorstellung!

Energietrichter für die Liebe

In der Osho-Tradition hat sich eine Meditation als sehr kräftigend und gleichzeitig sensibilisierend herausgestellt, die ich auch Nicht-Sanyassins sehr empfehlen kann: das Chakra-

Breathing nach der gleichnamigen CD von Shantiprem.

Hier werden die 7 Hauptchakren (siehe rechte Seite) von unten nach oben mit Atmung und bewusster Konzentration »gefüllt«, um die dort »festgehaltenen« Gefühle wahrzunehmen, sie durch Bewegungen und Töne auszudrücken, um sie auf diese Weise freizulassen, loszulassen und zum nächsthöheren Chakra überzugehen. Hierbei müssen weder die Musik noch die in den Booklet-Beschreibungen transportierte Ideologie übernommen werden – wichtiger ist der Ablauf, den ich für Frauenpaare wie unten beschrieben abgewandelt habe. (Ich verzichte hier auf eine ausführliche Beschreibung der einzelnen Chakren, weil es dazu genügend gute Literatur gibt und viele Frauen sich ohnehin schon damit beschäftigt haben. Für die innere Vorstellung der einzelnen Chakren reicht ein inneres Bild von ihrer Lage, von dem darin verkörperten Thema, dem Element und einer Farbe als Zeichen für die jeweilige Energiequalität wie nebenstehend aufgeführt.)

➲ *Ziel:*
Innere Vorbereitung auf ein gemeinsames Liebesritual, Förderung spiritueller Verbundenheit oder einfach stilles Ankommen bei sich und beim »Sanften Schwingen mit ihr« nach einem anstrengenden Tag.

◎ *Zeit und äußere Vorbereitungen:*
Die eigentliche Meditation erfordert etwa 1 Stunde Zeit plus Zeit zum Austauschen, Nachschwingen und Aufräumen der vorher bereitgelegten Kissen und Decken. Viel Trinken danach hat sich als für den weiteren Atemfluss förderlich erwiesen.

♥ *Schritt für Schritt:*
Beide stehen sich mit hüftbreit gesetzten Füßen gegenüber und schließen während der ersten Phase die Augen, damit jede sich auf sich und ihre Chakren konzentrieren kann.

Chakra	Lage	Thema	Element	Farbe
Wurzelchakra	im Beckenboden	Vitalität, Stabilität, Urvertrauen, Lebenswille	Erde	rot
Nabelchakra	unterhalb des Bauchnabels	Sexualität, Lust, Sinnlichkeit, tiefe Gefühle	Wasser	orange
Solarplexus-chakra	auf Höhe des Sonnengeflechts	Selbstvertrauen, Macht, Grenzen, Willenskraft	Feuer	gelb
Herzchakra	auf Höhe des Herzens	Liebe, Mitgefühl, Güte, Geborgenheit, Zuneigung	Luft	grün
Kehlchakra	auf Höhe des Kehlkopfes	Selbstausdruck, Kreativität, Kommunikation	Äther	hellblau, silber
Stirnchakra	mittig auf der Stirn, oberhalb der Augen (3. Auge)	Intuition, Phantasie, innere Wahrnehmung	–	violett, weiß
Kronenchakra	mittig über dem Scheitel	Spiritualität, Weisheit, Verbundenheit mit dem Kosmos	–	gold

Phase 1: Jede konzentriert ihren Atem mit geschlossenen Augen auf ein Chakra nach dem anderen, und zwar von unten nach oben. In der Musik wird durch einen Glockenton deutlich, wann das nächste Chakra beatmet werden kann. Dabei stellt jede sich vor, dass beim Einatmen der ganze Bereich um dieses Chakra herum energetisiert, belebt wird und beim Ausatmen alle Empfindungen und Gefühle, die dabei ins Bewusstsein kommen, ausgedrückt und auf diese Weise losgelassen werden. Natürlich wird dies bei einem Durchgang nur teilweise möglich sein (das spricht für Wiederholung). Dennoch ist es sinnvoll, nicht bei einem Chakra hängenzubleiben, sondern beim Glockenton zum nächsten weiterzuatmen. Eine kurze Berührung der dazugehörigen Körperregion kann es leichter machen, sich auf das jeweilige Chakra zu konzentrieren.

Das Ende dieser und der 2. Phase bildet das innere Bild, dass die Energie des höchsten Chakras wieder leicht wie eine Feder zu Boden sinkt, um sich nach einer kurzen Pause erneut durch die Chakren zu bewegen.

Phase 2: Für die zweite Phase stellen sich beide sehr nah, jedoch ohne sich zu berühren, voreinander und wechseln zwischen kurzer Konzentration auf das eigene Chakra mit geschlossenen Augen und Öffnen der Augen, um in der Energie des jeweiligen Chakras Kontakt mit ihr aufzunehmen und nach Möglichkeit sogar die Energien in der jeweiligen Chakraqualität zu verschmelzen. In dieser Phase kann jede üben, in der Wahrnehmung immer wieder leicht zu wechseln zwischen sich selbst und der Liebsten (was auch eine gute Vorübung für sensiblen sexuellen Austausch sein kann).

Die kurze Pause nach der zweiten Phase wird gefüllt mit tiefen, langgezogenen Atemzügen und tiefen Blicken durch die Augen in die Seele der anderen.

Phase 3: In der dritten Phase gehen beide wieder einen Schritt auseinander, schließen erneut die Augen, um jetzt erneut durch die Chakren zu atmen und ihrer Energie – vermischt mit der Energie der anderen – nachzuspüren.

Phase 4 (ohne Musik): Nach einer Ruhephase am Ende gönnen sich beide noch einen Austausch der Erfahrungen, während sie sich aufrecht gegenübersitzen, vielleicht mit einer Hand auf dem Herzen sprechend.

❶ *Kreativer Umgang mit möglichen Stolpersteinen:*

Wenn es unterschiedliche Bedürfnisse gibt, was Nähe oder Distanz beim Stehen angeht, ist es zumindest beim ersten Versuch günstiger, der Distanzbedürftigen nachzugeben, damit sie nicht innerlich oder äußerlich aussteigen muss.

Bei unterschiedlicher Blickintensität möge sich jede erlauben zu schauen, wie sie möchte, ohne den Blick der anderen zu interpretieren oder sich selbst als Norm zu setzen.

✪ *Variationsmöglichkeiten und Hinweise:*

Geübtere Paare können sich in der zweiten Phase auch ununterbrochen ansehen und schauen, was zwischen ihnen passiert.

Spiele, Übungen und Rituale …

… zur Feier der Liebe im Kreise Vertrauter

Wie auch immer sich ein Paar im Einzelnen definiert – es lebt nicht auf einer Insel, sondern ist in ein mehr oder weniger lesbenfreundliches wie heterozentristisches Umfeld eingebunden, das es im günstigsten Fall trägt und fördert und im ungünstigsten Fall übersieht, diffamiert, stört und behindert. Umso wichtiger ist das bewusste und geplante Gewürdigt- und Gefeiertwerden im Kreise wohlwollender Vertrauter. Damit jedes Paar ein eigenes Ritual für sich kreieren kann, folgen hier einige Informationen zur Grundstruktur von Ritualen, zu Elemente-Ritualen, zum Nutzen der klassischen magischen Festtage aus der alten Hexentradition und weiterführende Anregungen.

Grundstruktur von Ritualen der Liebe

Egal, ob es sich um ein Jahresfest (wie beschrieben bei Donate Pahnke, Starhawk u.a.) oder ein Elemente-Ritual (s. S. 156 ff.) handelt: Es hat sich als sinnvoll erwiesen, einen Grundablauf zu planen, der folgende Elemente enthält:

1. Vorbereitung des Platzes (aufräumen, eventuell Räume ausräuchern mit Salbei o.ä.; Ort in der Natur suchen und Ungestörtheit sichern), Bereitstellen von Gegenständen, Nahrungsmitteln u.ä.

2. Einigung über Zeit und Reihenfolge ritueller Handlungen
3. Reinigung und Einstimmung des Paares (z.B. gemeinsames Bad, gemeinsame Bewegungsmeditation)
4. Schließen eines Energiekreises (z.B. um das eigene Liebeslager), äußerlich sichtbar durch Kerzen, Tücher u.ä., und Energetisieren des Kreises (z.B. über kräftiges Ein- und Ausatmen oder einen gemeinsamen Tanz)
5. Anrufen von Frauenkräften/Elementen/Göttinnen zur Unterstützung der transformatorischen Wirkung eines Rituals (s.S. 153 ff.)
6. »Herausschicken« (z.B. symbolisches »Aus dem Fenster Pusten«) unliebsamer Kräfte (z.B. den eigenen Perfektionismus) und »Hereinrufen« förderlicher Wesen (z.B. den Geist einer gütig-gewährenden Großmutter oder die Verspieltheit von Delphinen) durch lautes Benennen
7. Gemeinsame oder jeweils einzelne Formulierung des Anliegens, des Herzenswunsches, der in Erfüllung gehen möge
8. Abfolge der vorher vereinbarten Ritualhandlungen (siehe nächstes Kapitel), die der Verwirklichung des Wunsches dienen sollen (meist bestehend aus Gesängen, Tänzen, Spielen, Übungen, Symbolakten und verbalen Benennungen, um das Anliegen mit Kraft zu versehen, in die Tat umzusetzen, um Gefühle zu verwandeln, Energien zu transformieren und all das in einen überindividuellen Zusammenhang einzubinden)
9. Verbale Zusammenfassung des Erlebten, Konzentration und Bekräftigung der Erfahrung
10. Stilles Nachspüren
11. Dank an die Kräfte und Göttinnen/Wesen und »Entlassen« aller zu Beginn hereingerufener Hilfswesen
12. Öffnen des Energiekreises und bewusstes Hinwenden zu Alltagstätigkeiten (z.B. essen, reden, aufräumen oder spazieren gehen) – auf diese Weise langsam wieder in der Alltagsrealität ankommen.

Da Frauen unterschiedlicher spiritueller Schulen sich gern über die Zuordnung der Naturelemente zu den Himmelsrichtungen streiten, ich diese Theorien aber alle nachvollziehbar finde und mich nicht in diese »Nebenarenen« spirituell verbrämter Konkurrenz begeben möchte, schlage ich hier vor, die Naturkräfte/Elemente einzeln zu rufen und die verschiedenen Frauenkräfte aus unterschiedlichen Zeiten (z.B. frühen Zeiten matristischer Religionen) und Orten (z.B. den verschwiegenen Bergwelten anderer Kontinente) aus den verschiedenen Himmelsrichtungen zusammenzurufen, um so das eigene Bewusstsein über diese Kräfte zu wecken und damit den Ritualkreis zu schließen. Die Anruferin und alle im Kreis wenden sich also (am besten im Stehen) der jeweiligen Himmelsrichtung zu und heißen die Kräfte mit einer einladenden Geste und einer Hinwendung zur Kreismitte willkommen. Auch die folgenden Formulierungen bitte ich wiederum nur als Ideen (die ich den Anruferinnen in meinen Ritualen auf Wunsch auf einem »Spickzettel« in die Hand drücke) und nicht als feststehende »Gebetstexte« zu verstehen:

NORDEN

Ich rufe die still-lebendigen Frauen des Nordens an,
den weißen Geist des Winters, des Rückgangs, der Besinnlichkeit, die weise und zeitlose Alte, die die Geheimnisse der Ewigkeit kennt.
Ich rufe die wilden Erd- und Höhlenbewohnerinnen,
die uns mit ihrem selbstverständlichen Körperbewusstsein ein Vorbild sein können.
Ich rufe die starken Inuit-Frauen, *die selbst in äußerer Kälte ihre wärmende Herzlichkeit miteinander teilen.*
Ich rufe die humorvollen Alten, *die die Angst vor dem Tod*

hinter sich gelassen haben und uns das Loslassen lehren können.

Kommt her in unseren Kreis: ihr seid willkommen!

OSTEN

Ich rufe die lächelnden Frauen des Ostens an.

***Ich rufe die Sinnlichkeit der Orientalinnen** mit ihren wiegenden Hüften, auf dass die Morgensterne in unseren Hüften tanzen mögen.*

***Ich rufe die Märchenerzählerinnen,** die unseren Geist verzaubern können.*

***Ich rufe die jugendlichen luftig-leichten tantrischen Himmelstänzerinnen,** die den Menschenfrauen das lustvolle Meditieren zeigen können.*

***Und ich rufe die Mutter Tibets – Tara – die Göttin** des großen Mitgefühls und des schnellen Handelns, die unsere Herzen in grünes Licht tauchen kann, um sie so sanft zu verbinden.*

Kommt her in unseren Kreis: ihr seid willkommen!

SÜDEN

***Ich rufe die mächtigen Frauen des Südens an,** die reifen Vollblutfrauen, die roten Liebhaberinnen des Feuers und der Leidenschaft, die Frauenkräfte der Sexualität und der vitalen Wärme.*

***Ich rufe die afrikanischen und südamerikanischen Frauen** mit ihrem kräftigen Erdenfeuer und ihren sinnlich-ekstatischen Tänzen.*

***Ich rufe die Zauberkräfte der schwitzenden Frauen** heißer Gegenden, auf dass sie die Gefühle in unserem Schoss in einem glühenden Schmelztiegel zum Kochen bringen und so zu ekstatischen Formen unserer Lebenskraft vermischen.*

Kommt her in unseren Kreis: ihr seid willkommen!

SÜDEN

Ich rufe die liebenden Frauen des Westens an.
Ich rufe die Frauen von den Küsten *aller Meere, Seen und Flüsse mit ihrer tiefen Verbindung zur Natur, die unsere Verbindung mit Mutter Erde stärken können.*
Ich rufe die Frauen aus den Bergen *und weiten Hochebenen mit ihrer handfesten Spiritualität, auf dass sie uns helfen, zu einem ruhigen Pol für andere Frauen zu werden.*
Ich rufe die Heilerinnen, *mit deren Hilfe wir in der Tiefe unseres Selbst die Kraft der Selbstheilung entdecken können.*
Kommt her in unseren Kreis: ihr seid willkommen!

MITTE

Ich rufe die konzentrierten Frauenkräfte der Mitte unseres Kreises.
Ich rufe die Kräfte unserer Körpermitte, *die tiefen Gefühle im Bauch jeder einzelnen Frau.*
Ich rufe die oberen Kräfte, *unsere Visionen von frauenbewegten Zeiten und frauenstärkenden Orten.*
Ich rufe die unteren Kräfte, *die Fähigkeiten unserer Großmütter und Ahninnen, die uns unser Zusammenkommen überhaupt ermöglicht haben.*
Ich rufe die Frauenkräfte *unserer Umgebung, all die Freundinnen und Unterstützerinnen, auf dass sie unsere Wachstumsprozesse mittragen mögen.*
Und ich rufe noch einmal Tara, *die Verkörperung unserer weiblichen Vielfalt, auf dass wir lernen, unsere Unterschiedlichkeit liebevoll zu würdigen und unsere Stärken zusammenzufügen.*
Kommt her in unseren Kreis: ihr seid willkommen!

Und um den Kreis am Ende eines Rituals klar aufzulösen und damit auch wieder auf die Wahrnehmungsebenen der Alltagsrealität zurückzukehren, ist es sinnvoll, die Präsenz der Kräfte noch einmal zu würdigen, sich bei ihnen zu bedanken, sie zu entlassen, um dann den Kreis wieder zu öffnen.

Vorschlag für die Verabschiedung der Elemente nach dem Ritual:
Dieselben Frauen, die die Frauenkräfte der verschiedenen Himmelsrichtungen angerufen haben, stellen sich am Schluss noch einmal in die jeweilige Richtung, bedanken sich bei diesen Frauenkräften und sagen ihnen auf Wiedersehen. Die Gruppe schaut ebenfalls in die jeweilige Richtung. Dabei ist die Reihenfolge umgekehrt wie zu Beginn.

Vorschlag für die Öffnung des Kreises am Ende als Aufgabe für die Ritualleiterin oder die Frau der Mitte:
»Hiermit öffne ich den Kreis wieder, der sich aus unserer Verbindung in diesem Ritual gebildet hat. Er ist nun offen, aber ungebrochen. Möge jede ihre Erfahrungen zum Wohle ihrer selbst und zum Wohle aller Frauen in die Welt tragen.«

Elemente-Ritual

Jede Person, jede Beziehung ist immer auch geprägt von den Elementen, die auch ansonsten unsere Natur wie unsere Kultur ausmachen, sowie durch die spezielle Gewichtung und Ausformung und das spezielle Verhältnis der Elemente in ihr:

Die Erde: das Materielle, Feste, die Struktur, die Bodenständigkeit
Die Luft: das Geistige, Schnelle, die Leichtigkeit, die Freiheit, die Kommunikation, der Verstand

Das Feuer: das Temperament, die Leidenschaft, die Sexualität, die Heilung
Das Wasser: die Emotionalität, das Seelische, die Liebe, die Sensibilität, die Spiritualität
Der Äther: der weite Raum in und um uns, die Übersinnlichkeit, die Auflösung von Grenzen

In unserer Kultur wird der Äther oft nicht mitgezählt, weil er nicht »auf den ersten Blick« sinnlich erfassbar ist. Dabei ist uns klar, dass wir mit unserer Art, die Welt wahrzunehmen und zu deuten, alles Erfassbare an die Dimensionen Raum und Zeit binden. So machen wir es auch mit der Liebe und verleihen ihr auf diese Weise menschliche Erfassbarkeit. Für mich geht Liebe immer über das sinnlich Wahrnehmbare hinaus; sie ist größer als wir selbst, ist reine Magie (im Sinne des zielgerichteten Zusammenfügens aller Kräfte der Natur) und bewirkt Kräfte (z.B. Einfallsreichtum, Tatendrang und Ausdauer), die die Geliebte verzaubern können und die Liebende gleich mitverwandeln.

Wenn wir also in Ritualen die Elemente anrufen, heißt das nicht, wir rufen sie irgendwoher (wie gesagt streiten sich meine Teilnehmerinnen immer mal wieder darum, nach welchem System gearbeitet werden soll, ob z.B. die Erde dem Norden oder dem Westen zugeordnet wird), sondern wir verbinden die Qualitäten der Naturelemente in uns mit denen um uns herum, machen uns das bewusst und können so auch bewusst Wege bahnen, Schwerpunkte setzen oder Verbindungen ziehen. Und für Rituale der Liebe gilt natürlich, was für alle anderen spirituellen Praktiken (also für Methoden der Lenkung, Erweiterung, Verfeinerung und Verbindung von Energiewellen, die noch schneller fließen/schwingen als die Wellen der geistigen Energien, aber durch sie – z.B. durch Gedanken – evoziert und geformt werden können) gilt: Die Energie folgt immer dem Bewusstsein! Als Beispiel: Ich brauche mir nur ihr bezauberndes Lächeln vor Augen zu führen, und schon wird mein Herz offener und weicher und ich freue mich an unserer Beziehung. Oder: Ich brauche mir nur ihren sturen Gesichtsausdruck bei unserem letzten Streit bewusst zu machen, schon verengen sich meine Pupillen und ich ziehe mich innerlich zusammen. Dieses Prinzip machen wir uns bei allen Ritualen zunutze und nehmen uns dadurch die Macht, unsere Energiezustände (Gefühle, Empfindungen, Wahrnehmungen, Trancen usw.) bewusst zu beeinflussen.

➲ *Ziel:*
Kräftigung, Belebung, Vertiefung und/oder Transformation der Liebesbeziehung in neue Dimensionen (z.B. von der personellen Liebe zur über die konkrete Person hinausreichenden tiefen Verbundenheit); Zelebrieren des liebenden Miteinanders.

◎ *Zeit und äußere Vorbereitungen:*
Vorbereitung: je nach Gegebenheit (draußen oder drinnen): Vorbereitung des Platzes zum Sitzen und Stehen, Platzierung von Symbolen und Kerzen für die 4-5 Elemente, vorher überlegte und auf einem Zettel festgehaltene Beziehungswünsche für die Wirkung eines jeden Elementes. 1 1/2 Stunden für das eigentliche Ritual.

Als Zweierritual ist es unkomplizierter vorzubereiten; Gruppen erfordern eventuell einen größeren Ort und z.B. die Wahl von Sprecherinnen/Hüterinnen des jeweiligen Elementes.

Gerade für ein solches Ritual kann als individuelle Vorbereitung und innere Einstimmung ein Bade- oder Waschungsritual dienen, in dem drei Mal (nach dem magischen Satz: »Was dreimal vollzogen wird, erfüllt sich!«) folgende Körperteile gereinigt werden mit folgenden Worten:

- Gesicht: Mögen alle negativen Gedanken aus meinen Gesichtszügen weichen und mein Gesicht berührbar werden für ihre zärtlichen Hände.

- Ohren: Mögen meine Ohren heute besonders viele Komplimente und Worte der Liebe zu hören bekommen.
- Mund: Möge mein Mund sich zum Küssen weich öffnen, und mögen ehrliche Worte über meine Lippen kommen.
- Hände: Mögen meine Hände sich öffnen für die Geschenke der Natur und ihren Körper liebend umfangen.
- Füße: Mögen meine Füße leichten Schrittes gemeinsame Wege gehen – mit ihr.

♥ *Schritt für Schritt:*
- Reinigung und eventuell Beduftung des Raumes
- Ziehen eines Schutzkreises um das Paar (oder Schließen des Gruppenkreises) und kurze »Erdung« durch die Bewusstwerdung des Bodenkontaktes der Fußsohlen über das gezielte Hinunteratmen oder auch eine »Erdung« über das bewusste Hinunteratmen durch die unteren Venuslippen in die Erde hinein.
- Symbolisches »Hereinholen« der 4 Grundelemente in diesen Kreis durch Hereintragen der vorher außerhalb des Kreises stehenden Symbole mit gleichzeitiger verbaler Einladung der mit ihnen verbundenen Kräfte, wie ich sie oben vorgeschlagen habe. Das kann durch Hintergrundtrommeln oder Gongen verstärkt werden.
- Entzünden der dazugehörigen Kerzen in den Farben der Elemente, die dann meist auch den jeweils präferierten Himmelsrichtungen zugeordnet werden (s. Tabelle S. 160/161).
- Energetisieren des Kreises/des Paares darin durch Töne, die sich vom untersten bis zum obersten Chakra bewegen und in Höhe und Lautstärke manchmal wie von selbst die Form eines Kegels annehmen, der als Tonkegel den Kontakt mit dem Äther symbolisiert.
- Beginn mit dem speziellen Atem zu jeweils einem Element – Atem nach einem Einatmen anhalten – den Liebeswunsch sprechen – wieder langsam ausatmen. Das jeweils dreimal

Elemente	**Himmels-richtungen**	**Thema/ Hüterin …**	**Symbole/Kerzen**
Erde	Norden	Intuition/ Hüterin des Ackers	Erde Sand Steine Edelsteine Pflanze in Erde gelbe Kerze
Luft	Osten	Weisheit/ Hüterin des Windes	Feder Fächer Stab Tücher blaue Kerze
Feuer	Süden	Liebe/ Hüterin des Herdfeuers	Räucherschale Kessel mit Glut Kerzen rote Kerze
Wasser	Westen	Heilung/ Hüterin des Flusses	Schale mit Wasser gefüllter Kelch Badeöl grüne Kerze
Äther	Raum	Einheit mit der Natur/ Hüterin des Lichtes	Musik feiner Rauch weiße Kerze

Haltung im Stehen	Atmung	Beispiele für Liebeswünsche
Jeweils aufrecht stehen, die Arme werden halb hochgehoben mit den Handflächen nach unten parallel zum Boden; *in Ruhe dasein*	Nase ein – Nase aus	»Möge unsere Liebe auf festem Boden blühen und gedeihen, genährt durch Achtsamkeit und Intuition!«
Die Arme werden seitlich nach oben ausgebreitet und ahmen den sanften Flügelschlag nach; *große Bewegung*	Mund ein – Mund aus	»Möge unsere Liebe sich mit unserer Klugheit zur Weisheit des Herzens entwickeln und unsere Begegnungen leicht machen!«
Die Arme werden über dem Kopf zu einem Dreieck zusammengeführt und bilden eine Flamme nach; dabei leicht und fast lautlos in die Hände klatschen; *schnelle Bewegung*	Mund ein – Nase aus	»Möge unsere Liebe auch im Alltag leidenschaftlich und stark sein und ihre Glut uns auch in kühlen Zeiten wärmen!«
Arme über dem Kopf zu einer leicht geöffneten Herzform mit nach unten locker gebogenen Händen zusammenführen; dabei machen die Finger schnelle Wellenbewegungen wie fließendes Wasser; *schnelle, weiche Bewegung*	Nase ein – Mund aus	»Möge unsere Liebe immer im Fluss bleiben, ihre Grenzen fließend erweitern und heilsame Wirkungen auf uns beide haben!«
Die Arme werden gekreuzt auf die Brust gelegt und ruhen dort; *stille Hingabe*	auf sehr feine Weise Nase ein – Nase aus	»Möge unsere Liebe sich immer mehr Raum in unserem Leben nehmen und uns unsere Verbindung zur Natur lustvoll spüren lassen!«

wiederholen, bevor die Konzentration zum nächsten Element geht.

- Abschluss mit einem Elemente-Chant (z.B. »Feuerkraft« von Arunga Heiden auf der CD *LebensFluss* oder »Kuate« von Gila Antara auf *Healing Journey II*).
- Noch einen Moment lang Hand in Hand dastehen und die jetzt spürbaren Kräfte in sich wahrnehmen.
- Bedanken und symbolisches »Verabschieden« (s. S. 156) der Elemente/der Naturkräfte und Öffnen des (Schutz-)Kreises
- Ausklang bei kleinem Austausch auf der Ebene des fühlenden Erzählens ohne Anspruch auf intellektuelle Analyse oder Planung konkreter Wunscherfüllungen, spazieren gehen, Tee (o.a.) trinken.

❶ *Kreativer Umgang mit möglichen Stolpersteinen:*
Manche in Jahreszeitenfesten oder spirituellen Kreisritualen erfahrene Frauen werden bei der Durchführung eines selbst kreierten Liebesrituals plötzlich unsicher und neigen dann zu rigidem Bestimmenwollen und Verkünden dessen, was im Umgang mit den Elementen nun richtig oder falsch sei. Auch in diesem Fall gilt: Das Loslassen alter Urteilsstrukturen und Kontrollzwänge dient meist mehr der (gemeinsamen) Wahrheitsfindung als das Festhalten an irgendwelchen »offiziellen« Systemen.

✪ *Variationsmöglichkeiten und Hinweise:*
Im Kreise von vielen Frauen bietet sich an, eine zu wählen, die besondere Verantwortung für die Ritualstruktur und den Ablauf übernimmt (natürlich immer in Abstimmung mit den Frauen), auch wenn alle mit geplant und vorbereitet haben. Dies gilt insbesondere, wenn die Liebeswünsche an die elementaren Kräfte für ein Hauptpaar bestimmt sind, das sich am besten für die Kräfte öffnen kann, wenn es weniger an Handlungsabläufe denken oder wachsam auf den Gruppenprozess achten muss.

Die magischen Festtage

Wenn wir als Lesben unsere Liebe feiern wollen, bieten sich außer den persönlichen Daten (z.B. das Datum der ersten gemeinsamen Liebesnacht) auch die Festtage an, die in den wenigen Hexentraditionen, die nicht mit den mittelalterlichen Hexenverbrennungen verloren gegangen sind, überliefert und neu belebt wurden. Wir können natürlich auf andere Kulturen ausweichen, um Grundlagen für unsere Feste zu finden, doch es bietet sich auch an, auf Wurzeln in unserer eigenen Kultur zu schauen und die Rhythmen der Frauen (die Menstruations- und Biorhythmen genauso wie die Phasen der Liebe) mit den Kreisläufen der Natur in Verbindung zu bringen und so beide zu (be-)achten. Außerdem gibt es in unserer Frauengeschichte trotz viel verloren gegangenem Frauenwissen die Möglichkeit, von den Erfahrungen zu profitieren, die vor uns viele Hexenzirkel der neueren Hexenbewegung oder der spirituellen Frauen, die eine Tradition der Jahreszeitenfeste entwickeln, gemacht haben und damit der gelebten und gefeierten Spiritualität ein deutliches weibliches Gepräge geben.

Da es hierzu entsprechend gute, praxisbezogene Literatur gibt (s. Donate Pahnke, Jeanne Achterberg u.a.), erwähne ich hier nur kurz den Jahreszyklus der magischen Festtage (wie sie z.B. bei Starhawk in *Der Hexenkult als Ur-Religion der Großen Göttin* oder bei Donate Pahnke in *Göttinnen und Priesterinnen* beschrieben sind) als Grundlage für eigene Rituale.

Datum	Stand im Jahreszyklus	Name	Thema
2. Februar	Ende des Winters	Brigid/ Fest der 1000 Lichter	Das neue Erwachen des Lebens, Liebe, Licht, Erneuerung, Reinigung, Klärung des Jahresthemas
21. März	Frühlingstag- und- nachtgleiche	Ostara	Frühlingsanfang, Erde, Fruchtbarkeit, Gleichgewicht, Entscheidungen treffen
1. Mai	Walpurgisnacht	Beltane	Liebe, Leidenschaft, Sexualität, Feuer, Hochzeit, Fest von Freya und Diana
21. Juni	Sommer- sonnenwende	Litha	Höhepunkt (der längste Tag im Jahr), Licht und Schatten, Sieg des Lichtes über die Dunkelheit, Lust und Unlust
1./2. August	Erntezeit	Lammas	Wachstum und Reichtum, Reife und Ernte, Feier von Erfolgen
21. September	Herbsttag- und-nacht- gleiche	Mabon/ Freya	Dank, Abschied, Übergänge schaffen
1. November	Hexen- neujahr	Halloween	Feuer- und Totenfest, Tore zum Leben und zum Tod öffnen, Trennungen, Totenehrung
21.-23. Dezember	Winter- sonnenwende	Jul	Geburt des Lichtes, Neuanfang, Wiedergeburt, Frieden, Liebe
(meist 13 mal im Jahr)	Vollmond		Mondin als Freundin der Frauen, Hexenzahl 13 für die 13 Vollmonde eines Jahres

Bräuche, Rituale	**Edelstein**
Vergebungsritual, Reinigungen, Einweihungen und Segnungen	Mondstein, Rubin
Vertreibung der Wintergeister, Samen aussäen, Eier bemalen (Ostern)	Aquamarin, Rosenquarz
Das wichtigste Hexenfest: Tanzen, Toben, Besenreiten, Ekstatisches, wildes Feiern der Fruchtbarkeitsrituale	Aventurin, Chrysokoll, Malachit
Heilkräuter sammeln (haben jetzt die meiste Kraft), Tanz um das Feuer, Zauber aller Art	Jade, Lapislazuli, Tigerauge
Segnungen der Ernte, aller Speisen, Erfolgs- und Freundinnenschaftszauber	Bernstein, Citrin, Goldtopas
Dankesrituale, Hexenzirkel gründen, Kräfte bündeln und Gemeinsames weben	Amethyst, Jaspis
ruhige, besinnliche Raunächte oder wilde Halloweenparties mit ausgehöhlten Kürbisköpfen u.a.	Onyx, Opal, Obsidian, Schwarzer Turmalin
Lichtrituale, Friedensgebete	Granat, Granit, Hämatit
Kerzenmagie, Wunschzauber je nach Charakter des Mondes	Perle, Jade

Für Tortenliebhaberinnen hier das Hexenjahr noch einmal als Tortendiagramm:

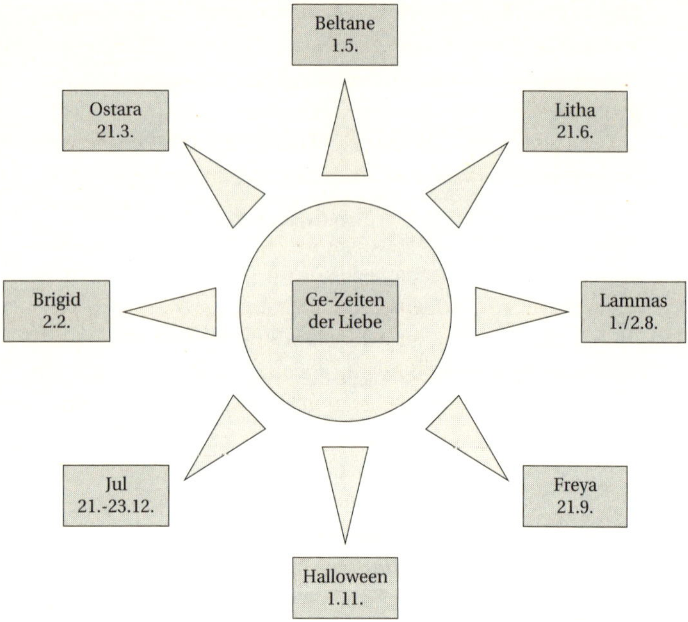

Jahresfest oder Mehrjahresfest

Vielen Lesben sind festgelegte Festtage und geplante Feiern viel zu künstlich. Ich selbst sehe darin allerdings die Chance, sich mit anderen frühzeitig an einem Festtermin zusammenfinden und die Zeit der Vorbereitung und Vorfreude genießen zu können.

Wenn es um ein Beziehungsjubiläum geht, stellt sich erst einmal die Frage, welchen Zeitpunkt die beiden als Beginn ihrer Beziehung definieren und nach welcher Zeit sie ihre Liebe besonders feiern möchten, und zwar nicht nur allein (z.B. über das in der Zweierintimität gefeierte Elemente-Ritual), sondern im Kreis vertrauter Menschen, die damit die Möglichkeit erhalten, ihre Freude über die Liebe dieser beiden Frauen auszudrücken und ihnen durch die Spiegelung/die Resonanz, die sie ihnen z.B. in einem kleinen Ritual geben, Stärkung und Unterstützung zukommen zu lassen.

➲ *Ziel:*
Feier und Stärkung der Liebesbeziehung sowie Anerkennung der Zeit, über die die beiden ihre Beziehung pflegen und aufrechterhalten konnten, durch einen Kreis vertrauter Menschen.

◎ *Zeit und äußere Vorbereitungen:*
Um sich aufeinander einlassen zu können, sind mindestens 2 Stunden (möglichst nach hinten offen) sinnvoll. Für die äußeren Vorbereitungen (z.B. Getränke und Essen zubereiten, Sitzgelegenheiten schaffen oder besondere Räumlichkeiten bzw. Platz in der Natur herrichten) ist es oft günstig, die Unterstützung von Freundinnen anzunehmen, um sich mehr auf die inneren Vorbereitungen (z.B. Bilanz der bisherigen Beziehung, Wünsche, Rückmeldungen, Zukunftsvisionen und kon-

krete Ziele) und auf die persönlichen Vorbereitungen (z.B. Baden, Cremen, Meditieren) konzentrieren zu können.

♥ *Schritt für Schritt:*
Ein individueller Zusammenschnitt aus den »Ritualen für die Hohe Zeit« (siehe nächstes Kapitel oder Eigenkreationen) oder eine Auswahl von Bräuchen aus der »Lesben-Hoch-Zeit« (siehe nächstes Kapitel).

❶ *Kreativer Umgang mit möglichen Stolpersteinen:*
Die meisten Stolpersteine, Frustpunkte oder Brüche entstehen aufgrund mangelnder oder unklarer Absprachen oder aufgrund unvorhergesehener Ereignisse, die jede dann mit ihrem individuellen »Not- und Krisenmanagement-Muster« beantwortet. Fazit: Liebevolle Vor- und Zwischenabsprachen haben schon manchen Stolperstein aus dem Weg geräumt oder zur Startrampe für neue Anläufe werden lassen!

✪ *Variationsmöglichkeiten und Hinweise:*
Wenn z.B. Naturrituale bevorzugt werden, ist es sinnvoll, dem ganzen Fest diesen Charakter zu verleihen. Wenn ein geselliges Tanzfest geplant ist, müssen nicht noch alle möglichen anderen Dimensionen mit eingebracht werden – es sei denn, eine »wilde Mischung« ist das, was das Paar sich wirklich wünscht. Meist gilt jedoch auch für solche Feste der Liebe und der Fülle: »Weniger ist mehr«.

Spiele, Übungen und Rituale …
… für die Hohe Zeit

Auch wenn lesbische Paare nicht die bei vielen Hetero-Ehen übliche Jubiläumsstruktur von Grüner bis Goldener Hochzeit übernehmen möchten, kann es sehr stärkend sein, sich regelmäßig als Paar feiern zu lassen. Einige Paare organisieren das in Form von Ritualen wie z.B. den bereits erwähnten Jahreszeitenfesten oder dem Jahresfest der ersten gemeinsamen Liebesnacht. Auf diese Weise gibt es neben dem Alltag mit seinen Höhen und Tiefen auch immer wieder eine »Hohe Zeit«, die sowohl der Freude dient, als auch über Tiefpunkte hinweg- und durch »laue Phasen« hindurchtragen kann.

Ein Herzensritual der Liebe

Die Zeit der Vorbereitung

Die Güte eines tiefgreifenden, bewegenden, nachhaltig wirkenden Rituals liegt in seiner sorgfältigen Vorbereitung!

Abgesehen von praktischen Vorbereitungen (wie z.B. Essen und Getränke für alle vorbereiten oder besorgen lassen), gibt es einige Punkte, die allesamt kein »Muss« sind, sich aber als ritualvertiefend herausgestellt haben, nämlich:

- sich beiderseitig über Ziele, Wünsche, Visionen in Bezug auf das Ritual klar werden, bevor über die Möglichkeiten der Realisierung sinniert wird

- mindestens einen Mondmonat lang als Paar sexuelle Enthaltsamkeit mit inniger Sinnlichkeit/Erotik üben
- die eigene sexuelle Energie jedoch in verschiedenen Formen von sexueller Selbstliebe leben lassen
- alle offenen Konflikte/unausgestandenen Streits mit ihr offensiv angehen und möglichst klären
- eine eigene, eventuell auch eine gemeinsame Bilanz der Beziehung ziehen – besonders wenn diese vor dem Ritual schon länger bestanden hat
- frühzeitig Ritualgegenstände besorgen (z.B. Kelch als symbolisches Gefäß für das Fließen der Liebessäfte oder Herzdose für das Vermengen der Haare oder Ritualgewänder, die miteinander harmonieren)
- frühzeitig Entscheidungen über Einladungen und Nicht-Einladungen treffen
- Auswahl einer Ritualmeisterin oder eines Organisationsteams

Die Hohe Zeit des Herzens

Unser Herz ist nicht nur ein lebenswichtiges Organ, das alle anderen Organe mit Blut, dem Saft des Lebens, versorgt – es ist auch der Ort der Zuneigung, Liebe, der Verbindung zum »Du«, des »Ja« zum Leben. In der tantrischen Tradition ist das Herz der wichtigste Ort, weil es die Stelle der Umwandlung von Angst in Liebe, von Kontakt zu tiefer Begegnung und nicht zuletzt die Transformationsstelle von sexueller in spirituelle Energie darstellt.

In unserer Gesellschaft wird die Herzsymbolik immer wieder zur Darstellung von Liebe, besonders der zwischen zwei Menschen, eingesetzt. Wenn wir also ein Herzritual kreieren, in diesem Fall sogar ein herzensbezogenes Hoch-Zeits-Ritual, ist die wichtigste Leitlinie, immer wieder vom eigenen Herzen und vom Schwingen der gerade spürbaren Herzensbeziehung auszugehen und sich davon inspirieren zu lassen.

Nachdem ich in meinem Buch *Tantra für Genießerinnen* bereits einige Herzrituale beschrieben habe, will ich hier weitere Formen darstellen, aus denen sich ein Liebes- oder Beziehungsritual entwickeln lässt, das den Bedürfnissen, Wünschen, Sehnsüchten und Grenzen der beiden betreffenden Frauen entspricht. Ich selbst hatte das Glück, ein solches Ritual unter der Leitung von Donate Pahnke McIntosh zu erleben. Daher haben auch viele der weiteren Beschreibungen ihre Wurzeln in ihrer reichhaltigen Ritualerfahrung. Dennoch ist jedes Paar und jede Ritualmeisterin aufgefordert, genau hinzuschauen, was für das Paar stimmig ist. Ich werde also mehr Ritualideen und Aktionsmöglichkeiten aufzeigen, als in einem einzigen Ritual umsetzbar sind, damit eine Auswahl möglich ist.

➔ *Ziel:*
Das vorrangige Ziel ist, die Herzensverbindung des Paares zu stärken, sie erblühen zu lassen und durch die Verbindung zur Gemeinschaft in gemeinsame Frauenräume und gemeinsame Liebeswege hinein zu weiten.

◎ *Zeit und äußere Vorbereitungen:*
Große Rituale brauchen lange und sorgfältige Vorbereitung (mindestens 1 Mondmonat, besser etwas länger, siehe »Zeit der Vorbereitung«). Das eigentliche Ritual (ohne eventuelles Essen danach) sollte nicht länger als 3-4 Stunden dauern und nicht zu spät Abends beginnen, um die wache Präsenz der Beteiligten zu gewährleisten.

Die äußere Vorbereitung sowie die Nachbereitung des Raumes (z.B. Bekleben oder Bemalen der Wände mit Frauenzeichen in Herzform, Lesbensymbolen, Göttinnenfiguren etc. kann selbst eine Turnhalle zum Tempel der Frauenliebe machen) oder des Naturplatzes, die Einstimmung der GästInnen, eventuelles Einüben von Gesängen oder Tänzen sowie das Bereitstellen von Essen, Trinken, Blumen etc. und den vorher vereinbarten Symbolgegenständen sollte nach Möglichkeit nicht vom Liebespaar selbst, sondern von einem Organisationsteam mit einer erfahrenen Ritualmeisterin in der Leitung (die dann auch durch das gesamte Ritual leitet, die Energie im Kreise hält, verantwortlich und aktiv Störungen oder Stockungen angeht und Aktivitäten Einzelner koordiniert) gemanagt werden, so dass die beiden Liebenden sich dem Ritual und seinen Wirkungen hingeben können.

Beim ersten Vorbereitungstreffen können die beiden Liebenden ihre Ziele, Wünsche, Sehnsüchte mitteilen, eventuell auch die derzeitige Form der Beziehung, möglicherweise die spirituelle Grundorientierung beider, die persönlichen Symbole, so dass die Vorbereitungsfrauen Ideen zur Verwirklichung der Wünsche bekommen. Dennoch ist es günstig, wenn das Paar ihnen auch kreative Freiheiten lässt und offen bleibt für Überraschungen an jenem Abend.

Als Beispiel hier die Einigung eines Paares mit der von ihnen ausgewählten künftigen Ritualmeisterin und Paarbegleiterin: Einen Mondmonat lang vor Ritualbeginn werden beide miteinander sexuell enthaltsam sein und diese einmalige Chance in der Beziehung nutzen für eine individuelle stille Bilanz der Beziehung, für die innere Auseinandersetzung mit Widerständen gegen Bindung und Beziehung, für klare, direkte, kritische Rückmeldungen an die andere, für das Äußern von Ängsten und Misstrauensanwandlungen und für Rückzüge in die eigenen vier Wände. Weiterhin kaufen beide zusammen einen (symbolträchtig zerbrechlichen) Kelch für das symbolische Trinken des Blutes der anderen (z.B. symbolisiert durch roten Traubensaft), sie einigen sich auf Ritualgewänder aus Seide oder einem anderen passenden Stoff in den jeweiligen Lieblingsfarben, die gut zusammenfließen können; sie einigen sich noch einmal, die Verantwortung für den Ritualablauf wirklich an die Ritualmeisterin abzugeben und ihr zu vertrauen. Auch das »Ja« zu der anderen wird in seiner jeweiligen Bedeutung ausführlich vorbesprochen.

Eingeladen werden nur diejenigen, von denen die Liebenden sich vorstellen können, dass sie ein solches Herzritual von Herzen gern mitmachen und sich dabei vermutlich auch wirklich beziehungsstärkend für beide verhalten werden.

Zur Entlastung und Einstimmung auf das Ritual wird am Ritualabend ein Warteraum allein für das Paar bereitgestellt, der ihnen eine gemeinsame meditative wie kosmetische Vorbereitung ermöglicht, ohne gleich in Smalltalk mit ankommenden Gästinnen hineingezogen zu werden.

♥ *Schritt für Schritt:*

Wie bereits beschrieben, besteht jedes spirituell-transformatorische Ritual aus mehreren Schritten, die dazu dienen, eine Transformation, also das Verwandeln einer alten, nicht mehr gewünschten, in eine neue, befriedigendere oder sinnstiftendere Form zu ermöglichen. Um ein Beispiel zu geben, wie ein solches Hoch-Zeit-Herz-Ritual aussehen kann, hier der Ablauf eines Ritualabends:

- Zwei vorher gewählte Unterstützungsfrauen (die dem Paar auch später als »Patinnen« und Liebesbegleiterinnen zur Verfügung stehen wollen) holen das Paar aus dem Warte- und Vorbereitungsraum in den Ritualkreis.
- Nach dem Schließen des Kreises durch Hände und kreisende Blicke, einer kurzen Erdungsanleitung und einem Begrüßungskreistanz werden auf kreative und humorvolle Weise die Elemente und andere hilfreiche Wesen in den Kreis hineingerufen und andere, eher unliebsame Wesen mit dem Hinweis, sich vor der Tür aus der dort bereitgestellten Schüssel Reis zu verköstigen und dann zu gehen, des Kreises verwiesen.
- Dann werden zwei Halbkreise gebildet von Frauen, die sich jeweils mehr der einen oder der anderen freundschaftlich

zuordnen und eine von beiden jeweils in ihre Mitte nehmen. Dann rufen sie ihr all die Qualitäten zu, die sie persönlich an ihr schätzen, aber auch kritische Eigenschaften, Schwächen, Vorlieben und vor allem die Seiten an ihr, die sie selbst in der Freundinnenschaft mit ihr erfahren haben, sowie die Qualitäten, die sie vermutlich auch in Zukunft in die Liebesbeziehung einbringen wird. Die Zurufungen enden mit einer Abschlussumarmung, bevor die beiden Liebenden die Kreise tauschen, um nun noch einmal im Spiegel des anderen Halbkreises durch Zurufungen zu erfahren, welche Qualitäten, Stärken, Schwächen, Grenzen und Vorlieben der Partnerin ihnen in Zukunft wahrscheinlich begegnen werden. Auch dieser Teil endet wieder mit Abschlussumarmungen und wird in Gesang und Tanz aufgelöst.

- Das, was dann beide persönlich vermutlich am meisten bewegt, berührt, bestärkt und miteinander verbindet, ist das von der Ritualmeisterin rituell abgefragte Ja zueinander als laut ausgedrücktes Versprechen und/oder die ausgesprochene Liebeserklärung vor aufmerksamen Freundinnen als Zeuginnen.
- Nach dem Ja oder der Liebeserklärung werden die den Liebenden zuvor abgeschnittenen Kopfhaare (als spirituelle »Luftantennen«) und Venushaare (als sexuelle »Erdantennen«) zum Zeichen ihrer sexuellen wie spirituellen Vereinigung in einem Herzkästchen vermengt und in die Mitte gelegt. Damit wird auch die Sensibilität füreinander auf beiden Ebenen symbolisiert.
- Direkt danach folgen das Anstecken der Ringe als Zeichen der nicht enden wollenden Liebe (natürlich sind auch andere Symbole möglich), der Trank des roten Lebenssaftes aus dem zerbrechlichen Kelch als Zeichen des Ineinanderfließens beider Herzen und Liebessäfte, der Kuss und das (kurzfristige) Wiedereintauchen in den Kreis frauenliebender, frauenachtender, frauenbewusster Frauen, die nun den

Kelch mit dem roten Getränk mit einem Kompliment von Kreisnachbarin zu Kreisnachbarin weiterreichen.

- Danach tritt jede Frau einzeln aus dem Kreis heraus, nimmt aus einem großen Korb eine Rose, hält diese Blume des Herzens in Herzhöhe, spricht einen Wunsch aus ihrem Herzen in den Blütenkelch hinein, um die Rose entweder beiden zu überreichen oder in einem vorher gefertigten Gebilde in Form eines Herzens zu drapieren, bis schließlich alle Wünsche-Rosen darin untergebracht sind.
- Energetischer Höhepunkt im Kreis mit dem Paar in der Mitte ist dann ein von Gesang begleiteter Spiraltanz um die beiden, der all die freudvollen, anrührenden, liebvollen wie kraftvollen Gesichter, Gesten, Tanzbewegungen, Töne immer näher an beide Körper heranbringt, so dass alle miteinander in eine ähnliche Schwingung geraten und das Paar auf diese Weise in seinem Zusammenhalt enorm gekräftigt wird.
- Vielleicht noch etwas benommen von dieser vielen aufgenommenen Frauenenergie kann das Paar dann als kleines Dankeschön jeder Frau mit einer Herzensumarmung ein kleines rotes Herz (z.B. aus Holz, Glas oder Porzellan) schenken, damit Freude und Dankbarkeit auch eine materielle Form gewinnen und die Erinnerung an dieses Ritual »erdig und handfest« mit nach Hause genommen werden kann.
- Wenn das Paar sehr viel Gruppenzuwendung mag, kann noch der Kreis der rollenden Umarmung angeschlossen werden. Dabei bewegt sich das Paar Hand in Hand im Inneren des sie umarmenden und zärtlich streichelnden Frauenkreises drehend vorwärts und erfährt so eine sinnliche Verstärkung für die eigene sinnlich-erotisch-sexuelle Verbindung.
- Diese verschiedenen Abläufe können auch von der Ritualmeisterin durch eine etwas längere Hoch-Zeits Rede verbunden werden. (siehe S. 177: als Beispiel eine leicht abgewandelte Rede, die ich einmal während eines solchen Rituales gehalten habe).

- Nachdem alle zu Beginn in den Kreis gerufenen Kräfte mit Dank wieder entlassen wurden, wird der Energiekreis geöffnet, und während des Hereintragens zusätzlich »erdender« und natürlich knurrende Mägen befriedigender Fingerfood-Platten können sich alle ein wenig über die Erfahrungen mit dem Ritual austauschen.

❶ *Kreativer Umgang mit möglichen Stolpersteinen:*
Dass die Kreation eines solchen Rituals trotz sorgfältiger Absprache, Planung, Koordination der Kräfte in vielen Details fehleranfällig ist, liegt auf der Hand. Leichter geht es mit Herzenswärme, Humor, Wohlwollen und Hingabe an den Augenblick.

✪ *Variationsmöglichkeiten und Hinweise:*
Das beschriebene Hoch-Zeits-Ritual ist nur eine beispielhafte Möglichkeit, die Hohe Zeit mit Herz und der Kraft der Gemeinschaft zu beginnen. Im Folgenden führe ich noch weitere Ideen für Rituale auf, die dem Paar jeweils individuell angepasst werden können.

Hoch-Zeits-Rede

für .... und ....

Ihr lieben beiden, wie schön, dass ihr euch liebt!
Jetzt beginnt eure Hoch-Zeit,
es ist nämlich hohe Zeit, dass ihr euch traut …

Und ihr könnt euch trauen, weil ihr gelernt habt, euch immer wieder zu vertrauen und euch der anderen anzuvertrauen.

Für mich, die ich euch in eurer Liebe zueinander ab und zu erleben und begleiten durfte, ist es eine besondere Ehre, euch auch bei diesem Schritt in eine größere gesellschaftliche Öffnung mit zu geleiten. Dieser mutige Schritt soll heute Abend einen besonderen Schutz und Segen durch uns alle bekommen. Die gesammelte Frauenenergie in unserem Kreis wird euch als Frauenpaar stärken und begleiten, wo immer ihr gemeinsam hingeht.

Zunächst einmal geht es natürlich darum, eure eigenen Energien zu sammeln und zu verbinden.

Lasst euch also einige Haare abschneiden, die als spirituelle Antennen zum Kosmos, zum spirituellen Raum in diesem kleinen Kästchen vermengt werden – zusammen mit einigen Venushaaren als Antennen zu Mutter Erde, zum sexuellen Raum – auf dass eure Verbindung immer auch die Verbindung nach oben und nach unten erfahren möge.

Um diese Verbindung einen Moment lang in euch zu spüren, stellt euch stumm voreinander hin, schließt die Augen und atmet euch in alle Himmelsrichtungen hinein, ebenso nach oben, nach unten und zur anderen hin. Dann legt eine Hand aufs Herz und sammelt hier die Energien aus allen Himmelsrichtungen … Nun öffnet die Augen und schaut ihr in die Augen … Spürt, wie in diesem Augenblick das Geben und Nehmen von Liebesblicken eins wird ... Spürt das Ja in euren Augen, so wie es gerade wirklich ist.

Nun nehmt die Ringe als Zeichen des inneren wie äußeren Ja zueinander: Du, ..., stecke deiner ...... den Ring auf den Finger und finde dabei deine Worte des Ja zu ihr ...... Du, ..., stecke nun deiner ...... den Ring auf den Finger und finde deine Worte des Ja zu ihr ...

So tragt die Ringe als Zeichen eurer immerwährenden Verbundenheit in guten wie in schweren Zeiten, im ruhigen wie im bewegten Miteinander, in der Nähe wie in der Ferne. Tragt sie auch mit dem Stolz auf eure bisherige Zeit der Liebe, der noch eine lange Zeit liebevoller Verbundenheit folgen soll – bis dass die Kraft des Abschieds euch scheidet.

Zu diesen Ringen mit ihrer metallenen Festigkeit kommt nun noch die Flüssigkeit, damit eure Verbindung so fest wie fließend bleibe: Nehmt diesen roten Trank der Liebe als Symbol für die blutrote Kraft, die nur wir Frauen miteinander teilen können. Schenkt ihn euch gegenseitig, um ihn dann mit allen Frauen im Kreis zu teilen.

Zur Besiegelung der fließend-festen Herzensverbindung kann euch der jetzige Kuss dienen, den ihr nie mehr vergessen werdet ...

Zur Stärkung eurer Liebe wird natürlich auch dieser Frauenkreis einen unvergesslichen Beitrag leisten: Jede Frau wird ihre guten Wünsche für eure Liebe in eine Rosenblüte sprechen und diese als Geschenk in diese Herz-Schale legen, während ihr mit weiteren Schlucken des roten Trankes auch die Wünsche in euch hineintrinkt, so dass sie euch nähren und stärken können.

Ihr beide seid nicht nur starke Frauen in der vollen Blüte eures Frauenlebens, sondern seid auch bewusst dabei, eure spirituelle Entwicklung einzeln wie miteinander zu fördern. So möge auch dieser Schritt eines öffentlichen Zueinanderstehens euch noch stärker als bisher in den Strom mutiger Lesben einbinden, getragen von der Kraft der großen Göttin und zum

Wohle aller Lesben, die sich öffnen können für euch als Beispiel gelebter Frauenliebe.

Und als Genuss für euch und als »Greifbarkeit« eurer Verbindung für die Gruppe geht ihr jetzt gemeinsam verschlungen in den »Kreis der rollenden Umarmung« hinein, das heißt, ihr bewegt euch Hand in Hand miteinander durch den Kreis der liebevollen Umarmungen von lauter Frauen, die jetzt euer Glück mit euch teilen.

Es lebe die Liebe der Frauen, es lebe eure Liebe!

Weitere Rituale für die Hohe Zeit

Als Anregung zum eigenen Weben eines individuellen Rituals, das sich für beide gut anfühlt, hier eine Zusammenstellung weiterer Rituale, die entweder eher die sinnlich-erotisch-sexuelle oder die spirituelle oder beide Ebenen berühren, beschrieben als Rituale im Kreise Vertrauter. Manches lässt sich aber auch problemlos auf ein intimes Zweiersetting übertragen – wenn euch die Stärkung durch die Kreisenergie und das Solidaritätsmoment der Zeuginnenschaft zu diesem Zeitpunkt nicht vorrangig sind vor der Intensität eurer Zweisamkeit.

Für alle Settings gilt: Weniger ist oft mehr. Daher ist es sinnvoll, aus dem Folgenden nicht nur das auszuwählen, was Vorfreude bewirkt, sondern was zeitlich, inhaltlich und kräftemäßig zusammenpasst, ohne das Paar oder den Kreis zu überfordern.

***Ratespiel** um die kleinen Gewohnheiten im Beziehungsalltag*
Dieses Ratespiel eignet sich besonders zur humorvollen Auflockerung zwischen ernsteren Phasen, aber auch zur span-

nenden Aufklärung über liebenswürdige Alltagsgewohnheiten und Rollenverteilungen des Paares.

Im Zusammenhang mit einer Lesbenhochzeit wurde mir erzählt, dass eine gute Freundin aus dem Haushalt der schon lange zusammenlebenden Frauen lauter Gegenstände (wie Schlüssel, Schere, Bindfaden, Kochlöffel ...) entwendet und in einem Sack verstaut hatte. Die beiden »Bestohlenen« durften dann eine um die andere einen Gegenstand aus dem Sack ziehen und erzählen, welche von ihnen beiden am ehesten damit in Verbindung zu bringen wäre und warum. Die andere konnte dann diese Phantasien bestätigen oder aber ihre Version der Rolle, der Tätigkeiten, der kleinen Gewohnheiten, Vorlieben und Schwächen zum Besten geben.

Das Spiel ist zu Ende, wenn der Sack leer ist oder eine keine Lust mehr dazu hat.

Ertanztes Beziehungsbild

Jede Frau im Kreis konzentriert sich auf Eigenschaften, Vorlieben, Stärken, Schwächen von einer der beiden Partnerinnen und auf ihre persönliche Beziehung zu ihr. Dann gibt es eine kurze Probierphase, in der jede Frau versucht, diese Gedanken und Gefühle in tänzerische Bewegungen umzusetzen. Nun wird diese Partnerin in den Kreis geführt und erlebt ein getanztes Bild von sich. (Die Musik dazu wird entweder »neutral« gehalten, um verschiedene Bewegungsformen zu erlauben – z.B. *La Luna* von Gabrielle Roth – oder spontan auf Zuruf entschieden, wenn es eine entsprechende Auswahl gibt.)

Diese Folge wird nach einer kurzen Pause mit der anderen Partnerin wiederholt. Dabei wird darauf geachtet, dass auch die Unterschiede zwischen beiden im Tanz ersichtlich werden.

Eine solche Aktion kann in tantrisch oder hexenritualmäßig fortgeschrittenen Gruppen auch so verändert werden, dass alle im Kreis sich entkleiden, um zu symbolisieren, dass sie einige Schichten ihrer eigenen Persönlichkeit einen Moment lang beiseite legen. Dann versuchen sie, die von ihnen auch verbal benannten Eigenschaften, Vorlieben, Stärken, Schwächen und besonderen Verhaltensweisen im Tanz zu verkörpern und tanzen dabei stetig um die erste Partnerin im Kreis herum. Das Ende kann dann eine Gruppenumarmung für die Frau oder eine kleine Massage sein, nachdem auch sie sich entkleidet hat. Wenn sie sich dann am Ende der Tanzeinheit nackt und sehr offen in den Kreis der anderen Frauen einreiht, werden ihr nicht nur die Worte, sondern besonders auch die im Tanz verkörperten Eigenschaften ihrer Liebsten ganzkörperlich einprägsam sein.

Es folgt wieder die tänzerische Resonanz auf die zweite Frau. Beide können anschließend noch einmal in die Mitte treten, sich umarmen und mit kräftigen Tönen und Bewegungen vom Kreis um sie herum energetisiert werden.

Bodypainting

Das Liebespaar und die GästInnen (in Zweierkombinationen) malen sich hinten (also auf Nacken, Rücken, Po und Rückseiten von Beinen und Armen) die Seiten der Vergangenheit und das, was eine hinter sich lassen will, symbolhaft oder durch eine spezielle Wahl von Farben und Formen auf, und danach vorn (also Gesicht, Hals, Schultern und Vorderseiten der Arme, Brüste, Taille, Bauch, Venushügel, Vorderseiten der Beine und Fußoberseiten) mit Farben, Formen, Mustern und Symbolen für ihre Zukunft als Liebende. Dabei ist es wichtig, dass jede ihre eigenen Vergangenheits- und Zukunftssymbole auf ihrem Körper trägt, um nicht mit fremden Symbolen herumzulaufen und um individuell zur Vielfalt im Kreis beizutragen.

Wenn alle mit beiden Seiten fertig sind, gibt es zu einer anregend-rhythmischen Musik (z.B. Samba-Rhythmen der »Women of Latin America«) zunächst einen Tanz der Vergangenheitsbilder, dann eine kurze Schüttelphase im Stehen, danach zu einer etwas mehr Vielfalt und Öffnung zulassenden

Musik den Tanz der Zukunft als liebende Frauen (z.B. *Kirya* von Ofra Haza). Einer Phase des Stillwerdens in der Gegenwart folgt ein Tanz, in dem beide Seiten (Vergangenheit und Zukunft) ihren Ausdruck finden und vielleicht sogar neue Bewegungen schaffen (z.B. nach *Segesta* von Lino Cannavacciuolo). Ein stilles Stehen und Nachschwingen bildet den energetischen Abschluss.

Beliebt ist zuweilen dann noch eine ausführliche Spiegel- und Fotophase, um diese Kreationen festzuhalten, bevor sie sich vollends in Schweißtröpfchen oder Farbmischungen durch verschwitzte Umarmungen oder enge Tänze auflösen.

Für das Duschbad danach empfiehlt sich zunächst Meersalz, um die groben Farbpartikel zu entfernen; danach Maismehl für die feineren Farbpartikel, jeweils gelöst in Sahne für die Pflege der Haut. Ein anschließender Saunagang lässt die Reste herausschwitzen und erleichtert das Nachwirkenlassen in körperlicher Ruhe und äußerer Hitze.

Sauna-, Bade- oder Schwitzhüttenritual

Alle drei Formen sind nicht nur körperliche/äußerliche Formen der Reinigung, sondern können durch die ihnen zugewiesenen Bedeutungen zu Ritualen der seelisch-geistigen Reinigung, des Loslassens alter Ideen, Zustände, Muster, zu Ritualen der Öffnung für neue Menschen, neue Lebensphasen, zu Ritualen der Bestärkung (z.B. durch die Geister der Ahninnen) und der Wandlung (von z.B. inneren Haltungen) werden, die durch die Elemente Feuer, Wasser, Erde und Luft ihre spürbare Kraft gewinnen. Dazu kommt, dass nicht nur alte Muster symbolisch abgewaschen werden können, sondern dass gerade in der gereinigten Nacktheit – wenn im Kreis eine entsprechend vertrauensvolle und offene Atmosphäre herrscht – eine hohe Öffnung für beziehungsstärkende Kräfte möglich ist, die dann z.B. in Form von Anrufungen von Göttinnen, Elementen, Ahninnengeistern oder Kräften für die Realisierung von

Visionen »herbeigeholt« (genauer gesagt: als längst vorhandene Qualitäten in der einzelnen Frau reaktiviert) werden.

Konkret für ein **Liebesbad** zur Förderung des Liebesverlangens und der strahlenden Schönheit der Frauen eignet sich folgende Mischung – wenn es geht reiner – ätherischer Öle für ein Vollbad (auch für zwei):

50 ml Mandelöl
10 Tropfen Jasminöl
5 Tropfen Orangenöl
2 Tropfen Ylang-Ylang-Öl

Möget Ihr schwelgen in süßester Verführung!
Durch eine anschließende Phase der Ruhe kann ein solches Ritual sich in seiner tieferen Bedeutung auswirken und noch lange nachwirken.

Wenn beide Lust auf ein **Schwitzhüttenritual** (in einer zeltähnlichen Hütte mit heißen Steinen im Mittelloch im Kreis sitzen, schwitzen, singen, spüren, meditieren) haben, ist es sinnvoll, sich dafür schamanische Kompetenz zu suchen, damit die gerufenen Geister auch spürbar werden, wirken und wieder gehen können. Falls keine Schamanin und ein entsprechender Kreis vorhanden sind, bietet sich ein selbst kreiertes **Saunaritual** an. Dieses haben wir auch schon mit Humor und einem hohen Erholungswert nach dem Bodypainting durchgeführt: so werden nicht nur die letzten Farbreste aus den Poren geschwitzt, sondern auf diese Weise vereinigen sich Vergangenheit und Zukunft auch noch einmal in einem sanft dahinfließenden Fluss der wohlig-gedehnten Zeit.

Abschied von Eltern und »Exen«

Natürlich bringen wir in jede (neue) Beziehung immer auch die positiven wie negativen Erfahrungen aus früheren (Herzens-)Beziehungen mit. Doch in welchem Ausmaß wir sie unbewusst als Wahrnehmungs- und Handlungsmuster der neuen

Beziehung überstülpen, hängt damit zusammen, wie klar wir uns aus alten Bezügen lösen konnten. Da wir aber möglicherweise gar keine Zeit für lange Abschiede oder weiteres »Durcharbeiten« noch ungelöster Beziehungserfahrungen haben, helfen manchmal schon der gute Wille zur inneren Befreiung und ein kleines Ritual:

Aus der Gruppe werden RollenspielpartnerInnen gewählt, die in einem jeweils eigenen Zyklus die Rolle von Mutter, Vater oder sonstigen wichtigen Menschen in der Kinderbeziehung haben, und außerdem welche, die die wichtigsten früheren Liebesbeziehungen (»Exen«) verkörpern, und zwar zuerst für die eine, dann für die andere.

Nun beginnt die erste, sich nacheinander die verschiedenen Verkörperungen ihrer früheren wichtigsten Herzensbeziehungen in den Kreis zu holen. Nach einer kurzen Phase des Nachdenkens beginnt sie das, was sie mit der jeweiligen Person verbunden hat, zu benennen und bindet diese symbolisch mit einem roten Wollfaden an sich. Sie spürt noch einmal dieser Verbindung nach und dem, was sie daraus in die neue Beziehung mitnehmen und was sie bei dieser Person bzw. in der Vergangenheit verorten und da belassen möchte. So verfährt sie mit jeder der in den Kreis geholten Verkörperungen früherer Beziehungen. Mit allen durch Wollfäden verbunden, spürt sie sich noch einmal in diesem Netz, bevor sie es wieder löst. Als Zeichen der emotionalen Loslösung aus diesen Beziehungen reißt oder schneidet sie einen Wollfaden nach dem anderen durch und steckt ihn sich in die Tasche, bis sie sich alle Beziehungen »vorgeknöpft« hat.

Wenn beide auf diese Weise ihre Loslösungen vollzogen haben, stellen sie sich an den entgegengesetzten Enden des Raumes auf, die verkörperten Eltern und Exen hinter sich aufgereiht, und gehen langsam, ohne Blick zurück, aufeinander zu, während die RollenspielpartnerInnen zurückbleiben. Beieinander angekommen, können die beiden ihrer von keiner

Macht der Vergangenheit zerstörbaren Liebe durch einen intensiven Kuss Ausdruck verleihen.

Als Abschluss legen die ehemaligen RollenspielpartnerInnen ihre Rollen wieder ab (z.B. indem sie laut sagen: »Ich bin nicht mehr …… Ich bin jetzt wieder ich, nämlich ……), und das Ganze wird aufgelöst in einem schwungvollen Wiener Walzer oder einem freien Tanz mit flottem Rhythmus.

Feuertanz

Wenn die Hoch-Zeit ohnehin in freier Natur (z.B. Waldlichtung, Sandstrand oder Platz mit fester Feuerstelle) stattfindet, erleichtert dies natürlich eine Ritualphase, in der ein Feuer die Mitte bildet. Dieses sollte durchaus zusammen mit dem Paar vorbereitet werden, wenn das Paar ein wenig Zeit braucht, um sich mit dem Feuerelement vertraut zu machen.

Wenn die ersten Flammen lodern, bilden alle einen Kreis um das Feuer (eventuell mit einer Symbolfigur dort, wo zu viel atembeeinträchtigender Rauch hinzieht), fassen sich bei den Händen, erden sich und singen ein oder zwei Feuergesänge (z.B. »Firechild« von Gila Antara). Dann sprechen alle im Kreis (nicht nur das Paar) die eigenen (mit Hilfe von auf Zetteln notierten Stichworten) sex- und liebesbehindernden Normen, Regeln, Mythen, Erziehungssätze usw. in überzeugender Lautstärke aus (z.B. »Ich übergebe dem Feuer meinen Druck, immer alles richtig zu machen!«) und werfen die Zettel dann so ins Feuer, dass sie sichtlich verbrennen. Anschließend werden die dazugehörigen restlichen Energien rhythmisch in die Erde gestampft.

Nach einem kräftigen Gehen oder Stampfen im Kreis um das Feuer herum bleiben alle wieder mit Blick auf die Flammen stehen und sinnieren über das Feuer der Liebe, die Wärme in der Beziehung und die Glut der eigenen wie auch der auf die Liebste bezogenen Kreativität. Mit dem Satz »Aus der Kraft der Feuers hole ich mir …« (z.B. »die Verspieltheit züngelnder Flammen«) aktivieren sie in sich ihre individuell ausgeprägte Feuerenergie und beziehen sie auf die Liebe zu ihr (z.B.: »Diese Verspieltheit wirst du bald am ganzen Leib spüren!«).

Anschließend werden dem Liebespaar lauter »feurige Wünsche« zugerufen (z.B. »Ich wünsche euch die dunkelrote Glut des Erdenfeuers, die euer Liebeslager immer wärmen soll.«), und daraus entwickelt sich zunächst im Kreis, dann in freier Bewegung ein feuriger Tanz für alle und mit allen, wobei dem Paar immer wieder freudige, lebendige, dynamische Funken der Tanzenden entgegenfliegen, bis es selbst in Bewegungen, Blicken und Gesten zur doppelt verkörperten Feuerkraft wird.

Erfahrene können auch einen beherzten Feuerlauf durch den verbleibenden Glutteppich machen, während die anderen weiter um sie herumtanzen und sie anfeuern.

Doppelmassage

Die Doppelmassage ist die wunderbare Erfahrung des Gleitens und Fließens. Das Besondere daran ist, dass beide sie gleichzeitig in der Rolle der Empfängerin genießen können, ohne aktiv zu werden. Hier werden beide zugleich von so vielen Händen wie möglich mit viel Öl und bei weniger aufeinander Eingespielten oder Massier-Erfahrenen zu vorher vereinbarter Musik, die die Massierenden rhythmisch/energetisch ein wenig koordinieren kann, massiert, gestreichelt, verwöhnt.

Wenn das vorher mit allen vereinbart wurde, kann die Massage auch erotischer werden, die Massagen können verlängert werden, indem weitere Masseurinnen die ersten ablösen, und Massagetiefe und -rhythmus können sich intuitiv oder nach Absprache ändern.

Wichtig ist, dass beide zumindest ähnliche Verwöhnungen bekommen, sich zeitweise bei den Händen halten können oder auch zeitweise in einem gemeinsamen Stil »behandelt« werden.

Zum Schluss können sie sich aufeinander oder nebeneinander legen, werden nach Bedarf zugedeckt und still sich selbst und den Nachwirkungen überlassen.

Barfüßiger Farbwalzer als Erinnerungsbild

Hier wird das Paar gebeten, Schuhe und Strümpfe auszuziehen und vor der Tür zu warten (eventuell Decke zum Warmhalten der Füße bereitlegen). In ihrer Abwesenheit wird ein großes weißes Bettuch aus Baumwolle auf eine noch größere Plastikplane gelegt und grob verklebt; daneben werden ein paar Grundfarben (Fingerfarben) in Schalen bereitgestellt sowie ein Wasserbottich und Handtücher für die Fußwäsche nach der Aktion; Bilderrahmen und Tanzmusik bereithalten.

Wenn die beiden hereinkommen, wird ihnen erklärt, dass sie nach der folgenden Musik ihr gemeinsames Stoffbild tanzend mit den Farben gestalten und auf diese Weise ihre bewegte Liebe künstlerisch umsetzen können. (Wenn das Tuch rutscht, können Helferinnen es an den Enden festhalten.) Die Tanzmusik kann ein Walzer sein oder Musik für freien Tanz; auch ein »Klammerblues« kann schöne Muster von Zehen, Ballen und Fersen erbringen.

Nach dem Tanz bekommt das Paar die Füße gewaschen und getrocknet, während sie sich das Kunstwerk schon einmal ansehen. Meist ist es am Ende des Festes schon trocken, so dass der schönste Teil ausgeschnitten und auf einen vorher bereitgestellten Rahmen aufgezogen werden kann. Es passt vielleicht nicht zu jedem Einrichtungsstil, kann aber eine freudvolle Erinnerung sein.

Gemeinsames Erstellen eines Wandbildes

Je nach Vorbereitung, eventuell ein wenig Anleitung und je nach Lust auf Kreativität in der Gruppe kann dem Paar ein wunderbar vielfältiges, dauerhaftes Geschenk gemacht werden, z.B. mit einer Collage zum Thema »Der Liebesweg der beiden« oder einer Patchworkarbeit (aus vielen Einzelteilen, die dann später wahrscheinlich eine zusammennähen darf) zum Thema: »Die Farben/Muster der Liebe«. Bei langen Zeremonien (die z.B. ein ganzes Wochenende währen) bietet dies auch eine gute Möglichkeit für das Paar, sich einmal auszuruhen oder einfach nur zuzuschauen.

Perlenketten

Als schlichtere, aber ebenso wirkungsvolle und in Gruppen gleichzeitig intimere Variation eines »Erinnerungsgeschenkes« kann jede Frau gebeten werden, zwei wunderschöne Perlen (mit Loch zum Aufziehen) mitzubringen. Diese Perlen werden in einem kleinen meditativen Ritual mit der Lustenergie der eigenen Perle (also der Klitoris) aufgeladen (z.B. indem sich jede mit tiefen Atemzügen und einem kurzen »Anklopfen« mit einem Finger an der Klit oder auf der Kleidung in der Nähe der Klit ihr tiefstes Lustzentrum bewusst macht, eventuell auch durch zarte Fingerkuppenberührungen ihre Klit erregt) und werden auf diese Weise zum Symbol jenes weiblichen Körperteils, der ausschließlich der sexuellen Lust dient. Dann bekommen beide von jeder Frau im Kreis eine Perle geschenkt. Diese werden von Unterstützungsfrauen (möglicherweise sind die beiden Liebenden zu zittrig-aufgeregt) zu zwei Perlenketten aufgezogen.

Nach feierlicher Musik (z.B. dem »Seelenduo« der beiden Montserrats auf *Two Voices, One Heart)* werden den beiden diese Perlenketten um den Hals gelegt mit den guten Wünschen der Gruppe, dass ihre sexuelle Lust vielfältig und lebendig sein möge. Sie werden aufgefordert, diese Ketten mit der Perlenkraft aller gerade auch in etwas lustärmeren Zeiten zu tragen, sich für die Schönheit der anderen zu öffnen und der Lust im Beziehungsalltag Raum zu geben.

Sexuelle Vereinigung der Paare im Kreis

Hier geht es um die sexuelle Vereinigung der Paare im Kreis mit dem Hoch-Zeits-Paar als dessen Herz. Dies ist ein sehr intimes Ritual, das sicher eine ganze Reihe von GästInnen ausschließt. Ich erwähne es trotzdem, weil ich sowohl als Teilnehmerin wie auch als Anleiterin damit wunderbare Erfahrungen gemacht habe und es mutigen Paaren und mutigen Ritualteilnehmerinnen nicht vorenthalten möchte.

➲ *Ziel:*
Sexuelle Verschmelzung der beiden Liebenden im Kreise von Frauen, die sich für die Phase des Liebesaktes paarweise aufeinander beziehen (sie müssen dafür keine Liebespaare sein), sich gegenseitig orgastisch verwöhnen und diese ekstatische Energie mit tiefen Ausatemzügen zum Paar in der Mitte schwingen, das diese Kraft aufnimmt und im eigenen Liebesspiel umsetzt.

◎ *Zeit und äußere Vorbereitungen:*
Mindestens 1 Stunde zur Vorbereitung der Gruppe inklusive Lustpartnerinnenwahl, Liebeslagervorbereitung und Einübung des Anfangsmantras. Danach ca. 4-5 Stunden für das eigentliche Ritual. Für ausreichende Raumwärme, weiche Matratzen/Kissen und durstlöschende Getränke ist zu sorgen.

♥ *Schritt für Schritt:*

- Die Kreispaare stehen zunächst Spalier und singen Mantren oder vom Paar vorab ausgewählte Liebeslieder, während die beiden Liebenden von zwei »Patinnen« oder Freundinnen aus unterschiedlichen Richtungen in der Mitte des Raumes zusammengeführt werden.
- Eine Freundin und/oder Ritualmeisterin räuchert sie mit

Rosenräucherwerk ein und verbindet sie symbolisch mit dem roten Schal der Liebe und mit Worten, die ihre Liebe zueinander würdigen und segnen. Wenn der Schal dann wieder entfernt wird, wird betont, dass das Band der Liebe jenseits materieller Verbindungen weiterbesteht.

- Der Kreis wird geschlossen, indem alle inklusive des Liebespaares Hand in Hand im Kreis stehen, sich erden, die Kraft ihres Herzens aktivieren (z.B. über die bewusste Lenkung des Atems in die Mitte der Brust) und im Kreis fließen lassen (am leichtesten ist dabei die Vorstellung, dass die Energie von der linken Nachbarin durch die von unten fassende linke Hand aufgenommen wird, durch das eigene Herz verstärkt und durch die von oben fassende rechte Hand an die rechte Nachbarin weitergeleitet wird). Die Elemente, Schutzgeister, Göttinnenkräfte werden gerufen (und dadurch in jeder im Kreise geweckt), destruktive Kräfte (z.B. Ungeduld, Selbstabwertung, Lustfeindlichkeit) werden aus dem Kreis hinausgeschickt (z.B. mit kräftigen Tönen durch eine kurzfristig geöffnete Tür), und die Konzentration geht zunächst zum eigenen Atem und zur eigenen Mitte hin, dann mit Blicken in den Kreis der lustvollen Frauen.
- Ein Kelch mit einem aphrodisischen Trunk (z.B. ein Mix aus Naturvanille, schwarzem Pfeffer, Muskatnuss, mildem Paprika und Ingwer, gelöst in Aprikosensaft, mit etwas Sprudelwasser versetzt) macht die Runde, indem jede z.B. ihrer linken Nachbarin ein körperbezogenes Kompliment macht und ihr mit dem Kelch das »Trinken des Komplimentes« erleichtert. Danach wird er in die Nähe des Liebespaares gestellt, steht aber auch allen anderen nach Bedarf zur Verfügung.
- Dann konzentrieren sich alle auf das Liebeslager in der Mitte und energetisieren es z.B. mit kräftigen Hüftbewegungen, kombiniert mit Lustlauten aus dem Bauch heraus – so wird ein Klangteppich für die Mitte, eventuell auch für den ganzen Raum gewebt.

- Nun nimmt das Liebespaar in der Mitte Platz und die anderen Paare auf ihren Lust- und Liebeslagern ringsherum.
- Für alle beginnt eine Paareinstimmung durch eine Herzmeditation (z.B. die »Heartchakra-Meditation« nach der CD von Karunesh, die im CD-Booklet auch kurz beschrieben ist), oder eine Kurzform (z.B. nach Stück 6, »Herzenslicht«, auf meiner CD *Atem der Selbstliebe),* in der jede ihre Hände auf Herz legt und mit der Vorstellung atmet, dass jedes Einatmen ihr Herzzentrum weitet und jedes Ausatmen alles Schwere daraus entlässt, so dass das Herz offen und weit wird für das, was kommen mag); die so mit der Energie des Herzens gefüllten Hände gleiten dann in eine sanfte Begegnung mit den Herzhänden der anderen.
- Jeweils eine Partnerin der Außenkreispaare (z.B. die, die dem Mittelpaar am nächsten sitzen) beginnt nur nach entsprechend lustanregender Musik (z.B. »If You Want My Body« von Hanne Boel) einen verführerischen Strip, der sowohl die eigene Ritualpartnerin als auch das Mittelpaar heiß macht. Inzwischen nackt legt sie sich genüsslich auf das Lager und schaut sich nun den Strip der Partnerin an.
- Das Mittelpaar lässt sich antörnen, anregen, in Wallung bringen, bleibt aber zunächst eher passiv und aufnehmend.
- Erst wenn alle schon nackt daliegen, beginnt das Paar sich gegenseitig unter feurigen Zurufen aus dem Kreis zu entkleiden – sinnigerweise nach dem Motto: zart, aber zügig!
- Eine kurze, höchstens fünfminütige Pause für dringende Bedürfnisse, auch für noch nötige Absprachen und Klärungen wird gewährt.
- Dann beginnen alle sich zart zu streicheln, zu massieren, mit Federn, Duftölen oder anderen Dingen zu verwöhnen.
- Allmählich schnaufen sich die ersten Paare in etwas leidenschaftlichere Lust hinein und ziehen oft die nächsten mit.
- Dennoch lassen sich die Paare durch die Nachbarschaft nicht manipulieren – sie übernehmen nichts, was für sie nicht stim-

mig ist. Sie suchen trotz und mit all den Tönen und Bewegungen im Raum immer wieder den eigenen Ausdruck der Gefühle, die wirklich spürbar sind.

- Das Mittelpaar hat das »Privileg«, sich immer wieder genüsslich umschauen zu dürfen, ihrer Neugier, Entdeckungslust, Lernbereitschaft Raum zu geben, all die verschiedenen Energien im Raum wahrzunehmen, Störendes abzuschütten und Stärkendes in sich aufzunehmen. Auch die beiden können sich allmählich in eine sexuelle Verschmelzung hineingleiten lassen, müssen aber nicht. Wichtig ist, dass sie sich nähren lassen von all der bunten, vielgestaltigen sexuellen Energie im Raum.
- Die Paare im Kreis stimulieren sich immer lustvoller, und wenn ein Orgasmus oder ähnlicher Höhepunkt naht, nehmen sie jeweils einen tiefen Atemzug in ihren Herzraum hinein und schicken diese erregenden, herzlichen Gefühle mit dem Ausatem zur Mitte, um das Liebespaar damit zu erfüllen.
- Sobald sich wohlige Entspannung breitmachen will, erregen sie sich erneut, um neue Nahrung für das Paar in die Mitte zu schnaufen, zu stöhnen, zu jubilieren, zu schreien oder zu lächeln …
- Das Mittelpaar hält so viel Lustnahrung meist nur aus, indem beide sich der sexuellen Erregung hingeben, sich bewegen, tönen, atmen und sich erfüllen lassen von der Schönheit dieses Augenblicks.
- Gegen Ende der Zeit können die, die Lust dazu haben, noch einmal ihre restlichen Spannungen in Orgasmen oder anderen Höhepunkten/Höhenwegen ausleben.
- Ansonsten werden Bewegungen, Töne und Schnaufereien allmählich leiser und leiser, bis alle wohlig-still im Kreise liegen und sich Zeit zum Nachspüren nehmen, sich von den feiner werdenden Strömen im Raum bewegen lassen und sich von Herzen immer wieder liebevoll an sie denkend mit dem Mittelpaar verbinden.

- Manche werden einfach liegen bleiben; diejenigen, die Erfahrung damit haben, im Liebessitz des YabYum (für eine nähere Beschreibung siehe z.B. *Tantra für Genießerinnen*, S. 216) oder im Scherensitz zu sitzen oder einfach still aufeinander zu liegen, können das jetzt tun und so ihre Lustenergie in jedem Chakra auf stille Weise miteinander verschmelzen – und auch dies nicht nur für sich selbst, sondern als Energiewelle, die das Mittelpaar auf feine, weiche Weise stärkt und die eigene Paarschwingung hebt.
- Wenn auch das Mittelpaar in den Verschmelzungssitz des YabYum gleitet, nimmt es mit den rückwärtigen Chakratrichtern besonders die Energie im Raum auf, vermengt sie durch die vorderen Chakratrichter mit ihrer Liebsten und schickt dann ab und zu einen Ausatem mit dem Wunsch nach langandauernder, erfüllender Liebeslust in den weiten Raum, in den Kosmos. So wird nicht nur dieser Wunsch energetisiert, sondern auch das morphogenetische Feld um sie herum von feinsten Lustwellen erfasst, die dann wiederum das Paar ins Fließen bringen können.
- Ein Integrationslied (z.B. »We All Come From the Goddess«) oder andere Kraftlieder und Chants (z.B. von Gila Antara oder Arunga Heiden) erleichtern es allen, wieder in den Kreis zu blinzeln und sich allmählich aufzusetzen.
- Ein Spiraltanz (z.B. nach »Give and receive« auf der CD *Healing Journey I)* beginnt im sich drehenden Kreis mit gefassten Händen (dabei öffnet sich die linke Hand für die rechte Hand der Nachbarin, und die rechte Hand ergreift die Linke der anderen Nachbarin); eine Kreistanzerfahrene löst eine Hand und führt in die Spirale zur Mitte und wieder heraus, bis der Kreis sich wieder schließen kann. Diese Form bringt alle noch einmal zu einem nackten Kreis der erfüllten Körper und der sichtbaren Verschiedenheiten zusammen und weist darauf hin, dass weibliche Zeit sich spiralförmig bewegt und darin alles und alle verbunden sind.

- Rituell wird der Kreis wieder geöffnet, nachdem alle Elemente, Göttinnen, Kräfte mit Dank wieder entlassen wurden.
- Schließlich wird auch das Liebespaar (nach kurzem allseitigem Dank) in die traute Zweisamkeit entlassen.
- Ein kleines Knabbermahl und ein kurzer Austausch (ohne wichtige Erfahrungen zu zerreden!) können dem weiteren Erden und emotionalen Ausgleich dienen.
- Für diejenigen, die noch zu viel Energie verspüren, um schlafen zu gehen, kann ein bisschen Tanzen Körper und Seele wohlig ermüden.

❶ *Kreativer Umgang mit möglichen Stolpersteinen:*
- Für das Mittelpaar kann schnell ein gewisser »Lustleistungsdruck« entstehen, wenn vorher nicht ausdrücklich vereinbart wurde: Alles kann – nichts muss!
- Wenn dann mit so vielen Augen auf sich gerichtet doch Leistungsdruck entsteht oder eine alte Selbstabwertung oder eine neue Ängstlichkeit auftritt, helfen oft schon ein tiefer Atemzug und ein tiefer Blick in ihre Augen oder ein beiderseitiges Händehalten.
- Ähnliches kann natürlich auch im Außenkreis auftreten, besonders wenn die Nachbarinnen um vieles lustvoller zu sein scheinen. Neben dem oben Genannten hilft in dieser Rolle auch die Erinnerung, dass im Kreis keine ihre Lust nur »für sich allein« hat, sondern sie als Liebesdienerin des Mittelpaares mit allen teilt – und es gibt sehr viele verschiedene Liebesdienerinnen …
- Wenn ein Außenkreispaar aus irgendeinem Grund nicht gut harmonieren sollte oder in alte Projektionen abdriftet, ist es dennoch nicht sinnvoll, den Raum zu verlassen und damit ein energetisches »Loch« zu reißen; besser ist es, sich freundlich, aber bestimmt etwas voneinander zu trennen und dem Mittelpaar ohne Worte zu signalisieren, dass beide trotzdem mit dem Herzen mit ihnen verbunden bleiben. Manchmal

ist es dann nach einer kurzen Ärger-, Frust- oder Trauerphase auch möglich, in eine sexuelle Selbstliebephase zu gleiten und das Paar auf diese Weise erotisch-sexuell zu nähren. Das ist überdies eine gute Möglichkeit, wenn die Anzahl der Außenkreisfrauen unpaarig ist oder einzelne Frauen von vornherein die Solosexversion bevorzugen.

❂ *Variationsmöglichkeiten und Hinweise:*
Viele (so wie ich) träumen davon, ein solches Ritual auch einmal draußen in freier Natur durchzuführen. Meine bisherige Erfahrung ist allerdings, dass Ameisen oder nächtliche Kälte noch das geringste Problem sind im Vergleich mit der für Frauen immer noch unfreien Natur, also der Ungesichertheit eines noch so einsamen Platzes im Rahmen einer frauen- und ekstasefeindlichen Gesellschaft, die einfach zu viele Störungen (innen wie außen) produziert … Aber es wäre ja einmal ein lohnendes Ziel für sexmagische Rituale und kluge planerische Aktivitäten …

- Die Variation, auch schwule, Bi- oder Heteromänner einzubeziehen, richtet sich nicht nur nach dem Ritualziel des Frauenpaares, sondern ist auch sorgfältig abzuwägen unter dem Gesichtspunkt der Reproduktion alter Geschlechterrollen im neuen Gewande, die den Ritualcharakter erheblich verändern können.
- Die Variation, luststeigernde Drogen einzusetzen, kann in einem selbst für eine Ritualleiterin in manchen Phasen nicht ganz überschaubaren gruppendynamischen Prozess ein zu großes Risiko von Überstimulation oder Abdriften in andere Erfahrungsräume bergen, womit dem Ritualziel des Paares nicht gedient wäre.
- Das Gleiche gilt für eine sehr rhythmusbetonte, laute, leicht überstimulierende Musik. Günstig sind eher herzenszarte Melodien oder leicht rhythmische Klangteppiche.

Ritual expansiver Lust in alle Himmelsrichtungen

In früheren orientalischen Kulturen wurde dem Hochzeitspaar nicht nur ein (für beide) erotisch-anregender Bauchtanz präsentiert, sondern die Bauchtänzerin hatte auch die Aufgabe, die Frau in die sinnlichen Hüftbewegungen der Liebe (manchmal auch in intime Techniken der Verführung und der sexuellen Befriedigung) einzuführen. Im *Kamasutra* gibt es dazu recht differenzierte Anweisungen – natürlich auf die Mann-Frau-Begegnung bezogen.

So etwas auf lesbische Liebesbeziehungen oder Lesben-Hoch-Zeiten zu übertragen, halte ich für unsinnig, weil es bei lesbischen Liebesbegegnungen gerade *nicht* darauf ankommt, »richtige« Bewegungen und Verhaltensweisen zu erlernen, sondern – natürlich auf der Basis eines differenzierten Wissens um die vielfältigen Erweckungsmöglichkeiten weiblicher Körper – ein Gefühl für die Einzigartigkeit jeder neuen sexuellen Begegnung zu bekommen und sich selbst wie auch der anderen zu erlauben, sich so zu zeigen, wie eine gerade ist, und sich dann der Energie hinzugeben, die in dem Augenblick zwischen beiden schwingt.

Dass dabei ein allmählicher Lernprozess (durch Erzählungen anderer, aber auch durch »Versuch und Irrtum« und durch sensibles Einstimmen auf sich und die andere) sinnvoll ist, um sie maximal sexuell zu erfreuen, liegt auf der Hand. Aber dieses Lernen ist ein lebendig-neugieriges und kein weibliches »Anpassungslernen« mit dem Ziel, selbst-los die Bedürfnisse der anderen zu erfüllen.

Daher beschreibe ich hier ein ziemlich knisterndes Ritual für Fortgeschrittene der Lust, in dem ein Paar keine speziellen Techniken vermittelt bekommt, sondern sich gemeinsam verschiedenen Qualitäten sexueller Energie hingeben kann, geprägt durch die Naturelemente Erde, Wasser, Feuer, Luft. Damit die beiden diese erst einmal »passiv« durch Fühlen, Empfinden und Bewegtwerden wahrnehmen können (statt zu schnell ins aktive Handeln zu kommen), begegnen sie den vier Himmelsrichtungen in unterschiedlichen maskierten Frauen, die sie in dieser Qualität sexuell verwöhnen.

➲ *Ziel:*

Gemeinsames Geführtwerden durch die verschiedenen Qualitäten sexueller Lust entsprechend den vier Grund-Natur-Elementen, um diese in sich zu erfahren, ohne sie gleich aktiv »an die Frau bringen« zu müssen.

Zeit und äußere Vorbereitungen:

Für die Vorbereitung durch die 4-6 Frauen, am besten plus einer Ritualleiterin und 1-2 Assistentinnen ist etwa 1 Stunde sinnvoll; das eigentliche Ritual dauert mindestens 3 Stunden, danach noch etwa 1/2 Stunde für Aufräumen und Erzählen.

Die Vorbereitung beginnt mit der Einstimmung der Dienerinnen der Lust im Kreis, mit der Bereitstellung von 4 Lust- und Lotterlagern für jeweils 4-6 Frauen in jeder Himmelsrichtung und in den Farben und Formen der Elemente. Für die, die andere Elemente-Zuordnungen kennen: In meinem System (das natürlich nicht bindend ist) wird dem Norden die Erde, dem Osten die Luft, dem Süden das Feuer und dem Westen das Wasser zugeordnet. Hier einige Beispiele für Umsetzungen im materiellen Bereich:

- für die Erde im Norden: ein gemütliches Lager mit schweren (z.B. Samt-)Stoffen in dunklen Farben, vorherrschend in schwarz und erdigen Braun-Tönen, aufgelockert mit Steinen und bunten Blumen
- für die Luft im Osten: ein fensternahes Lager mit leichten (z.B. Chiffon- oder Seiden-)Stoffen in weiß oder gelb, Federn und Fächern in leichten Farben, ergänzt um verspielte De-

koration (wie z.B. Seidenschmetterlinge oder weiße Blumengirlanden)

- für das Feuer im Süden: ein gut gepolstertes Lager mit Stoffen in verschiedenen Rot-Orange-Tönen mit Kerzen am Rand (bitte wirklich am feuersicheren Rand!), mit Sexspielzeugen und anderen Gegenständen, die die innere Hitze, die Leidenschaft, die lustfördernde Aggression entfachen können
- für das Wasser im Westen: ein bewegungsfreundliches Lager mit fließenden (z.B. Seiden)Stoffen in Blau-Grün-Tönen mit Getränken am Rand, eventuell auch mit einer mit leichtem Rosenwasser gefüllten (Blumen-)Spritze zum Abkühlen, falls es einmal hitzig wird, und viel Öl und Gleitgel.

Die Mitte ist nicht nur als blumengeschmückter Mittelpunkt des Raumes gestaltet, sondern auch als Ruhe-, Pausen- und Neustartort für die beiden (besonders weich gepolstert) und enthält auch weitere Hilfsmittel wie (vorher abgesprochene) Toys, Gleitgel, Massageöle, einige exotische Früchte und etwas zu trinken (am besten auch einen aphrodisischen Trank für alle) für die Pausen.

♥ *Schritt für Schritt:*

- Nachdem alle Vorbereitungen getroffen und die Dienerinnen der Lust bereits nackt oder nur in ein Hüfttuch gehüllt und maskiert (in Spielwaren- oder Karnevalsabteilungen gibt es schlichte Masken in den jeweiligen Elementefarben) im Raum sind, stimmt sich das Paar einen Moment lang darauf ein, zu mutigen, lustbereiten Abenteuerinnen zu werden. Dann betreten beide mit tiefen Atemzügen den Raum, wo sie mit einem Chant oder Mantra oder z.B. nach der Musik »Kalima« von Desert Wind (eher tief und ernsthaft) oder nach »Willst du mit mir gehen?« in der Version von Kick la Luna (eher leicht und beschwingt) hüftschwingend empfangen werden.

- Dann wird der Kreis geschlossen. Es folgen die Erdung, die Herzeinstimmung, die Anrufung der Elemente, eventuell auch der Frauenkräfte aus allen Himmelsrichtungen – um Ruhe hineinzubringen am besten durch die Ritualleitern.
- Das Paar nimmt in der Mitte Platz, die Dienerinnen auf ihrem von ihnen vorbereiteten Lust- und Lotterlager.
- Zur körperlich-emotionalen Einstimmung wird von einer Assistentin ein aphrodisischer Feuertrunk herumgereicht – zunächst dem Paar, das sich nach jeweils einem kleinen Kompliment einige Schlucke per nassem Trink-Kuss verabreicht. Dann geht der aphrodisische Komplimente-Feuertrunk ebenso durch die Kehlen der Dienerinnen.
- Alle werden mit dem Ablauf bekannt gemacht, nämlich dass nach einer kurzen Strip- und Tanz-Aktion das Paar von seinem Lager in der Mitte aus in die verschiedenen Himmelsrichtungen geführt wird und dort jeweils die Chance hat, dieses Element durch die Hände und Körper der anderen Frauen gemeinsam auf sexuelle Weise zu erfahren. Nach jeder neuen Erfahrung in einer der Himmelsrichtungen wird es wieder zum Mitte-Lager zurückgeführt, um sich auszuruhen, umzuschalten oder sich kurz auszutauschen.
- In der Mitte sitzend, bekommt das Paar eine mentale Einstimmung auf die Vielfalt möglicher sexueller Erfahrungen in Form einer märchenhaft erzählten Ideensammlung, was frau sich sexuell alles wünschen und was vielleicht sogar erfüllbar sein könnte. Und damit in all der schwindelerregenden Freiheit wieder eine wohltuende Ordnung erkennbar ist, werden die Erfahrungsplätze nach Himmelsrichtungen und den zugeordneten Naturelementen beschrieben und damit die Chance jeder der beiden, sich ihren unterschiedlichen Vorlieben entsprechend dem jeweiligen Element hinzugeben, in ermutigenden Sätzen benannt. Jede der beiden kann daraufhin Wünsche und Grenzen formulieren. Besonders die benannten Grenzen (aber auch die später be-

merkten und ausgedrückten) sind absolut zu beachten! Um sich innerlich mehr auf ihre momentanen Wünsche und Phantasien einlassen zu können, lassen sich die beiden von assistierenden Frauen die Augen verbinden.

- Dann beginnt die zunächst verbale Einstimmung der Dienerinnen zum einen auf ihre Grundqualität als Dienerinnen der Liebe, die alles (!) in ihrer Macht Stehende tun werden, um die beiden gleichermaßen maximal sexuell zu verwöhnen und ihnen dabei die jeweiligen Elementequalitäten sinnlich-sexuell erfahrbar zu machen. Sie müssen nichts tun oder tun lassen, was ihre eigenen Grenzen überschreiten würde; in diesem Rahmen jedoch dürfen sie alles tun, was der sexuellen Lust beider dient, was sie als lesbisches Paar ehrt und was akrobatisch durchführbar ist.
- Dann entkleiden die Dienerinnen sich ganz (falls sie nicht von Anfang an nackt sind) und stimmen sich sowohl auf ihre Rolle als Liebesdienerin als auch auf den Charakter des ersten Elementes ein.

Hier eine Anregung für die Aufteilung nach **Charakteristika der Himmelsrichtungen**, die sich nach meiner Erfahrung bewährt hat:

Norden: *Heilende Höhlenweiber im Inneren der Erde*

Hier können die Frauen sich einstimmen auf ihre erdigen, sinnlichen Qualitäten der wissenden Höhlenweiber, der selbstzufriedenen Heilerinnen, die selbst befriedigt sind und die beiden auf ihrem Weg der Lust unterstützen können durch tiefe Berührungen des zumindest anfangs Hand in Hand liegenden Paares, durch langsame, bewusste Massagebewegungen und dem kreativen Spiel mit Gewicht und Schwerkraft (z.B. Aufeinanderliegen, Reiben, Drücken usw.)

Osten: *Lustlockende Gipfelstürmerinnen*

Das sind die luftig leichten Gespielinnen, die mit den Grenzen der beiden spielen, sie heben, schaukeln, fliegen lassen – gehalten von sicheren Händen und beglückt durch vorwitzige, freche Finger. Das ganze Spiel wird bewegter und löst sich mehr von der Erde. Ohne Orgasmuszwang werden Höhepunkte herausgekitzelt oder den Körpern Lachekstasen entlockt.

***Süden:** Feuerspuckende Vulkanhexen*

Die Einstimmung auf dieses Element bedeutet die größte Herausforderung für die Dienerinnen: Sie werden selbst zu feuerspuckenden Drachenfrauen, zu Vulkanhexen, zu mutigen, wilden und phantasievollen Erforscherinnen aller Möglichkeiten der Lust, auch der eigenen – sie dürfen einfach alles (wenn eine von beiden oder eine der Dienerinnen nicht laut »Stopp!« sagt oder vorher eine Grenze benannt hat!), was ihnen jetzt Lust bereiten und das gesamte Lager in einen ekstatischen Vulkankegel verwandeln könnte. Dabei können sie Toys aller Art einsetzen und Feuer in allen Öffnungen entzünden. Das Paar kann dabei in alle Sorten von Ekstasen – jede für sich oder beide zusammen – hineingefeuert werden und hält dies meist nur aus durch ganzkörperliche Hingabe, durch tiefen Feueratem, Vulkanbewegungen, flammende Hüften und kräftige Töne aus tiefster Kehle.

***Westen:** Strandlustnixen und gleitende Delphinfrauen*

Dies ist die Zeit für die Symbioseliebhaberinnen: die im Meer gemeinsamer Lust schwimmenden, verschmelzenden Nixen, die freudig verspielten Delphininnen, die mit sanften, fließenden Bewegungen, mit viel Öl, Gleitgel, Wasser den beiden eine Ahnung von der Grenzenlosigkeit ihrer Körper geben, wenn sie sich in die Grenzenlosigkeit weiblicher Lust hinein weiten. Hier werden alle feucht, nass, glitschig, und ihre Bewegungen fließen sanft ineinander – und ab und zu spritzt die Gischt ekstatischer Wellen …

Mitte: Erd- und Himmelstänzerinnen
Hier halten sich nicht nur die Assistentinnen – zu Beginn, am Ende und in den Pausen vor einer neuen Elementerfahrung auch das Paar – auf, hier können auch Dienerinnen eine kurze Ruhepause finden, die gerade etwas überfordert sind, hier liegen alle Hilfsmittel, Getränke usw.; hier werden auch durch die Assistentinnen die Gruppenenergien aufgenommen und durch sich durchgeleitet, eventuell in Bewegungen und Töne umgesetzt, gefühlt, gespürt und später dazu Rückmeldungen gegeben.

- Nun ist auch für das Paar die Zeit gekommen, sich zu entkleiden: Die beiden in der Mitte nehmen nun ihre Augenbinden ab, stehen auf und machen voreinander einen kleinen Strip nach vorher selbst ausgewählter Musik (oder z.B. nach »Summertime« von Janis Joplin). Sie erlauben sich, sich selbst und die andere in einem kleinen Moment der »Ruhe vor dem Sturm« nun in ihrer Nacktheit, Empfindlichkeit, Ängstlichkeit, Neugier und Offenheit wahrzunehmen und selbst wahrgenommen zu werden.
- Zur Energetisierung schließt sich der Kreis der Dienerinnen um sie und die Mitte und heizt ihnen mit kräftigen Beckenschaukelbewegungen gut ein. So bekommt auch die vielleicht Ängstlich-Zurückgenommene genauso wie die möglicherweise Ungeduldig-Zappelnde Kraft durch den Außenkreis der Frauen, die nichts anderes im Sinn haben, als sie wunderbar zu verwöhnen.
- Die Dienerinnen platzieren sich auf dem Erd-Lager, und die beiden Abenteuerinnen werden von einer Assistentin zu ihnen geführt. Dort teilen beide ihre Visionen zu sexuellen Erfahrungen mit dem Charakter des Erdelementes und die damit verbundenen Wünsche, Ängste, Sehnsüchte und konkreten Umsetzungsideen der anderen mit.
- Die Dienerinnen können sich kurz beraten, die Leiterin und

die Assistentinnen als »Coachs« der maximalen Lust befragen, Toys u.a. Gegenstände aus der Mitte zurechtlegen. Danach gibt es möglichst nur noch Töne und Geräusche, aber keine Wörter und Sätze mehr. Alle beginnen mit tiefen Atemzügen.

- Das Spiel geht los: Nach erdiger Musik (z.B. Didgeridoo oder Trommeln als Instrumente) erfolgen Rollenübernahme und Rollenspiel bei maximaler Nutzung der Räume zwischen den benannten oder spürbaren Grenzen. Dabei nutzen die Rollenfrauen die Kraft der jeweiligen Rolle; das Paar in der Rolle der Abenteuerinnen nutzt die Begegnung mit sich und überpersönlichen sexuellen Mächten, verkörpert durch die maskierten Dienerinnen. Wenn sie auf diese Weise mehr fühlen können, können sie sich auch wieder die Augen verbinden lassen.
- Nach etwa 1/2 Stunde lösen sich die Dienerinnen nach und nach und überlassen die beiden Abenteuerinnen einen Moment lang sich selbst.
- Dann wird das Paar für eine kurze Ruhepause wieder zur Mitte geführt. Währenddessen atmen auch die Dienerinnen einige Male tief durch, trinken etwas und strecken sich. Dann machen sie sich auf zum nächsten Lager oder gestalten das vorhandene Lager um für die nächste Elemente-Verwöhnung.
- Auf diese Weise wird das Paar in den Qualitäten der Erde, der Luft, des Feuers und des Wassers sexuell maximal verwöhnt und schließlich wieder zur Mitte geführt.
- Dort gehen sie zunächst in einen Zweieraustausch, lösen sich mit tiefen Ausatemzügen aus allen Kreiserlebnissen, entlassen in ihrem Bewusstsein auch alle anderen aus den eingenommenen Rollen und wenden sich in ihrer Zeit den anderen Frauen zu, die sich inzwischen auch bewusst aus den Rollen gelöst, demaskiert und wieder angekleidet haben.

- Danach löst sich die restliche Spannung in einem Spiraltanz (z.B. nach dem Chant: »We All Come From the Goddess«) oder in einem Kreisgesang (z.B. »From You I Receive«) auf, den die Ritualleiterin mit dem Paar als Erste anführt.
- Der folgende stille Abschlusskreis aller mit Erdungsverneigung, Dank an die und Entlassen der Kräfte endet mit einem stillen Nachspüren jeder Einzelnen für sich.
- Das Auflösen des magischen Lust-Kreises geschieht in umgekehrter Reihenfolge der Himmelsrichtungen.
- Zusammenfinden aller bei Früchten und Getränken dient dem gegenseitigen Feedback und einem achtsamen und Grenzen wahrenden Austausch zu der Frage: *Was nehme ich/ was nehmen wir davon in den Alltag mit?*

❗ *Kreativer Umgang mit möglichen Stolpersteinen:*
Meist hat eine mit dem einen oder anderen Element, mit der aktiven oder passiven Seite mehr Schwierigkeiten. Erleichternd kann hier sein, sich zu erlauben, alles zu erleben, alles auszudrücken und dabei die Grenzen zu setzen, die in dem Augenblick nötig sind, statt von sich zu erwarten, keine Ängste zu haben und alles gleich toll finden zu müssen.

Eine der Abenteuerinnen (oder auch beide) kann in Stress geraten, weil sie meint, dieses oder jenes Element genauso lustvoll und intensiv erleben zu müssen, wie die andere es zu erleben scheint. Statt hier in Negativkonkurrenz abzugleiten, kann eine es auch mit noch größerer Hingabe an den Augenblick probieren.

Wenn das Ritual insgesamt eine wunderbar-ekstatische Erfahrung war, kann das einen recht starken Erwartungsdruck in Bezug auf die nächste sexuelle Zweierbegegnung nach sich ziehen. Hier ist es umso notwendiger, sich klarzumachen, dass eine solche einseitige Verwöhnung durch eine ganze Gruppe und in vorher definierten und eingestimmten Elementequalitäten völlig andere Wirkungen hat als z.B. Spontansex zu zweit. Aber vielleicht sind dadurch auch so viele Sehnsüchte hochgekommen, dass das Paar einen Kreativitätsschub für die eigenen Formen von Lustausdruck bekommt …

✪ *Variationsmöglichkeiten und Hinweise:*
Wenn es sehr viele Lust-Dienerinnen gibt, können die Lust- und Lotterlager natürlich in jeder Himmelsrichtung von verschiedenen Frauen besetzt sein, die sich von vornherein auf das spezielle Element des Lagers einstimmen und so nicht mehr »umschalten« müssen, sondern zu liebevollen Voyeurinnen werden können, wenn sie gerade nicht aktiv sind.

Wenn Raum und Ausstattung (z.B. Matratzen) zu knapp sind, kann ein einziges Lust- und Lotterlager auch für jedes Element jeweils neu gestaltet werden – dann wird eben ein wenig Umräumzeit benötigt.

Wenn ein solches Ritual den Abenteuerinnen oder den Dienerinnen doch zu intim, zu heiß sein sollte, kann es auch als elementbezogene Aufeinanderfolge sinnlich-erotischer, nichtsexueller Massagen durchgeführt werden.

Lesben-Hoch-Zeit

Hier geht es um eine größere oder kleinere Feier der lesbischen Liebe, die Ehrung und Segnung eines Liebespaares und der Start in eine »hohe Zeit« voller Kraft, Freude und Hoffnung auf eine gemeinsame Zukunft, in der gleichzeitig auch die Tiefe der Beziehung bewusster und spürbarer werden kann. Es bietet sich an, für die spirituelle und tiefe Ebene der Verbundenheit zunächst die Ritualebene zu wählen, also z.B. das Ritual »Hohe Zeit des Herzens« zu erleben, um dann für die soziale, expansive Ebene der Liebe ein Fest der Liebe zu gestalten, sich damit auch lesbenpolitisch zu verorten, bewusst eine verbriefte »Partnerinnenschaft« einzugehen, sich als Paar feiern zu lassen und mit anderen zu freuen.

Sich trauen: Visionen, Ziele und Herzenswünsche eines Paares

Wenn ein Paar sich entschlossen hat, die eigene Freude über diese Liebe und die Zeit, in der sie schon gelebt wurde und hoffentlich weiterhin lebbar ist, mit anderen zu teilen, stellt sich vor der Wahl der Form, der Zeit, des Ortes und der Mitfeiernden erst einmal die Frage, ob sich beide auf gemeinsame Ziele einigen können und so viel Sinn darin finden, dass sie bereit sind, viel Zeit, Geld, Mühe und kreative Energie in dieses Projekt zu stecken. Dabei können einzelne Motive bzw. Wünsche durchaus unterschiedlich sein (z.B.: »Ich will auch so ein tolles Fest erleben wie meine Kollegin mit ihrer Frau!« oder: »Ich möchte mit dir einen ganz besonderen Tag im Kreise ausgewählter Frauen erleben, von dem wir noch in zwanzig Jahren schwärmen werden.«).

Hier einige Fragen, von denen ein Paar die für sich wichtigsten aussuchen und gemeinsam nach Antworten suchen kann:

- Sind wir uns einig über die Bezeichnung »Liebesbeziehung auf lange Dauer« (»bis dass die Kraft des Abschieds uns scheidet«), und haben wir beide Lust, Zeit, Energie und Ideen, uns als Liebespaar feiern zu lassen?
- Wollen wir eine Hoch-Zeit mit offizieller Verpartnerung (Wer findet endlich ein sympathischeres Wort dafür?) oder ohne diese staatliche Formalität?
- Wie gehen wir persönlich wie politisch mit unserer Ambivalenz gegenüber diesem unzureichenden Gesetz um, das noch weit von einer wirklichen Gleichstellung entfernt ist?
- Wie soll der Grundcharakter des Festes sein: öffentlich-politisch, privat-geschäftlich oder ausschließlich privat?
- Welche Wünsche möchte sich die Einzelne mit einem sol-

chen Fest erfüllen? (Vielleicht möchte die eine endlich die öffentliche Anerkennung als lesbisches Paar, während die andere sich von möglichst vielen ehren und auf Händen tragen lassen oder die Ernsthaftigkeit ihres Treueversprechens auf diese Weise vor ZeugInnen kundtun möchte.)

- Welche Streits bzw. Auseinandersetzungen um Differenzen stehen noch an, bevor folgenreiche gemeinsame Entscheidungen getroffen werden können?
- Wollen wir eine Riesenfeier oder bevorzugen wir einen kleineren, überschaubaren Rahmen?
- Wie sehen die finanziellen Möglichkeiten aus? (Dadurch sind dann einige Rahmenbedingungen bereits vorgegeben.)
- Soll der Rahmen ein rein lesbischer oder frauenbezogener sein oder sollen auch Heteros, Schwule, Bis oder in anderen Kategorien Verortete, Verwandte, NachbarInnen, KollegInnen, Exen usw. eingeladen werden?
- Soll ein tieferes spirituelles Ritual damit verbunden sein (das engt den Kreis der Teilnehmenden sowie die Ortswahl meist drastisch ein) oder wird eher ein fröhlich-ausgelassenes Fest mit vielen unterschiedlichen Menschen gewünscht?
- Soll das Fest an dem von beiden so bezeichneten Tag (bzw. der Nacht) des Beziehungsbeginns gefeiert werden oder zu einem anderen Zeitpunkt, in einer bestimmten Jahreszeit, einem bestimmten Monat oder an einem bestimmten Datum, in einer Phase des zunehmenden Mondes, zu Beltane (Walpurgisnacht) ...?
- Wie lange soll das Fest insgesamt dauern? Soll es sich wegen unterschiedlicher Ebenen (von persönlich-intim bis staatlich-formell) und eventuell unterschiedlicher Gruppen von Geladenen an verschiedenen Tagen abspielen?
- Soll der Ort für das Fest ein ganz außergewöhnlicher sein (z.B. ein Segelboot auf dem offenen Meer, eine einsame Insel, ein archaischer Frauenkultort) oder soll er eher leicht erreich-

bar (z.B. das örtliche Frauencafé oder Frauenprojekträume) oder für viele Menschen zugänglich sein (z.B. ein leicht erreichbarer Naturplatz, ein öffentlicher Partyraum oder ein Hotel mit vorbuchbaren Übernachtungsmöglichkeiten)?

- Was für Aktivitäten sollen das Fest bestimmen (Rituale, gemeinsame Meditationen, Gesänge, Tänze, Essen, Trinken, Reden, kreative Darbietungen, »Kennenlern«-Aktionen für alle Geladenen, Verwöhn- oder Spielprogramme)?
- Sollen Ringe oder andere Symbole getauscht werden?
- Welche klassisch heterosexuellen Rituale, Sitten und Bräuche wollen wir übernehmen oder verwerfen, abändern und mit neuen Inhalten versehen?
- Was können wir an Verantwortung delegieren und an wen? (Hauptregel für größere Rituale und Feste: Das Liebespaar sollte im Mittelpunkt stehen, geehrt und gefeiert werden, ohne zu viele äußere Aufgaben bewältigen zu müssen, die auch andere tun können, denn zu viel Aktivität ist eine Feindin der Romantik.) Tatkräftige Freundinnen können hier sehr hilfreich sein. Sie können
  - sich an den Vorbereitungsaktivitäten beteiligen (z.B. Einladungskarten am PC entwerfen, nach geeigneten Räumlichkeiten oder einem guten wie preisgünstigen Partyservice suchen)
  - Helferinnen koordinieren (dies ist ein oft unterschätzter Punkt – zu viele Köchinnen verderben nur dann den Brei, wenn sie sich zu wenig absprechen und bei Alleingängen gegenseitig behindern.)
  - für praktische Aufgaben ansprechbar/anrufbar sein (z.B. Getränke zum Standesamt bringen)
  - Verantwortung für den technisch-organisatorischen Ablauf des Festes übernehmen (z.B. Musikanlage besorgen und bedienen als DJane, Programmleitung bei großen Festen mit vielen Programmpunkten, Fotos und Filme machen oder entsprechende Personen koordinieren)

- sehr alten oder behinderten GästInnen assistieren
- zur emotionalen und körperlichen Entlastung zur Verfügung stehen (z.B. Freundinnen mit Massagefertigkeiten oder der Bereitschaft zu Entlastungs- bzw. Ermunterungstelefonaten)
- Gibt es außerdem eine erfahrene Person für die Aufgabe der Ritualmeisterin oder Conferencierge?

Die Kunst kluger Vorbereitung

Vorweg: Der »Tag X« kommt schneller als ihr denkt! Also verwendet die Zeit davor nicht allein auf die äußere Vorbereitung, sondern delegiert möglichst viel (besonders an Freundinnen, die eine Ehre darin sehen, euch als Paar dabei konkret unterstützen zu können) und widmet euch auch der inneren Einstimmung, der Vorfreude, noch nötigen Streits und gönnt euch ein bisschen entspanntes Alleinsein.

Es folgt wieder das Angebot einer Liste (die sich hier auf eine offizielle Hoch-Zeits-Zeremonie mit »Verpartnerung« bezieht), auf der beide die für sie wichtigen Punkte ankreuzen, sie um eigene Ideen ergänzen und in das untenstehende Delegations- und Zeitraster einbinden können, damit in all der wunderbaren Aufregung nicht zu vieles vergessen wird. Damit diese Liste nicht zu formal und »blutleer« bleibt, möchte ich sie mit eigenen Erfahrungen beleben, die jedoch nur beispielhaft für die Vielfalt der Möglichkeiten stehen und nicht als Norm missverstanden werden sollten.

»Verpartnerung«

- Termin beim Standesamt mit den erforderlichen Unterlagen (am besten vorab konkret erfragen), u.a. gültigen Personalausweis, Abschrift aus dem Familienbuch, eventuell Abstammungsurkunde, Aufenthaltsbescheinigung, ggf.

Einbürgerungsurkunde, Scheidungsurkunde; bei Kindern zusätzliche Unterlagen
- Frage der Namensbeibehaltung oder -änderung oder des Doppelnamens klären mit den entsprechenden Folgearbeiten (informieren von Behörden, Banken u.a. Institutionen)
- Frage eines notariellen Zusatzvertrages zur Gütertrennung bzw. Regelungen für Tod oder Trennung klären, die vom Gesetzestext abweichen oder darin nicht genau genug aufgeführt sind. Dabei ist es sinnvoll, die entsprechenden Gesetze in etwa zu kennen, damit z.B. bei einer notariellen Beratung gezielte Fragen gestellt werden können.
- Später stehen noch all die Formalitäten wie Information des Arbeitgebers/der Arbeitgeberin, der Versicherungen etc. an.

Zeiten

Festlegung von Terminen
- für den Akt im Standesamt
- für eventuell unterschiedliche Festaktivitäten

Orte

- Ort für eine Abschiedsfeier vom Single-Dasein (zu Hause, Lesbenkneipe, Straßenbahnwaggon oder nostalgische Eisenbahn)
- Ort für ein tieferes Ritual wie das Herzensritual der Liebe oder die Sexuelle Vereinigung (z.B. in der Natur, in einem Frauenbildungshaus, in einer Berghütte, in einem Spa)
- Ort für die standesamtlichen Formalitäten (örtliches Standesamt, Hochzeitshaus)
- Übernachtungsorte für die Auswärtigen, die nicht privat untergebracht werden können oder wollen
- Ort für eine kleine Feier (z.B. Frauencafé, Frauentanzschule, Vereinsheim, Theaterfoyer, Feuerstelle, Sandstrand o.ä.)
- Ort für ein großes Fest (Frauenferienhaus mit Service und Übernachtungsmöglichkeiten, Hotel mit verschieden

großen Bankettträumen, Partykeller, Schiff, Festzelt usw.)
- Orte für Essen oder Ruhe zwischendurch (zu Hause ohne Telefon, nahe am Festort liegende Wohnung einer Freundin, ruhiges Speiselokal)

Aktionen zur Feier des Paares

- Sollen Reden gehalten werden? (Es ist sinnvoll, potentiellen RednerInnen max. 5 Minuten Redezeit zu geben und diese Reden in andere Aktivitäten – z.B. das Servieren der Hochzeitstorte – einzubinden, damit das Programm nicht zu wortlastig wird.
- Soll auf dem Fest oder bei dem Ritual noch einmal Raum für ein offizielles Ja-Wort sein? Mit welcher Aktivität möchte das Paar bewusst im Mittelpunkt des Geschehens stehen? (z.B. mit einer eigenen Rede zu Lesben in anderen Kulturen und Regionen oder zur Stärkung der lesbischen Liebeskultur im eigenen Lande oder mit einer romantischen Aktion mit Wunderkerzen und Hochzeitstorte mit Regenbogenflagge oder Lesbenhänden oder auch mit einer Zusammenführung beider durch die Trauzeuginnen zum Eröffnungswalzer …)
- Wie soll eine offizielle Würdigung des Paares erfolgen? Zum Beispiel über ein Spalier der wunderkerzenschwenkenden oder gute Wünsche zurufenden Gäste oder durch offizielle Liebeserklärungen vor Zeuginnen, meditative Gesänge oder einen Spiraltanz mit dem Paar als Mitte (siehe S. 193) oder durch Umfunktionieren eines klassisch-patriarchalen Standesamtes durch weibliche Lebendigkeit. (Dies kann natürlich durch äußere Zeichen verstärkt werden: wenn z.B. an den Stufen oder am Eingang ein Torbogen aus Birkenzweigen, an denen regenbogenfarbige Bänder wehen, das Tor zur Hohen Zeit queerer Liebe symbolisiert. Dann können beim Erscheinen des Paares unter lautem Applaus üppige Mengen frischer, samtweicher Rosenblütenblätter auf sie

herabfallen (zwei Handvoll pro Person auf den Stufen sind schon ausreichend), bis die Stufen wie ein Rosenteppich erscheinen, auf dem der Weg in die gemeinsame Zukunft eine neue Weichheit bekommt. Beliebt sind auch Luftballonaktionen mit guten Wünschen, viele Blumen und spontane Gesänge und Tänze.)

- An einem solchen Tag kann es auch wichtig sein, die eigenen (heterosexuell geprägten) familiären Wurzeln zu würdigen, ohne die in der eigenen Verwandtschaft möglicherweise erfahrenen Lesbendiskriminierungen schönzufärben oder zu bagatellisieren. Gibt es politische oder andere Ziele, die in einer konkreten Aktion münden sollten? (Das kann z.B. ein Verzicht auf Geschenke sein zugunsten einer Sammlung für ein kurz vorgestelltes Frauenprojekt. Oder statt des üblichen Spendenaufrufs kann z.B. eine Tombola mit altem Schmuck, Büchern usw. veranstaltet werden, deren Erlös am späteren Abend der Delegierten eines Frauenprojektes überreicht wird.)

Symbole der Liebesverbindung

Natürlich macht sich das Paar schon das Geschenk einer Hochzeitsfeier, aber ein täglich sichtbares, spürbares oder aus dem Moment der Freude heraus spontan gewähltes »persönliches« Geschenk kann bewirken, dass beide über all der Aufregung ihre Verbindung nicht aus dem Auge verlieren und immer wieder daran erinnert werden.

- Manche Paare haben aus Zeiten vor dem »Lebenspartnerschaftsgesetz« längst ihre Ringe und sehen wenig Veranlassung, sie zu ersetzen. Ansonsten muss jede für sich entscheiden, ob sie die Beziehung so definiert, dass ein Zeichen ohne Anfang und ohne Ende das passende Symbol für sie ist. Wenn ja, bietet es sich an, die Ringe frühzeitig auszusuchen bzw. anfertigen zu lassen, weil es viel zu schade wäre, dies unter Zeitdruck zu tun.

- Ansonsten bieten sich auch an: Doppeläxte, Regenbogenfahnen, Perlen, Delphine oder Vulva-Darstellungen als Kettenanhänger, Anstecknadeln usw.
- Manchmal passt noch besser das Geschenk, extra für sie Walzer zu lernen.

Alte Bräuche mit neuen Bedeutungen

Wieso sollten Lesben überhaupt alte Bräuche aus heterozentristischen bzw. patriarchalen Beziehungsfesten übernehmen?

Wieso eigentlich nicht?

Lesben mit emanzipatorisch-feministischer Grundhaltung zeichnen sich ja gerade darin aus, sich »queer« zum Mainstream der üblichen Normen, Werte und Verhaltensregeln zu bewegen, das Eigene immer wieder neu zu erfinden, Bekanntes kritisch zu prüfen und vielleicht in abgewandelter Form zu übernehmen. Außerdem kann ein Übernehmen von Bräuchen, die manche ausschließlich für die Mann-Frau-Ehe glauben »gepachtet« zu haben, den Bereich der heterozentristischen Durchsetzungs- und Deutungsmacht sinnvoll reduzieren und demonstrieren, dass gleichgeschlechtliche Paare nicht nur auf dem (ohnehin noch keine Gleichberechtigung bewirkenden) Gesetzespapier gleiche Rechte und Möglichkeiten beanspruchen und dennoch verschieden sind und bleiben. Insofern kann eine »Anpassung« an traditionelle Bräuche auch eine Form des Widerstands gegen ihre bisherige Bedeutung sein – wenn ihre Umsetzung bewusst und ausdrücklich für frauenliebende Frauen verändert wird.

Also habe ich mich entschlossen, alte wie aktuelle Hochzeitsbräuche als Material für meine Phantasie und Kreativität zu nutzen, und lege dabei folgende Auswahlkriterien an:

- Was ist der tiefere Sinn des jeweiligen Brauches?
- Passt dieser Sinn (z.B. ein Treueversprechen) zur lesbischen Identität und Lebensweise des betreffenden Paares?

- Die Formen der Durchführung: Stärkt oder schwächt der betreffende Brauch Frauen? (Kann er z.B. Homophobie sowohl bei den GästInnen als auch beim Paar selbst verwandeln – z.B. durch ein powervolles Coming-out in der Lokalpresse –, oder gibt es indirekte Diskriminierungen – z.B. durch die Verbannung einer Öffentlichkeitsaktion an einen abgelegenen Ort?)
- Lassen sich individuelle Motive und Wünsche dabei genügend berücksichtigen?
- Gibt es eine Möglichkeit für Menschen aller Altersgruppen, Geschlechter, sexuellen Identitäten, kulturellen und schichtspezifischen Zugehörigkeit usw., mit Stolz auf ihre Eigenart bei dem betreffenden Brauch mitzumachen?
- Kann die möglicherweise neue (Be-)Deutung des Brauches auch von den traditionell orientierten GästInnen nachvollzogen werden?
- Und nicht zuletzt: Drückt er Liebe, Hoffnung, Glück und Frieden aus? Was hat er sonst bei einer Hochzeitsfeier zu suchen?

Nach dem Motto: »Alles kann, nichts muss!« stelle ich hier kurz einige **Bräuche** vor, die sich m.E. für eine Lesben-Hoch-Zeit abwandeln oder übernehmen lassen:

Das Engagieren von Trauzeuginnen
Dieses rechtlich nicht mehr notwendige Konstrukt kann den Sinn haben, dass zwei Frauen (z.B. gute Freundinnen von beiden) das Paar die ganze Zeit über als emotionale wie praktische Unterstützerinnen begleiten und sich auch noch lange Zeit nach der Feier wie Patinnen um das Wohl des Paares kümmern.

Das gemeinsame Bad davor
Mit etwas Salz (zur Reinigung) und Duftkräutern (z.B. Lavendel)

oder Rosenblüten können sich beide rituell vom Stress der letzten Zeit reinigen und im Wasserelement und in Ruhe miteinander sein, ohne etwas zu tun.

Das Blumenstreuen
oder auch Reisstreuen bzw. werfen
Da Reis eher ein Fruchtbarkeitssymbol ist, aber nicht alle Lesbenpaare Kinder bekommen wollen, sind Blumen (Auswahl jeweils nach der speziellen Bedeutung einzelner Blumen für das Paar oder einfach Rosen/Rosenblätter als Symbole der Liebe) als Zeichen des blühenden Lebens der beiden und ihrer Liebe meist eher das Mittel der Wahl, um die Energie der Freude auf sie regnen zu lassen oder ihren gemeinsamen Weg damit zu schmücken.

Das Tauschen von Ringen
oder anderen Symbolen der Liebe
Der Sinn ist meist ein ganz persönliches Geschenk von langer Dauer, das die gemeinsame Bindung, Freude, Erotik oder sexuelle Orientierung symbolisiert.

Formen von Kreistänzen
Auch wenn die auf fast jedem Fest zu findenden »Doppellinksfüßigen« oder die »Spiri-FeindInnen« (die den tieferen Bedeutungen der Tänze nichts abgewinnen können) meist Widerstände dagegen zeigen: Ein Kreistanz mit allen kann das Zusammengehörigkeitsgefühl der Gemeinschaft der GästInnen fördern und vielen auf leichte Weise ihr Eingebundensein in einen größeren Zusammenhang verdeutlichen.

Tanz der Bräute
Wenn beide z.B. von den Trauzeuginnen durch ein Spalier aller anderen zueinandergeführt werden, um in eine gemeinsame Bewegung der Liebe zu gleiten, bedeutet dies eine enorme Wür-

digung und Stärkung für den Zusammenhalt des Paares und für die Lebendigkeit ihres bewegten und bewegenden Liebeslebens, was dann nach einer ersten Solorunde des Paares auch durch das anschließende Mittanzen aller oder ihren Applaus ausgedrückt wird.

Das Anschneiden der Hochzeitstorte oder das gemeinsame »Auslöffeln der Ehesuppe«

Das gemeinsame »Auslöffeln der Ehesuppe« aus einem gemeinsamen Teller ist ein Symbol dafür, künftig alle »Suppen gemeinsam auszulöffeln«, und zwar nicht nur die wohlschmeckenden.

Das gemeinsame Anschneiden (die obere Hand muss ja nicht bedeuten, dass diejenige auch in der Beziehung »die Oberhand«, also die Rolle der Mächtigen haben wird) und Verteilen der Hochzeitstorte (sinnigerweise mit Regenbogenfahne, einem Frauenpaar oder anderen Symbolen lesbischer Lebensweise geschmückt) zeigt allen, dass das Paar die eigenen Genüsse nicht nur für sich horten, sondern großzügig mit der Gemeinschaft teilen will.

Gemeinsames Baumpflanzen

Diese Zeremonie kann nicht nur für naturliebende Lesben sehr freudvoll sein, sondern auch für alle, die ihre Beziehung als Lebensprojekt sehen, das wachsen und Jahresringe bekommen kann, und für diejenigen, die ein Symbol suchen für eine Verbindung, die sich zwischen Erde und Himmel erstreckt und sie damit in ihrer wahren Größe bestätigen kann.

Gemeinsames Fliegenlassen von Tauben oder Schmetterlingen

Diese Zeremonie symbolisiert die Freiheit, die jedes Paar braucht, um sich zu lieben, und dient gleichzeitig als Demonstration ihrer Freiheit, ein neues Leben zu zweit zu beginnen, nachdem sie sich aus dem Käfig der heterozentristischen, misogynen und homophoben Normen und Verhaltensregeln befreit haben. Die tierfreundlichere und schlichtere Version kann auch mit Luftballons gestaltet werden.

Hochzeitszeitungen oder Ton-Dia-Shows
Wenn das Vorführen nicht zu lange dauert, kann ein für alle zugänglicher Ausdruck der Hochzeitszeitung (mit den Einzelgeschichten beider, mit Stärken, Schwächen, Vorlieben, mit der Geschichte ihrer Liebe, mit einem Ausblick in die gemeinsame Zukunft, vor allem aber mit vielen Fotos und anderen bildlichen Darstellungen – also enorm viel Arbeit trotz hilfreicher Computerprogramme!) oder eine entsprechende Ton-Dia-Show nicht nur einen hohen Informations- und Unterhaltungswert für die GästInnen haben, sondern auch das Paar mit seinen Wurzeln und Eigenarten hör- und sichtbar würdigen. Außerdem ist es ein wunderbares Dokument zur langjährigen Erinnerung.

Am Ende des Festes:
gemeinsamer Sprung über den Besen oder gemeinsames Schreiten durch den Hochzeitsbogen oder über die Türschwelle:

Der gemeinsame Sprung über den Besenstiel (Hand in Hand) dient manchmal auch als Symbol dafür, am Ende der Feier aus dem Schutzkreis des feierlichen Rahmens herauszutreten und damit die letzte Hürde in eine gemeinsame Zukunft zu nehmen.

Das gemeinsame Durchschreiten eines vom Vorbereitungsteam gefertigten Hochzeitsbogens (z.B. aus Birkenzweigen mit Regenbogenbändern oder aus Weidenzweigen, mit Rosen geschmückt, eventuell von Frauen gehalten) symbolisiert die beiderseitige Entscheidung, miteinander aus dem (offiziellen) Single-Dasein durch das Tor in eine gemeinsame Zukunft zu schreiten.

In der Annahme, dass unter der Türschwelle der (gemeinsamen) Wohnung noch die letzten Widerstandsdämonen gegen Liebe und Hingabe (an die Tage wie die Nächte) hocken, symbolisiert ein gemeinsamer Sprung oder bewusstes Schreiten über diese Schwelle (statt eine hinüberzutragen) ein vereintes Ankommen auf der Seite der Lust, Liebe und Geborgenheit in einem (gemeinsamen) Zuhause.

Der gute Rahmen: Organisationsteam und Programmleitung

Da eine nähere Beschäftigung mit der organisatorischen Vorbereitung und der geplanten Durchführung ergeben wird, was und wie viel davon delegierbar ist oder wo Unterstützung Erleichterung bringt, ist die frühzeitige Zusammenstellung eines Organisationsteams – am besten aus entsprechend erfahrenen FreundInnen, NachbarInnen, KollegInnen (traditionell von den Familien übernommen) – eine kluge Tat.

Resonanzboden der Liebe: Die GästInnen

Die GästInnenliste – dieser Punkt scheint einfach zu sein: Frau macht ein Brainstorming, und fertig ist die offizielle Liste als Grundlage für die am eigenen PC leicht zu fertigenden Einladungsschreiben, und eine Sitz- oder Tischordnung ist sowieso etwas zwanghaft, kann also entfallen. Ach, wenn es doch so einfach wäre … Über Ex-Geliebte, Macho-Brüder usw. können handfeste Streits entbrennen.

Wenn der Widerspruch zwischen ausgiebigen Feierwünschen und »magerem« Girokonto nicht erlaubt, die halbe Stadt oder Dorfregion oder die halbe Safia-Liste (deutschlandweite Organisation der Lesben 40+) einzuladen, braucht ein Paar Kriterien für eine realistische Auswahl, die für beide stimmt. So ergibt sich, welche GästInnen ein klares Ja von beiden bekommen, welche verzichtbar sind, welche einer von beiden nicht recht sind, wie damit umgegangen wird, wenn diese beleidigt sind oder sich übergangen fühlen, wie viel Verwandtschaft, wer aus dem Kreis der KollegInnen, der NachbarInnen, der Ex-Beziehungen dabei sein sollen und wie mit sich selbst einladenden Menschen umgegangen wird.

Die Einladungen werden oft kreativ gestaltet, enthalten aber nicht immer alle notwendigen Infos, gerade für die, die nicht zum wohlinformierten engeren Kreis vor Ort gehören – also volle Namen, Datum, Zeiten, Orte (eventuell Wegbeschreibungen), eventuell Kleiderwünsche, eventuell Hinweise auf eine neue Adresse und die Bitte um Zu- oder Absage mit Frist (zum besseren Planen). Da Frauen wie ich solche Schreiben häufig verlegen und auch die gewöhnlich genutzte »Schneckenpost« nicht immer zuverlässig arbeitet, bietet es sich an, für solche Fälle einige Einladungen in Reserve zu haben.

Sitz- oder Tischordnungen sind sicher nur bei großen Festen mit vorher eingedeckten Tischen sinnvoll, und auch nur dann, wenn das Paar z.B. verhindern will, dass immer nur die gleichen zusammensitzen, niemand sich traut, am Tisch des Paares Platz zu nehmen, oder verfeindete Exen – beide zu spät kommend – plötzlich auf den letzten Plätzen nebeneinander zu sitzen kommen.

Wenn ein Paar in einem Hotel oder einem großen Restaurant feiert, kann es (nach möglichst genauer Äußerung von Wünschen) auch von denen Tisch- sowie Menükarten bekommen – nicht sehr teuer, weil meistens aus PR-Gründen mit deren Logo versehen. Bei großen Feiern machen sie nach Absprache auch Tischordnungen als Infos an die Türen.

Damit das Kennenlernen der GästInnen nicht auf die Tischnachbarschaft beschränkt bleibt, kann z.B. eine engagierte Freundin als Kennenlern-Aktion die Einzelnen schon beim Eintreffen mit einer Polaroidkamera fotografieren und ihnen ihr Foto, ein Blatt Papier mit Stift und Fotoklebepad/Fotoecken in die Hand drücken. Dann werden alle aufgefordert, während des weiteren Hereinströmens der GästInnen oder der Zeit vor der Buffet-Eröffnung ihr Foto auf das Blatt Papier zu kleben und dazuzuschreiben, wie sie das Paar oder auch eine von beiden kennen gelernt haben und was sie mit ihnen verbinden. Jedes Blatt kann dann nach Fertigstellung z.B. an lange Stellwände in Buffetnähe geheftet werden, so dass sich hier immer wieder neue »Menschentrauben« bilden, die über die Kennenlern-Beschreibungen reden und dabei auch ein wenig klatschen können. Später kann daraus ein GästInnenbuch zur vergnüglichen »Nachlese« gefertigt werden, auch wenn die Polaroids aufgrund ihrer eingeschränkten Bildqualität keinen künstlerischen Ansprüchen gerecht werden.

Tanz in die Hohe Zeit

Ich weiß, das ist für so manche »Doppellinksfüßige« ein heikles Kapitel, und der klassische »Brautwalzer« ist ja auch keineswegs ein Muss! Wenn wie gesagt z.B. eine Rumba-Queen und eine Walzerkönigin zusammen tanzen wollen, ist entweder ein dritter Tanz sinnvoll oder ein wenig Übung im Lieblingstanz der anderen – oder einfach ein bisschen »Klammerblues« mit Kuss und feuchten Augen ... Hauptsache, die beiden haben sich auf etwas geeinigt – das kann auch eine Spontankreation aus dem momentanen Gefühl heraus sein.

Für die, die gern allein den Tanz eröffnen und einen guten, harmonischen Eindruck bei sich selbst und den GästInnen hinterlassen wollen, empfiehlt sich ein »Crash-Kurs« in einer (Frauen-) Tanzschule, der manchmal für solche Gelegenheiten angeboten wird, oder eine Einzelstunde bei einer wohlwollenden Tanzlehrerin plus ein bisschen Üben für sich allein, damit beide sich auf diesen Akt freuen können und er nicht zum Stresspunkt wird.

Für die, die dazu keine Zeit, keine Lust oder keine Gelegenheit haben: Frau kann auch tanzen »lassen« – es gibt viele auftrittsfreudige Tänzerinnen, die nach ihrer Show alle zum Tanzen animieren oder sogar Großgruppen anleiten, so dass das einzelne Paar nicht »vortanzen« muss.

Reise in die Hohe Zeit

Auch dieses ist kein Muss – insbesondere wenn die Finanzgrenzen durch das Fest schon arg strapaziert sind. Und doch kann es sehr erholsam sein, nach all den Vorbereitungen und schließlich der Aufregung der beginnenden »Hohen Zeit« erst einmal Ruhe und einen schönen Rahmen für die Konzentration auf die Zweisamkeit zu haben, statt gleich darauf Fotos zu entwickeln und liegengelassene Seidenschals zu verschicken. Statt sich »Aussteuergegenstände« zu wünschen oder sich schnell verblühende Blumensträuße schenken zu lassen, kann das Paar sich auch eine Reise als Geschenk aller Gästinnen organisieren lassen – z.B. als »Fahrt ins Blaue der Liebe«, die von einer reiseerfahrenen und die Wünsche erahnenden Freundin organisiert wird. Besonders gut kommt es bei allen an, wenn Gästinnen nicht einfach nur einen abstrakten »Obolus« zahlen, sondern z.B. durch eine »Überraschungsmappe« (die das Paar auf der Reise Tag für Tag öffnen wird) erfahren, dass sie die 2. Übernachtung oder das Abendessen des 3. Tages bezahlt haben.

Der tiefe Geldbeutel: Kluge Finanzplanung

Über Geld redet frau nicht (gern). Aber wie wir z.B. aus vielfältigen Frauenprojekt-Erfahrungen wissen, macht sich am Geld und seiner Verteilung nicht nur symbolhaft vieles fest (z.B. das Machtgefälle in Beziehungen), sondern gerade das kleine oder ungleich verteilte Finanzbudget ist häufiger Frust- und Streitpunkt und kann – gerade wenn Wichtiges dabei nicht ausgesprochen wird – die Vorfreude empfindlich dämpfen bzw. in Angst oder gar Verarmungswahn verkehren. Deshalb gilt für das Thema Geld wie für viele andere Beziehungsthemen: Reden ist Gold, Schweigen ist Blech!

Hier einige Tipps, die zwar schwerwiegende Finanzprobleme nicht wegzaubern, aber beiden helfen können, ihr Projekt »Hoch-Zeit« nicht im »Wolkenkuckucksheim«, sondern auf dem Boden der Tatsachen anzusiedeln, damit es von dort aus in den Himmel der Liebe wachsen kann:

- finanziellen Rahmen beider klären und ein kluges Management der realen Unterschiede entwickeln.
- erste Erkundigungen über Preis-Leistungs-Verhältnisse einziehen; bei größeren Posten (z.B. Abendbuffet) eventuell mehrere Kostenvoranschläge einholen und bei Verhandlungen immer von Verhandlungsspielräumen auch der AnbieterInnen ausgehen
- immer wieder neu klären, was geht und was den Rahmen sprengt
- kreatives Sparen dort, wo es beiden nicht allzu sehr weh tut (z.B. statt einer teuren und vielleicht stilistisch etwas einseitigen Life-Band eher eine gute DJane mit großer Stil-Auswahl engagieren oder statt ein Kuchenbuffet zu ordern, Torten von verschiedenen Freundinnen backen lassen)
- klären, wer etwas leihen, schenken oder günstig einkaufen könnte
- im Zweifelsfall lieber ein schlichteres Fest feiern als monatelang Schuldenberge abzutragen, die sich wie eine Käseglocke auf die Lebendigkeit und die optimistische Grundhaltung der einzelnen Frauen legen und damit auch einen grauen »Depri-Mantel« über die Beziehung hängen kann.

Liebeskräfte in Bewegung:
Musik, Tanz, Unterhaltung und kreative Show-Einlagen

Was ist ein Fest ohne Musik, ohne Tanz, ohne Spaß? Für manche gar kein richtiges Fest, für manche völlig nebensächlich, wenn nur Essen und Trinken schmackhaft und reichlich sind. Also auch bei diesem Punkt geht es um das Management unterschiedlicher Vorlieben der beiden sowie der zu erwartenden GästInnen und um ein kluges Arrangement mit dem beiderseitigen Finanzbudget wie auch den künstlerischen Möglichkeiten, die allein schon das FreundInnen-Netz bietet.

Höhepunkt für Jung und Alt, für Lesben, Schwule, Heteros und Bis sind oft die Showtanzeinlagen (Turniertanz Latein, Bauchtanz und Tango argentino) oder auch Kreistänze, die die verschiedensten Gemüter einen können und es z.B. bei einem Spiraltanz jeder und jedem ermöglichen, alle anderen einmal vorbeiziehen zu sehen und sich als Teil eines großen Zusammenhangs zu begreifen. Beliebt sind auch pantomimische oder clowneske Persiflagen auf das Paar – wenn die darin enthaltenen Scherze gutmütig bleiben. Besondere Bewegung in den Raum bringt etwa die bereits erwähnte Kennenlern-Aktion mit Hilfe von Fotos, weil die GästInnen dabei ihre Neugier befriedigen können und die Möglichkeit zum ungezwungenen Plaudern an den Stellwänden haben.

Der äußere Rahmen für die Feier

Diesen Punkt kann ein Paar natürlich als unwichtig, oberflächlich und »bürgerliches« Getue abtun. Es gibt ja wirklich Wichtigeres!

Nach meiner Erfahrung ist es bei dem »Projekt Hoch-Zeit« aber ähnlich wie z.B. bei dem »Projekt Praxiseröffnung«: Wenn auch das Äußere farblich, stilistisch und symbolisch »wie aus einem Guss ist«, ergibt das für alle Beteiligten einen harmonischeren Gesamteindruck, bleibt länger im Gedächtnis hängen und löst bei den passionierten »ÄsthetikerInnen« stille Freude aus. Doch auch dies ist ein Punkt der gemeinsamen Abwägung – besonders auch unter dem Aspekt von Zeit, Energie, Mühe – und Freude …

Der persönliche Auftritt: Kleidung, Schuhe, Frisur, Accessoires

Das persönliche Outfit jeder einzelnen Frau (schließlich handelt es sich nicht um den Kindergeburtstag eineiiger Zwillinge) ist mit ihrer Individualität verbunden und wird auch im Nachhinein oft noch mehr mit der Person verknüpft als das Blumengesteck auf der Hoch-Zeits-Tafel. Außerdem ist es oft ein Diskussionspunkt im Paar: Wenn frau unsicher ist, kann die Auswahl, die der Kleiderschrank hergibt, noch so groß sein – das Passende ist partout nicht darunter. Und wenn das Outfit dann noch mit dem der anderen harmonieren soll ... An dieser Stelle kann ich nur empfehlen, sich frühzeitig auf die Suche zu machen und dies als Teil der Vorfreude zu genießen, statt die Kleiderfrage zu einem weiteren Stresspunkt werden zu lassen, der in der Mittagspause noch schnell abgearbeitet werden muss. Hinzu kommt, dass so mancher Hochzeitsschuh drückt, ohne dass dies einen tieferen Symbolwert besitzt – nämlich einfach, weil er nicht eingelaufen ist.

Das leibliche Wohl: Essen und Trinken

Von Hochzeiten erzählen fast alle, dass das Essen wunderbar, aber mehr als üppig war. Ich plädiere nun keineswegs für ein spartanisches Kurzmenü, finde aber, dass es in Zeiten so unterschiedlicher aufeinandertreffender Esskulturen (vegetarisch, vegan, makrobiotisch, SpanferkelliebhaberInnen, FischfreundInnen, Lowfat-, Lowcarb- oder sonst wie Figur-Ängstliche usw.) nicht möglich ist, es allen recht zu machen. Statt nun die Lieblingsspeisen des Paares (das eventuell vor lauter Aufregung nicht zum Essen kommt) anzubieten, gibt es auch die Möglichkeit, vielfältige Probierhäppchen sinnlich-festlich darzubieten, so dass Nase, Gaumen und Augen erfreut werden.

Auch für den kleineren Rahmen gibt es inzwischen vielseitige Caterings oder selbstgemachte Gerichte, die schon einige Zeit vor dem Termin weitgehend zubereitet werden können.

Nach meiner Erfahrung bieten sich auch dezent aphrodisische Gerichte an, weil es bei einer Hochzeitsfeier schließlich auch um Lust und Liebe geht. Eine Empfehlung ist das wunderbare Kochbuch *Aphrodite* von Isabel Allende. Und auch Raumdüfte sowie (auch) alkoholfreie Drinks oder der begehrte Kaffee nach dem Essen können einige kleine aphrodisische Fünkchen vertragen (als Raumduft z.B. Rose, ein wenig Jasmin, Ylang-Ylang mit einer kleinen Melissenbrise auf Duftsteinen oder in Duftlämpchen wird oft von AllergikerInnen besser vertragen als Duftsprays oder Räucherstäbchen); als Getränke: Zimt, Ingwer, schwarzer Pfeffer und Vanille in den Aprikosensaft; Zimt oder Kardamom in den Kaffee; als Nachspeise: ein Früchtemix aus Mango, Papaya, Maracuja, Pfirsichen, Ananas, Erdbeeren, Pinienkernen mit ein wenig Grenadine-Sirup auf winzig gepfefferter Mango-Sahne mit einem kleinen Muster aus flüssiger dunkler Schokolade).

Bei den Getränken kann ein geringeres Angebot mehr sein: statt einer zu großen, verwirrenden Auswahl lieber qualitativ gut und übersichtlich geordnet. Nach meiner Erfahrung wird immer weniger Alkohol konsumiert, und zwar nicht nur von den AutofahrerInnen, sondern auch von passionierten TänzerInnen, AntialkoholikerInnen und anderen, die ihr Vergnügen lieber bewusst als benebelt genießen wollen.

Das Rauchen wird am besten auf bestimmte Räume begrenzt, in denen weder getanzt noch gegessen wird. Selbst als passionierte Nichtraucherin meine ich jedoch, sie sollten gemütlich und gut belüftbar sein.

Festhalten für später: Filme, Fotos, Gästinnenbücher

Inzwischen gibt so viele gute Digitalkameras, Videokameras und GästInnen, die Spaß daran haben, dass Profis nicht unbedingt nötig sind – es sei denn, sie gehören ohnehin zum Kreis der Eingeladenen und haben dann noch Lust, sich entsprechend zu engagieren. Doch Achtung bei stolzen Neu-BesitzerInnen: Wenn sie noch unvertraut sind mit ihrem neuen Spielzeug und seiner differenzierten Technik, können die schönsten Momente längst vorbei sein, bis sie soweit sind ... Wenn Tanzeinlagen oder schnelle Spiele wirklich gut wiedergegeben werden sollen, sind eher Profis oder Foto- bzw. Videoerfahrene anzuraten, weil andere oft zu ungeübt in Bewegungsfotografie sind. Wenn anschließend eine Videospezialistin auch noch ein bearbeitetes, eventuell sogar nachvertontes und kreativ geschnittenes Video überreicht, dann ist das ein sehr großes Geschenk – und Anlass für eine entsprechende Würdigung.

Ein GästInnenbuch anzulegen, sieht auf Anhieb nicht nach einer »Lesbengewohnheit« aus. Doch wenn eine Form gewählt wurde, die für das Paar stimmt und den GästInnen genug Freiheit lässt, kann es ein wunderbarer Anlass zum Erzählen und Schwelgen in der Nachlese sein.

Es gibt auch die Möglichkeit, in einer stillen Ecke ein wenig Collagenmaterial zur Verfügung zu stellen, so dass die GästInnen, die Lust dazu haben, sich hier austoben können – wenn damit keine neue Kreativitätsnorm verbunden wird.

Statt eines geschriebenen GästInnenbuches habe ich auf einer Hochzeitsfeier auch schon einmal mit den anderen zusammen ein Mandala gemalt und einen riesigen Wandteppich aus vielen bunten Stoffresten, Perlen usw. angefertigt, zu dem jede ein kleines Stück beigetragen hat, das dann mit den anderen zusammengenäht wurde.

Auch das Thema »Medienpräsenz« will wohl überlegt sein. Böse Zungen könnten die Überlegung, die Lokalpresse, das regionale Fernsehen oder auch überregionale Medien einzubeziehen, als angeberischen Firlefanz bezeichnen. Frau könnte es auch als klassisch weibliche Bescheidenheit monieren, es nicht zu tun. Es ist in jedem Fall eine Ausweitung der eigenen persönlichen Trauung in den öffentlich-politischen Raum – und das müssen beide sich trauen.

Sich mit einer Frauen-Trauung öffentlich zu präsentieren könnte also auch feministisch gewertet werden: Der alte Wahlspruch »Das Private ist politisch« wird praktisch in die Tat umgesetzt. Wichtig ist dabei, dass beide diese »verschärfte Form eines öffentlichen Coming-out« wollen, begrüßen und bereit sind, sich mit Folgen jedweder Art auseinanderzusetzen. Dazu gehört natürlich auch, die jeweiligen Medien sorgfältig auszuwählen und sie in die Gesamtatmosphäre der Weitung alter Grenzen einzubeziehen, statt z.B. eine neugierige Journalistin nur für ein kurzes Interview mit ein paar Fotos hereinzulassen und sie dann schnell wieder wegzuschicken.

Unterstützung für einzelne GästInnen

Für Übernachtungen auswärtiger GästInnen sind meist Privatquartiere am beliebtesten und finanziell schonendsten, dicht gefolgt von leeren Arbeitsräumen für Matratzenlager oder verkehrsgünstigen Frauenräumen – eben für die Frauen. Einigen GästInnen ist das aber zu dicht oder zu viel Kontakt ohne Rückzugsmöglichkeit, und sie möchten sich anschließend lieber in die Anonymität eines Hotelzimmers zurückziehen. Auch das Paar will sich vielleicht, wenn die Feier z.B. in einem Frauenferienhaus oder Hotel stattfindet, dort eine Übernachtung gönnen, so dass beide nach der Feier wohlig-müde in ein gemachtes Bett sinken können.

Manchmal bietet sich noch ein gemeinsames »Aufräum-Frühstück« an, bei dem nicht nur die Räume aufgeräumt, sondern auch neu geknüpfte oder aufgefrischte Kontakte fortgeführt und im Morgenlicht neu betrachtet werden können.

Der Punkt Transportmöglichkeiten kann völlig unproblematisch sein, weil alle Orte oder zumindest der Ort der Feier in Fahrradnähe oder mit öffentlichen Verkehrsmitteln gut zu erreichen ist und einen guten Parkplatz für die Eingeschränkten, die Auswärtigen, für die mit den Wasserkisten oder den Riesengeschenken oder auch nur bei schlechtem Wetter bietet. Manchmal jedoch muss ein Fahrdienst organisiert werden, damit auch wirklich alle beim richtigen Strand oder an der versteckten Feuerstelle ankommen. Meistens ist es kein wirkliches Problem, wenn es vorher gründlich bedacht wurde.

Das Gleiche gilt für spezielle Gruppen von GästInnen: Natürlich sollen sich auch bei einem Fest erwachsener Frauen Kinder, Jugendliche, sehr Alte und Profis jenseits der GästInnenlisten wohlfühlen. Das erfordert aber nicht unbedingt Sonderaktionen für bestimmte Untergruppen. Manchmal brauchen z.B. Kinder eine Erläuterung oder die Erlaubnis, im ganzen Hotel herumzutoben oder besondere Aufgaben (z.B. Lose verkaufen oder Blumen streuen); manchmal brauchen Alte einen besonderen Platz, von dem aus sie alles gut überblicken können, oder Rollifahrerinnen eine kleine Assistenz am Buffet oder bei Stufen. Doch insgesamt ist viel miteinander in Einklang zu bringen, wenn Einzelbedürfnisse ausgedrückt, ernst genommen und kreativ in den Gesamtablauf integriert werden. Gerade eine Lesbenhochzeit ist ja eine Aufforderung an alle, ihre Grenzen (z.B. eine unter- oder übertriebene Sorge um Alte) auszuweiten, sich mit »Fremdartigem« auseinanderzusetzen und vielleicht sogar Neues in sich aufzunehmen (z.B. das ältere Schwulenpaar in den auffällig blauen Smokings oder die perfekt geschminkte Transsexuelle als Teil der Vielfalt auf der Tanzfläche zu betrachten). Das bezieht sich natürlich nicht nur auf Unterschiede in Liebes- und Lebensweisen, sondern auch auf Unterschiede z.B. in Bezug auf Alter, Stärken und Schwächen, kulturelle Gepflogenheiten, Herkunft, Organisation des Lebensalltags und den Umgang mit Geld. »Diversity-Management«, wie das neue Schlagwort dafür lautet, ist an dieser Stelle praktisch wie emotional erlernbar.

Geschenke und Spenden

Manche Frauen lassen sich gern überraschen und vertrauen auf die Kreativität und den Zusammenschluss von GästInnen für auch kostspieligere Herzenswünsche; manchen ist dieser Punkt unwichtig; manche haben es lieber in der Hand und geben Listen heraus (und wünschen sich z.B. dieses wunderbare Geschirr, um das sie schon hundertmal herumgeschlichen sind), oder sie wünschen sich Geld, damit die Finanzierung des Festes sie nicht in den Ruin treibt oder weil sie ein besonderes gemeinsames Ziel haben. Zum Glück müssen wir uns auch hier nicht an irgendeine Regel halten.

Wenn z.B. Geldgeschenke als Spenden für einen politischen oder sozialen Zweck gewünscht werden, trudeln meiner Erfahrung nach übrigens trotzdem noch liebevolle »Zusatzgeschenke« oder zumindest reichhaltig Blumen ein.

Der Tag vor dem Tag

Einige Frauen ahnen sicher schon, worauf es hier ankommt: ausruhen, zu sich kommen, der Vorfreude Raum geben, letzte Ängste und Sorgen miteinander besprechen, eventuell ein gemeinsames Bad mit ihr zusammen nehmen, die Kleidung und Utensilien wie Taschentücher für den nächsten Tag bereitlegen und natürlich früh ins Bett gehen. Und: akzeptieren, wenn das in der Aufregung nicht ganz gelingt. Vielleicht geht es an diesem Tag eher darum, durch die letzten »Geburtswehen« hindurchzuatmen und auf die Liebe und Kräfte beider zu vertrauen.

Der Tag der »Hohen Zeit«

»Hohe Zeit« heißt, im siebten Himmel schweben zu dürfen in dem Wissen, dass die Erdlandung notwendig ist, um den Kontakt zu Mutter Erde, zu den Lebewesen auf ihr und zu unseren Körpern nicht zu verlieren und gleichzeitig auch, um Anlauf zu nehmen für ein neues Fliegen, Schwirren, Schnäbeln und gleiten auf den Winden und Wogen, wie sie den ganzen Tag über ihr wechselhaftes Spiel mit uns treiben – ein Spiel, das zwei Liebende selbst geplant, vorbereitet und in die Wege geleitet haben. Es ist also ein Tag der Hingabe an den Augenblick und an die Gefühle und Aufgaben, die in diesem Moment da sind – jenseits aller vorherigen Erwartungen und Befürchtungen.

Möge dieser Tag für alle Liebespaare nicht nur ein Höhepunkt ihrer Liebe sein, sondern einen Höhenweg einleiten, der zielfrei erlebbar ist in Glück, Frieden, Liebe und Schönheit!

Erholung und Nachschwingen

Damit nach dem Hoch nicht ein (Stimmungs-)Tief, sondern eine sanfte Landung auf dem weichen Heimatboden der gewählten Partnerinnenschaft folgen kann, brauchen meist beide erst einmal Ruhe, Wegschieben der Nachbereitungsaufgaben – es sei denn, es geht um Tätigkeiten wie (restliche) Geschenke auspacken, Geschenke ordnen, Räume wieder gemütlich herrichten oder daliegen und erzählen, was jede für sich erlebt hat und wie es ihr damit geht.

Wenn beide vielleicht auf »Hochzeitsreise« gehen, also erst einmal von solchen Aktivitäten befreit sind, haben sie eher Zeit, dem nachzuspüren, was sich denn nun verändert hat oder auch gleich geblieben ist. Nach einer ausreichenden Zeit von Ruhe und Erholung entwickeln Paare zuweilen wieder neue Verliebungen ineinander, ein Gefühl von Beschwingtheit, Stolz auf sich und die andere und eine neu erwachte Aufmerksamkeit für die kleinen Ekstasen im Alltag. Das ist häufig eine Auswirkung der Erfahrung, als Paar von vielen wohlwollend und würdigend getragen zu sein.

Nachbereitung

Viele Nachbereitungen sind zwar nötig oder sinnvoll, müssen aber nicht sofort sein. Als Erinnerungsstütze hier eine kleine Checkliste zu erledigender Dinge:

- Rückmeldung und Dank an alle HelferInnen, FestmitgestalterInnen und BegleiterInnen

- persönliche und Paar-Bilanz
- Fotos und/oder Filme nachbearbeiten und den GästInnen Abzüge zukommen lassen
- eventuell Nachbesprechungs- und Fotoabend mit Organisationsteam planen
- Geliehenes zurückgeben
- Fundsachen klären und eventuell zurückschicken
- Verliebungen und andere Kontaktdynamiken (z.B. Missverständnisse unter den GästInnen) eventuell aufgreifen oder sich für »nicht zuständig« erklären (z.B. wenn Adressen anderer GästInnen erfragt werden)
- eventuell Namensänderungen und andere Formalitäten (z.B. ArbeitgeberIn informieren) erledigen
- Rechnungen bezahlen
- Konten klären
- eventuell nach der Hochzeitsreise wieder »erden« (z.B. durch Entspannungsübungen oder Pflanzen umtopfen) und Dinge tun (z.B. spazieren gehen mit einer ruhigen, ausgeglichenen Freundin oder Schreibtisch aufräumen), wodurch auch die Einzelne und nicht nur das Paar als Gebilde wieder bei sich im Alltag ankommt.

Spiele, Übungen und Rituale …

… für das tiefe Tal des Abschieds

Liebe vorbei – und dann?

Trennungen und Abschiede gehören zum Leben wie der Tod. Doch anders als in so manchem Todesfall können wir unseren Abschied aus einer Liebesbeziehung aktiv gestalten und Wege zu einem neuen Beziehungswagnis finden. Dazu sollen die folgenden Ideen dienlich sein, bei denen ich mich im Wesentlichen auf Trennungen aus langdauernden lesbischen Liebesbeziehungen beziehe, in denen Nähe, Intensität und zumindest zeitweise Sex, Alltag und gemeinsame soziale Kontakte gelebt wurden. Die speziellen Trennungsprozesse bei binationalen Beziehungen oder von Paaren mit Kindern lasse ich hier außen vor, aber in der Diskussion mit der Liebsten oder im Freundinnen-Netzwerk finden solche Aspekte sicher ihren Raum.

Als Psychotherapeutin, insbesondere als Lesbenpaartherapeutin und Trennungsbegleiterin, aber auch als private Freundin von Frauen in Trennungsphasen habe ich eine große Hochachtung für das Bemühen vieler Frauen, den Abschied trotz aller Schwere, trotz Angst und Schmerz so solidarisch und aktiv wie möglich zu gestalten. Ich habe viel von all diesen Frauen gelernt und möchte im Folgenden einiges davon weitergeben.

»Erst auf dem Boden von Zerstörung, Verlust und Schmerz gedeiht eine Blume. Und diese Blume, die heißt Freiheit!«

Christina Basciano

Entscheidung zum leidenschaftlichen Unglücklichsein

Warum das? Es ist ein Irrtum zu denken, eine Trennung könne glücklich machen – selbst wenn wir uns aktiv aus einer destruktiv gewordenen Chaos-Beziehung gelöst haben und erst einmal erleichtert sind. Die nach der Phase der Erleichterung manchmal erst mit Verzögerung auftretenden Gefühle wie Schmerz, Wut, Enttäuschung, Trauer, Verwirrung, Zukunftsangst und Unglücklichsein haben grundsätzlich nichts mit weiblichem Masochismus oder einer neurotischen Depression zu tun. Meistens sind es situationsadäquate Gefühle, die sich allerdings an alte Gefühle aus früheren Erfahrungen »andocken« und so zu kaum zu ertragender Stärke und Länge steigern können. Um ihre Stärke zu mildern und die Dauer zu verkürzen, plädiere ich für ein ausdrucksstarkes, leidenschaftliches Unglücklichsein mit jammern, klagen, wüten, weinen, toben, reden – immer wieder unterbrochen von Pausen zur Erholung und kreativen Ablenkung. Auf die Frage: »Was geht, wenn eigentlich nichts mehr geht?« habe ich eine Menge Antworten von meinen lesbischen Einzel- wie Paarklientinnen erhalten, die zunächst kamen mit dem Gefühl von Hilflosigkeit und dem Gefühl, sich in einer Sackgasse zu befinden, die aber im Laufe ihres Loslösungsprozesses oft eine erstaunliche Kreativität und emotionale Intelligenz an den Tag legten, wofür ich ihnen an dieser Stelle noch einmal meinen Respekt ausdrücken möchte.

Wie merkt eine, dass es wirklich vorbei ist?

Das häufigste Gefühl ist, versagt zu haben, wenn sich trotz (beiderseitigem) Bemühen die Beziehung nicht wirklich verbessert – vor allem wenn sie auf lange Dauer angelegt war.

Dies gilt insbesondere, weil wir Frauen uns doch immer wieder wesentlich über unsere Beziehungen definieren und alles tun möchten, um besonders unsere Liebesbeziehung zu hegen, zu pflegen und harmonisch zu halten.

Gerade bei der, die als Erste gehen möchte, gibt es oft einen langwierigen Entscheidungsprozess, der schließlich mit Verzweiflung, Resignation, Erschöpfung in Bezug auf unlösbar scheinende Konflikte und der Idee endet, dass jetzt nur noch die große Abgrenzung, also die Trennung, Rettung bringt. Manchmal haben allerdings auch beide ein Grundgefühl von Kälte statt Hitze, von Gleichgültigkeit statt Liebe, von Abstand statt Nähe, so dass sie fast zeitgleich nur noch die Trennung als Lösung sehen. Oder eine von beiden hat keine Hoffnung mehr, dass dies sich wieder ändern könnte, also nur eine dunkle Phase ist. Hier stehen beide in der Verantwortung, eine weitreichende Entscheidung zu treffen: entweder noch einmal die volle Kraft in die Beziehung zu stecken oder Mut und Kraft für eine endgültige Trennung aufzubringen. »Ein bisschen Trennung« oder eine Trennung in vielen Vor- und Zurückbewegungen ist auf lange Sicht oft viel quälender als eine klare Beendigung der Liebesbeziehung. Doch auch der Versuch, »das Gute« noch zu retten in einer Phase, in der eigentlich Resignation vorherrscht, kann ein enormer Kraftakt sein, bei dem sich beide überfordern. Ein Versuch, die Aggressionen in dieser Phase zu regulieren, ist das Hin- und Herschieben von Schuldvorwürfen. Das Ergebnis: Schuldzuweisungen oder eigene Schuldgefühle werden so erdrückend, dass nur ein dicker Trennungsstrich Erlösung verspricht.

Ein weiterer Hinweis auf die Not-Wendigkeit einer Trennung ist die realistische Erkenntnis, dass die Zerstörungskraft der anderen oder die eigene oder die von beiden sich einer schadenabwendenden Kontrolle zu entziehen scheint.

Ein lebendiger Hinweis auf die Notwendigkeit einer Trennung ist zudem die Erfahrung, dass eine neue Frau winkt mit der Aussicht auf bessere Zeiten, auf mehr geteilte Lust, auf Erleichterung und emotionale Stärkung im Prozess der Trennung – besonders aber als Hinweis auf das, was in der jetzigen Beziehung nicht stimmt: was zu kurz gekommen, was ungelebt geblieben ist oder zu sehr gestört war. Natürlich ist »die Neue« kein wirklicher Trennungsgrund, sondern eher der Anlass für eine noch sorgfältigere Beziehungsbilanz. Außerdem aktiviert eine Verliebung enorme Energien und wirkt auch dadurch oft wie eine »Katalysatorin« für kraftzehrende Entscheidungsprozesse, abgesehen von der emotionalen Bestätigung und der freudvollen Begegnung.

»Je größer die Liebe, desto härter die Landung«, heißt es bei Dwight Webb. Um die Härte der Landung besser einordnen und auf die jeweilige Stufe der Nähe beziehen zu können, hier ein kleines Übersichtsschema:

Stufen der Intimität	**Art des Verlustgefühls**
Anziehung und Erforschung	verwirrt
Regelmäßige Treffen, Verliebung	betroffen, wütend
Entwicklung von Grundlagen für eine dauerhafte Beziehung	außer Fassung und enttäuscht
Offenheit für eine innere wie äußere Bindung	tief verletzt
Liebe mit Erwartung	Verlust des Vertrauens; Gefühl, verraten worden zu sein
Liebe mit Hingabe und Bindung	Verlust eines Traumes, Verlust eines Teils der eigenen Identität
Spirituelles Band	Gefühl von Vernichtung, Bodenlosigkeit

Kann ich einen solchen Verlust überhaupt überleben?
Was mache ich mit der Schuld zwischen uns?
Wenn ich jetzt »aufgebe«, bin ich dann beziehungsunfähig?
Werde ich jemals wieder lieben können?

Diese und viele andere Fragen machen den Weg oft so schwer, so wechselbadartig, so langwierig oder bewirken die bekannte Flucht nach vorn oder den abrupten Schnitt. Eine Trennung ist aber noch kein Abschied, und ein Abschied ist ein genauso ernstzunehmender und wichtiger Lebensschritt wie der Neuaufbau einer Beziehung. Deswegen widmen wir ihm nach Möglichkeit eine angemessene Zeit, damit die Seele sich umorientieren kann und dann auch eine Neuorientierung auf der Handlungsebene möglich ist.

Die klassischen Trennungsphasen:
Sie machen deutlich, dass selbst bei äußerlich längst erfolgter Trennung der eigentliche Loslösungsprozess erst beginnt, dass dieser individuell sehr verschieden und unterschiedlich lang ist und dass dabei unterschiedliche, sich überschneidende oder überkreuzende Phasen durchlaufen werden. Die Probleme damit sind den meisten bekannt – deswegen erwähne ich hier eher den Sinn und die Funktion.

- Schock und Verleugnung
  (»Eigentlich gehören wir doch immer noch zusammen – das wird sie bald einsehen und mit roten Rosen zu mir zurückkehren!«)
  Die Leugnung der Notwendigkeit oder Unabwendbarkeit der Trennung dient uns dazu, nicht alle Gefühle von Trauer, Wut, Schmerz, Angst, Rachlust, Sehnsucht, Verzweiflung, Verwirrung usw. auf einmal zulassen zu müssen, sondern in »Ra-

ten« und mit der Alltagserfahrung, irgendwie damit weiterzuleben. Die Leugnung wechselt oft ab mit »Anfällen« von Realismus, so dass die emotionale Verarbeitung zu einem allmählichen Prozess wird, noch Entwicklungsmöglichkeiten offen lässt und den Sinn oder den inneren Zusammenhang allmählich durchscheinen lässt. Darüber hinaus können sich die meisten auf die emotionale Klugheit des Unterbewussten verlassen: Es akzeptiert nur so viel Realität, wie eine gerade verkraften kann!

- Rationalisierung
  (z.B.: »Diese Beziehung hat mich sowieso viel zu viel Zeit und Nerven gekostet!«)
  Diese Phase, die sich (wie alle anderen) mit anderen Phasen überschneiden kann, dient eher dem Abschwächen der eigenen Gefühle, der Distanzierung vom aktuell schmerzhaften oder bedrohlichen Geschehen und dem Erhalt des Funktionierens in anderen Rollen (z.B. am Arbeitsplatz). Dazu gehört auch die resignative Verallgemeinerung (»So sind sie eben – diese wachstumsverzögerten Landlesben ...«).

- Gefühlschaos
  Und dennoch ist ein zeitweiliges Überwältigtsein von verschiedensten Gefühlen zwischen Liebe und Hass oft nicht vermeidbar. In dieser Phase ist jede gefordert, kreative Ausdrucksformen zu finden (z.B. »böse« Texte zu schreiben oder wild alles aus sich herauszutanzen), die weder ihr noch anderen schaden und gleichzeitig stark genug sind, um die Stärke der eigenen Gefühle zu spiegeln. Trotzdem kann es sein, dass etwa eine maßlose Wut sich erst einmal in Vorwürfen und phantasierten oder realen Racheakten gegen die Partnerin und in Vorwürfen gegen sich selbst richtet, dass die Zukunftsangst in Panikattacken mündet, dass die Trauer durch depressive Verstimmungen und Sinnlosigkeitsgefühle

verdeckt wird, dass die Selbstzweifel eine schlaflos machen oder sie versucht, ihre Gefühle durch Überaktivität zu übertünchen. Dann gilt: sich selbst gegenüber nachsichtig zu sein! Gleichzeitig ist es wichtig, selbst bei glühenden Rachegefühlen noch klug zu überlegen, ob die geplanten Racheakte vielleicht zum Bumerang werden können oder ob dabei das auch noch vorhandene Mitgefühl mit ihr verdrängt werden muss. Dies ist die am wenigsten eingeübte Phase, in der entsprechend nicht gerade der kultivierteste Gefühlsausdruck die gemeinsame Kommunikation bestimmt, sondern manch »rohe« Form spontan Ausdruck findet. Entscheidend ist, dass wir jedes dieser Gefühle brauchen, um die Trennung zu durchleben und in einen bewussten Abschiedsprozess münden zu lassen.

- Reflexion und Verstehen

  Ist der erste Schock verwunden und sind die ersten Trennungsschritte getan, treten Fragen in den Vordergrund wie:

  Was ist bloß mit unserer Liebe passiert?
  Worin besteht mein Anteil an diesem Prozess?
  Was soll ich jetzt bloß tun? Was besser nicht?
  Ist es noch möglich, die Trennung umzukehren?
  Können wir Freundinnen bleiben?
  Werde ich aus diesem Loch jemals wieder herauskommen?

  Die ersten Antworten dienen der Reduzierung der Verwirrung und einem ersten Begreifen. Außerdem können hier auch die alte Zuneigung und Liebe wieder spürbar werden, die schließlich lange Zeit der Stoff der Bindung waren.

- Distanzierung

  Um die obigen Fragen (vorläufig) zu beantworten, um sich von Trennungsgesprächen zu erholen und um die eigenen Wunden zu lecken, benötigen die meisten erst einmal räumliche und zeitliche Distanz, auch wenn diese zuweilen im Widerspruch steht zu anderen Bedürfnissen wie Klärung weiterer Fragen, Kontrolle, Sehnsucht befriedigen oder Schuldgefühle »abtragen«. Die stärkere Abgrenzung dient auch einem freieren Blick auf den ganzen Prozess, an dessen Ende die Trennung stand, und kann davor bewahren, voreilige Schlüsse zu ziehen, abrupt alle Brücken abzubrechen oder sich vor lauter Überforderung emotional zu verschließen, um diese Zeit irgendwie zu überstehen.

- Verhandeln
  Hier geht es noch einmal um notwendige Klärungen, z.B. über Aufteilung von gemeinsamem Besitz, um die Außendarstellung in den verschiedenen sozialen Zusammenhängen (z.B. Frauenszene, gemeinsame Sportgruppe), um Begegnungsformen in der Öffentlichkeit (z.B. bei Zufallstreffen auf dem Wochenmarkt) wie auch – falls jetzt schon möglich – um weitere Perspektiven mit und ohne einander (z.B. die Frage künftiger Freundinnenschaft oder »Sex mit der Ex« oder die Neugestaltung der Zusammenarbeit im gemeinsamen Projekt). Der Sinn liegt darin zu versuchen, Solidarität und Einvernehmlichkeit zu entwickeln – trotz aller noch so schwierigen Trennungsgefühle.

- Tiefpunkt und Wendepunkt
  Die meisten Trennungen aus tiefen und/oder langjährigen Liebesbeziehungen lösen *bei beiden* auch eine persönliche Krise aus, selbst wenn dies z.B. durch eine rasch eingegangene Alternativbeziehung nicht gleich im vollen Ausmaß bemerkt wird. Deswegen gehe ich auf den Punkt der persönlichen Krisenbewältigung später genauer ein.

  Der Tiefpunkt markiert den Ort, von dem aus es kein Zurück mehr gibt. Hier kann jede nur noch der Wahrheit des Endes ins Auge sehen. Und das kann die Wende zum tieferen Verstehen, also zur nächsten Stufe des Abschieds bringen.

- Akzeptanz
  Hierbei geht es um die tiefere Verstehensebene, bei der der Sinn für beide aufleuchtet und entweder das Ende der Liebe angenommen wird oder die immer noch spürbare Liebe neue Ausdrucks- und Begegnungsformen gewinnt. Bei gutem Verlauf tritt auch bei der zuvor »Verlassenen« Erleichterung und/oder Entspannung ein.

- Vergeben und Verzeihen
  Verzeihen ist kein notwendiger Bestandteil des Trauerprozesses – besonders nicht nach Erfahrungen von Gewalt und Verrat. Vergeben hingegen als aktiver Prozess des Loslösens aus alten Erwartungen und vergangenen Gefühlen gehört dazu – Vergeben ist ein Prozess, den jede erst einmal für sich durchläuft mit dem Ziel, dass sie selbst sich besser fühlt und die inzwischen ein wenig »abgestandene« Wut oder die opfermäßigen Schuldzuschreibungen an die andere loslassen kann, so dass sie Hirn und Herz von dieser Art Negativität freibekommt. Dieses Loslassen geschieht oft erst lange nach der eigentlichen Trennung, und zwar durch größeres emotionales Verstehen, durch konstruktive Selbstkritik und durch die kluge Entscheidung, sich mehr um die hinter Wut und Schuldzuschreibungen steckenden Verletzungen zu kümmern – also um sich selbst –, statt durch Racheaktionen, Psychoterror, Zwangsgedanken an die andere oder auch üble Nachrede auf sie und die Vergangenheit fixiert zu bleiben.

  Beim Verzeihen kommt dann noch das Mitgefühl mit der anderen dazu – was allerdings bei enormen Verletzungen nicht immer (gleich) möglich ist.

- Neuorientierung
  Wenn genügend getrauert wurde, wird oft plötzlich und unerwartet »das Licht am Ende des Tunnels« deutlich, und eine erfährt beim Single-Frühstück den Geschmack der Freiheit, der Selbstliebe oder der optimistischen Grundhaltung zum Leben. In dieser Zeit entstehen auch Träume und Visionen des neuen Lebens, neuer Beziehungsformen oder neue Antworten auf Sinnfragen. Meine Erfahrung ist, dass in dieser Phase die meiste Energie für persönliche Entwicklungsprozesse freigesetzt wird, so dass oft alte Muster (z.B. alte Süchte, Ängste, Depressionsneigungen) mit der Trennung gleich mitüberwunden werden können. Das ist auch das »Gute« im »Schlechten«!

- Aktiv werden
  Manche sitzt nach der letzten Phase schon »in den Startlöchern« für das Ziel eines neuen Beziehungsversuchs. Dann geht es jetzt darum, entsprechende Orte aufzusuchen, die Sehnsucht nach einer Neuen bewusst in Begegnungen unterschiedlichster Art mitzunehmen, das eigene Frauennetz entsprechend über die neue Offenheit zu informieren … Andere möchten noch länger allein sein und richten sich aktiv im neuen Singledasein ein, so dass mit der bewussten Entscheidung, sich selbst zu genügen, eine neue Identität und Lebensqualität durchschimmern und der eigene innere Reichtum als Frau intensiver als je zuvor erfahren werden kann.

Wenn all diese Phasen durchlaufen sind, kann der (innere) Abschied in Wellen von Gefühlen, Stimmungen, Klärungen oder Begegnungen weitergehen und wird dabei emotional meist milder, freundlicher oder auch konfliktfreudiger – je nach der Stufe der Entwicklung, auf der die eine, die andere oder beide stehen.

Schritte des Abschieds:
Was geht denn noch, wenn nichts mehr geht?

Abschiede aus längeren Liebesbeziehungen geschehen immer in Raten, selbst wenn eine die Beziehung mit einem schnellen Schnitt beendet hat und es erst einmal wirkt, als ob nichts mehr ginge … Abschiedsgefühle nehmen sich bei beiden ihren Raum, egal aus welcher Perspektive sie die Trennung erleben. Diese wahrzunehmen, zu leben und zu verwandeln macht den Abschied zu einer bereichernden Lebenserfahrung. Doch wie geht das?

Die folgenden Punkte bitte ich nicht als zu befolgende Ratschläge aufzufassen, sondern als Zusammenfassung der Erfahrungen vieler Frauen zu betrachten, die das Tal des Abschieds durchschritten haben und wieder neu aufgeblüht sind. Was für jede Einzelne stimmig ist, kann nur sie entscheiden – frei nach Frank Sinatra: »I did it my way …«

- Trauern, Trauern, Trauern … Nicht nur um sie, sondern um den Traum dieser Liebesbeziehung, die vielleicht auf eine lange Zeit hin angelegt war.
- Umgang mit dem Alleinsein eventuell neu lernen, das heißt, auch sich selbst ohne die alten Gewohnheiten und selbstverständlich gewordenen Aktivitäten neu kennen zu lernen.
- Der eigenen Gesundheit erste Priorität einräumen und sich besonders pflegen und verwöhnen bzw. gerade jetzt gute alte Gewohnheiten beibehalten. (Also lieber in Rosenöl als in Selbstmitleid baden!) Dies gilt insbesondere, als Trennungen und Scheidungen laut Stressforschung als die häufigste Ursache für das Entstehen von Krankheiten gelten – angefangen vom sinkenden Serotoninspiegel bis zu Störungen des Herz-Kreislauf-Systems und Schwächung des Immunsystems.

- In Phasen von Schlaf- und Orientierungslosigkeit: alltägliche Dinge wie abwaschen oder einkaufen bewusst tun, statt sich ins Bett zu verkriechen. Auch regelmäßige Bewegung kann die lauernde Depression abwenden oder zumindest lindern.
- Alte gemeinsame Plätze von Erinnerungsgegenständen freiräumen und – eventuell mit Hilfe guter Freundinnen – neu beleben und mit neuen inneren Bildern versehen. Weiterhin: keine eigenen Gegenstände mehr bei ihr lassen (nach dem Motto von Hildegard Knef: »Ich hab' noch einen Koffer in Berlin, deswegen muss ich nächstens wieder hin ...«), da sie zu quälend klebrigen Bindungsfäden werden können.
- Ängste (z.B. Versagensängste, Angst vor dem Alleinsein, Angst, beziehungsunfähig zu sein; Angst, immer neu verletzt zu werden; Angst, unattraktiv für andere zu sein; Angst vor der eigenen Resignation, Angst vor der Angst) eingestehen (das gilt auch für die aktiv Verlassende) und aktiv angehen, das heißt, sie mit Hilfe von anderen auf ihren Realitätsgehalt prüfen, etwaige Zwangsgedanken aktiv stoppen und hoffnungsvolle Zukunftsideen dagegensetzen.
- Verletzungen spüren und ausdrücken (Wenn sie nicht direkt ihr gegenüber ausdrückbar sind, hilft oft auch ein Telefonat mit einer tröstenden Freundin.)
- Für die Verlassene: die Hilflosigkeit und die Kränkung des Verlassenwordenseins spüren, ohne dies zu einer Eigenart der eigenen Person zu machen (»Ich bin eben eine, die man verlässt ...«); stattdessen eine eigene Position zum Thema Trennung finden und sich mit anderen Personen darüber austauschen.
- Für die Verlassende: den Mut zum ersten Trennungsschritt anerkennen als Ergebnis eines meist langen inneren Kampfes (statt z.B. die Beziehung nur noch aus Angst vor Schuldgefühlen aufrechtzuerhalten) und anerkennen, dass dies der einzige Ausweg zur Selbstbewahrung (z.B. Bewahrung der eigenen Würde oder der Verantwortung für die eigene

Bedürftigkeit) und Schmerzreduktion schien, wenn auch meist von vielen Zweifeln durchdrungen. Außerdem realistisch davon ausgehen, mit der Entscheidung erst einmal allein dazustehen und die Gefühle von Wut, Hilflosigkeit und Kränkung der anderen in Form von Vorwürfen oder Racheakten abzubekommen.

- Für die, die über die Aufnahme einer neuen Beziehung die notwendige Trennung geschafft hat: die eigene Not zur Flucht in andere Arme anerkennen, den inneren Widerstand gegen eine vielleicht längst schon anstehende Trennung ebenso; sich trotz all der neuen »Frühlingsgefühle« immer wieder Zeit für Abschiedsgefühle nehmen und sich Zeit lassen, die Qualität der neuen Beziehung jenseits der Rolle als Trennungskatalysatorin kennen zu lernen. Außerdem eine kluge Fehleranalyse bezüglich der alten Beziehung betreiben, um die alten Fehler nicht blind in die neue Beziehung zu tragen oder sie mit der Erwartung zu befrachten, dass hier »natürlich« alles besser wird.
- Für die, die immer wieder die Nähe gesucht hat: Wenn die Beziehung besonders eng war und eine oder beide sich zeitweise selbst verloren haben, wird umso mehr Wutenergie benötigt, um sich zu befreien. Da beide sich aber auch besonders gut kennen, können sie umso gezieltere und perfidere Systeme der gegenseitigen Verletzung und Zerstörung entwickeln. Daher ist es in diesem Fall besonders wichtig, an den (alten) Respekt und die Reste an Liebe und Fürsorge anzuknüpfen, um nicht in diese Falle zu stapfen.
- Für alle gilt: Wut, Zorn, Rachlust in unschädliche Bahnen lenken (wegen des Risikos von Selbstverletzung oder Gewalttätigkeit gegen die andere), aber dennoch ausdrücken, um nicht in Verbitterung oder Psychosomatik abzukippen. Der nächste Schritt ist dann, die dahinter liegende eigene Verletztheit anzuerkennen und ihr einen stillen Raum zum Abheilen zu geben (z.B. beim stillen Spaziergang durch den küh-

len Wald oder beim Meditieren im warmen Raum), um so die liebevolle Beziehung zu sich selbst wieder mehr in den Vordergrund zu rücken.

- Den Sinn der Beziehung und den Sinn des jetzigen Endes verstehen lernen; dazu gehört auch: keine so schmerzliche Erfahrung machen zu müssen, ohne daraus zu lernen (und wenn das in der schlichten Erkenntnis besteht: »Demnächst werde ich viel früher und viel sensibler hinspüren, ob eine mir im Alltag gut tut oder nicht!«).
- Geborgenheit, solidarisch-kritische Gespräche wie auch Umarmungen im Kreis bester Freundinnen suchen.
- Anerkennen, dass jetzt Hoffnung, Verzweiflung, Erleichterung und tiefe Trauer in schnellem Wechsel hoher Wellen auftauchen können.
- Die Vergangenheit mit ihr verstehen:

Was war es damals, das mich an ihr angezogen hat, was habe ich bewundert oder sehr gemocht?

Was hat jede von uns zum Funktionieren der Beziehung beigetragen?

Welche Fehler von mir/von ihr haben das Zusammenbleiben erschwert/zerstört?

Wie haben diese Fehler sich gegenseitig bedingt?

Was ist jetzt noch vorhanden an Wut, Schuldgefühlen oder Schmerz? Wie trage ich zur Aufrechterhaltung dieser Gefühle bei?

Inwiefern ist mein Leben durch diese Beziehung bereichert worden?

Was habe ich dabei über mich selbst gelernt, über Beziehungen und einen möglichen Neubeginn einer Beziehung?

Diese Fragen kann eine auch erst einmal oder überhaupt für sich allein beantworten. Ein beiderseitiger Austausch darüber hat nach meiner Erfahrung nur Sinn, wenn jede die Verantwortung für alles, was sie erfahren hat, auch selbst übernimmt und in der Lage ist, mit gütigem Blick zurückzuschauen.

Für sich allein

Abschied nehmen:

- nicht nur von ihr, sondern auch von gewissen Einstellungen wie der Illusion eines schmerzfreien Abschieds und von dem eigenen Traum von dieser Beziehung
- von der Vorstellung, nur eine »Liebe für immer« sei eine »wertvolle« Beziehung
- von der Vorstellung, es gäbe genormte Abschiedsphasen, -zeiten, -rhythmen und -tiefen: Es gibt nur die eigene, individuelle Variante! (»Wann ist es endlich zu Ende?« entspricht etwa der Frage: »Wie hoch ist oben?«) Ich plädiere hier besonders für eine »zärtliche Zeit«, die der eigenen Verletzlichkeit und Erholungsbedürftigkeit entspricht.
- von der Illusion, die ehemalige Liebesbeziehung könne »mal eben« in eine vertraute Freundinnenschaft oder »reine« Kolleginnenbeziehung umgewandelt werden. (Individuelle Unterschiede inbegriffen, doch meist müssen nach langjährigen Beziehungen mindestens alle vier Jahreszeiten weitgehend ohne sie erlebt werden, um die alten Reaktionsmuster zu entkoppeln.)

Anerkennen:

- dass Liebe zwar ein starkes Gefühl ist, aber nicht immer reicht, um eine Beziehung am Leben zu halten, in der eine oder beide sich sehr verändert haben und möglicherweise in verschiedene Richtungen gehen (statt die Liebe als nicht stark genug zu definieren).
- dass Liebe auch wieder abnehmen und zu Ende gehen kann, ohne dass dies Betrug oder Verrat wäre.

Wie geht das?

- durch Reden über sie (in ihrer Abwesenheit) mit vertrauten Personen zur Erleichterung und persönliche Klärung

- indem du immer wieder unterschiedlichsten Personen von deinem Trennungsprozess erzählst und dabei die Chance nutzt – je nach Gegenüber –, unterschiedlichste Gefühle hochkommen zu lassen und auszudrücken (z.B. bei der ruhigen, stillen Freundin die leise Traurigkeit, bei der handfest-aktiven die vehemente Wut usw.)
- durch (Re-)Aktivierung von Problemlöse- und Konfliktfähigkeiten aus anderen Lebensbereichen (z.B. aus dem eigenen Berufsalltag), indem du alle Tränen immer wieder fließen lässt, auch wenn du zwischendurch denkst: »Jetzt ist es aber genug! Das ist diese Mistkuh doch gar nicht wert!« – Doch, sie und deine Liebe sind es wert. Und: die alten, ungeweinten Tränen aus früheren Schmerz- und Trauererfahrungen können bei entsprechenden Erinnerungen gleich mitgeweint werden. Wichtig ist, bewusst hinzuspüren, ob du dich dabei entlastet und trotz der dicken Augen etwas freier wirst, oder ob du dich fixierst auf alte Opferrollen, die dich letztlich noch mehr an die Vergangenheit binden und keinen Platz lassen für Wachstum, Weiterentwicklung und neues Glück.
- indem du dir Zeit lässt, das Alleinsein neu zu lernen und die Freude darin zu finden, andererseits anerkennst, dass deine individuelle Einsamkeit sich manchmal an eine kollektive »lesbische Heimatlosigkeit« in einer heterozentristischen Gesellschaft koppeln kann.
- durch eine gutmütige Fehleranalyse, die Fehler und Frust als Lernanreize definiert
- durch kreativen Umgang mit Verletzungen, mit Wut, Zorn, Rachlust und Erleichterung – und Umgang heißt nicht *herum*gehen, sondern *hinein*gehen, spüren, ausdrücken und nicht darin stecken bleiben (wer den Groll pflegt, bleibt darin stecken), sondern die eigenen Zukunftsvisionen noch wichtiger nehmen als die Beschäftigung mit der Vergangenheit.

- durch räumlichen und zeitlichen Abstand zur Selbstbewahrung, Klärung und Neuorientierung
- wenn du immer wieder feststellst, wie abhängig du dich von ihr noch fühlst: durch selbstkritische Auseinandersetzung mit Eifersucht, mit quälend verstärkter Verlust- und Versagensangst beim Abschiednehmen und mit deinem vielleicht noch zu geringen Verantwortungsgefühl für dich selbst, für dein altes wie dein neues Leben ohne sie.
- statt »Blick zurück im Zorn«: Blick nach vorn zum Glück, denn in jedem Ende steckt schon der Raum für einen neuen Anfang, auch wenn du ihn nicht gleich ausfüllen kannst.
- durch Meditation oder kontemplative Betrachtung der Trennungsgefühle als nur einen Teil von dir selbst, mit dem du dich nicht voll identifizieren musst, weil du in deinem Inneren weißt, dass deine Persönlichkeit aus viel mehr Facetten besteht.
- indem du Kraftplätze (z.B. in der Natur, besonders geeignet: Flussläufe oder Meer) aufsuchst und Kraftnahrung zu dir nimmst. Trennungsgefühle sind enorm kraftzehrend, weil sie oft unser tiefstes Selbst in Aufruhr, in Bewegung bringen. Also ernähre dich tendenziell wie eine Spitzensportlerin.
- durch bewussten Einsatz gewohnter Kraftquellen wie Spiritualität, Beziehung zur Natur, Humor, Schönheit, Kontakt und Kunst; also z.B.: Musik für die Wunden, Musik für die Hoffnung, Musik für die Stärkung. Das Gleiche gilt für kreative Ausdrucksformen wie tanzen, malen, schreiben oder spielen.
- indem du alles tust, um aus dem geknickten Selbstwertgefühl, aus der Kränkung (speziell der Verlassenen) und aus dem Gefühl, versagt zu haben (speziell bei der Verlassenden) wieder zu neuem Stolz als Frau zu kommen (dir aktiv entsprechende Rückmeldungen abholen, Fotos für eventuelle Kontaktanzeigen machen lassen usw.).

- indem du lernst, den immer noch auftretenden Phantomschmerz der nicht mehr vorhandenen Liebsten zu akzeptieren, ebenso die noch vorhandene Schwächlichkeit und Verletzbarkeit nach dieser tiefgreifenden »Operation«.
- indem du den Sinn speziell dieser Beziehung Schicht für Schicht weiter ergründest (z.B. dich erinnerst, was deine Hauptgründe damals waren, eine Liebesbeziehung mit ihr einzugehen: das sind nämlich oft genug die Gründe, die später zu den Hauptschwierigkeiten führen. Wenn du dies noch mit deiner Lebensgeschichte und deiner daraus gewordenen Persönlichkeit verbindest, hast du gute Chancen, den Schmerz besser zu akzeptieren und in Selbsterkenntnis umzuwandeln.). Dadurch wird der Schmerz zum Schnittpunkt zwischen der Vergangenheitserfahrung der Trennung und der Gegenwart der lebendigen Frau, die diese schwere Erfahrung zum Teil ihrer Persönlichkeit macht und für eine leichtere Zukunft zur Verfügung hat.
- indem du dir neue eigene Energiequellen erschließt, die dir während der Beziehung nicht zugänglich waren (Kunst, Kultur, Sport, Kontakte, Meditation usw.) oder die du nicht ausreichend genießen konntest.
- indem du dich innerlich auf eine neue Zukunft, eine neue Lebensqualität als Single einstellst oder
- indem du dich auf Experimente mit neuen Begegnungs- und Beziehungsformen einlässt, z.B. auf Polyamourösität oder auf Gruppenformen sexueller Begegnungen. Dazu gehört:
  - eine Vision erstellen (die ideale neue Geliebte in Verbindung mit dem eigenen Ich-Ideal), möglichst unrealistisch zu träumen wagen, um nicht in alten Gedankenstrukturen hängenzubleiben (Der bekannte Spruch »Träume nicht dein Leben, sondern lebe deine Träume« erfordert dann natürlich noch eine Menge Veränderungsschritte in der greifbaren Wirklichkeit.)
  - das eigene Selbstbild erweitern (Eine Beziehung beendet

zu haben heißt nicht, beziehungsunfähig zu sein.)
  - die Angst vor Neuem überwinden, Bereitschaft entwickeln, dem/der Neuen eine Chance zu geben
  - der Beginn der aktiven Suche mit Aufsuchen kontaktstiftender Situationen, Sortieren von Interessensgebieten oder vorbereitender Aktivitäten wie Aufsetzen von Kontaktanzeigen, Flirts in Chatrooms usw.
  - Zurückweisungen riskieren und unterscheiden/verstehen lernen (Nicht jedes Nein ist eine Wiederholung des großen Nein der Trennung!)
  - sich den kleinen Sex für zwischendurch als Trost, Spaß, Kraftquelle und Förderung des Selbstbewusstseins gönnen
- indem du dich öffnest für die positiven Effekte der Krise, des durchwanderten dunklen Tunnels, nämlich die oft erhöhte Sensibilität für das kleine Glück im Alltag!
- und der »Zuckerguss auf dem Rührkuchen der neuen Gefühlswelten: nach Anerkennung der auch guten Erfahrungen mit dieser Beziehung irgendwann einfach froh sein, nicht mehr mit ihr zusammenzusein!

Mit ihr

- Ritual des Verzeihens (s. S. 118 ff.) oder zumindest Vergebens (geht zur Not auch allein) – nicht, um sie zu schonen oder ihre Fehler zu bagatellisieren, sondern um des eigenen Seelenfriedens zuliebe Frieden mit ihr und ihren Schwächen zu schließen und so auch das Band der Vorwürfe zu durchtrennen und sich selbst wieder in den Mittelpunkt des eigenen Lebens zu rücken. (Wenn eine ihrer Ex vergeben kann, ist ihre Selbstliebe gerettet!) Dies ist allerdings meist erst möglich, nachdem alle anderen Gefühle erlebt und ausgedrückt sind.
- Wenn es möglich ist: gemeinsames Trauern ohne neue Schuldvorwürfe hin und her.

- Dank an sie; Benennung dessen, was du aus der Beziehung mitnimmst und was du bei ihr lässt.
- Für Fortgeschrittene des Abschieds in Liebe: ihr »den Segen geben« für ihren weiteren Lebensweg ohne dich, gute Wünsche hinzufügen und sie bestätigen in ihren nächsten Schritten – wenn sie dir gut und realistisch erscheinen.
- letzte Bitten an sie; Reste an bisher Ungesagtem aussprechen (z.B. eine längst überfällige Entschuldigung oder eine alte Enttäuschung)
- Wichtig dabei ist wie bei allen folgenden Kontakten mit ihr: Achtsamkeit, Behutsamkeit und gleichwohl klare Kommunikation sind die Grundlagen für ein konstruktives Abschiedsgespräch (und nicht z.B. Rechthaberei, Machtgebärden und indirekte Schuldvorwürfe) sowie für alle zukünftigen Kontakte auf anderen Ebenen (z.B. als Arbeitskolleginnen).
- Kontaktperspektiven und Kontaktformen vereinbaren: Das gilt nicht nur für geplante Treffen miteinander (falls beide dies wollen), sondern auch für ein ungeplantes, zufälliges Zusammentreffen.
- Und schließlich: erst einmal viel räumlichen und zeitlichen Abstand einnehmen (wie viel bestimmt jede Frau selbst; dabei setzt sich – im Gegensatz zu Prozessen innerhalb der Beziehung – die Frau mit den größeren Abstandswünschen durch), um selbst die Verantwortung für das Lösen restlicher Fäden und die Entscheidung über den Beibehalt möglicher Fäden zu ihr zu übernehmen.

Mit Begleitung

- Die Single-Freundin als unbezahlte Psychotherapeutin kann zur zweiten Heimat werden.
- Seltene Konstellationen: Paare als Unterstützerinnen. Dies geht nur, wenn die beiden dadurch nicht selbst in Beziehungskrisen geraten oder insgeheim das Paar nur »kitten«

wollen, weil sie den Verlust des Paares schwer aushalten.

- Paartherapie, Trennungsbegleitung und Selbsthilfegruppen können Freundinnennetze nicht ersetzen, aber hilfreiche Begleitungen mit einem Außenblick sein, um sich bei diesem ohnehin schmerzhaften Prozess nicht in alten Beziehungs- oder Persönlichkeitsmustern zu verfangen.
- Einige Freundschaften überstehen diesen Abschiedsprozess möglicherweise nicht, und es zeigt sich, ob diese FreundInnen zu uns halten oder ihre Loyalitätsprobleme einseitig lösen und so von einer gleich mit verabschiedet werden müssen.
- Noch viel zu wenig genutzt wird die Begleitung durch eine Ritualfrau, die – ähnlich wie beim Ritual der Hohen Zeit – nun auch das Ende begleiten und die Verwandlung der Liebesbeziehung in neue Erfahrungswelten für beide unterstützen kann.

Abschiedsritual

Doch auch ohne Begleitung kann ein Ex-Paar ein Abschiedsritual kreieren, das beiden nicht nur beim Loslassen hilft, sondern auch die Einzelne stärkt und den Weg zu neuen Lebensformen ebnet. Aus den folgenden Anregungen lassen sich dafür auch Teile zu Kurzformen zusammenfügen; das Wichtigste ist hier, dass nicht eine mit ihren Ideen und Durchführungswünschen dominiert, sondern beide eine Form schaffen, die für beide zu dem betreffenden Zeitpunkt stimmig ist.

➲ *Ziel:*
Beiderseitige Loslösung aus einer längeren und intensiveren Liebesbeziehung

◎ *Zeit und äußere Vorbereitungen:*
1-2 Stunden tagsüber, je nach Anzahl der Ritualaktionen. Güns-

tig ist die Wahl eines ungestörten Platzes in der Natur mit einer vorbereiteten Feuerstelle und einem fließenden Gewässer in der Nähe.

Beide tragen all die Gegenstände zusammen, die für sie mit der Liebe zur anderen verbunden sind und für die Beziehung einen hohen Symbolwert hatten oder haben (z.B. Geschenke für sie als Paar, gemeinsam benutzte Bettwäsche). Auch spezielle Symbole des Abschieds können hinzugefügt werden.

♥ *Schritt für Schritt:*

- Nachdem das Feuer entfacht und alle vorher ausgesuchten Beziehungs- und Abschiedssymbole ausgebreitet sind, einigen sich die beiden über die Reihenfolge der Aktionen.
- Dann schütteln sie erst einmal einen Gutteil der Anspannung und Aufgeregtheit aus dem Körper und ziehen einen Kreis (z.B. gehend oder mit einem blauen Band) um den Ort herum, auf dem sie stehen, das Feuer und die Gegenstände einschließend.
- Sie rufen abwechselnd die Elemente (s. S. 156 ff.) und weitere hilfreiche Wesen an (z.B. den gütigen Geist einer gemeinsamen, längst verstorbenen Freundin).
- Einen Moment lang konzentriert sich jede schweigend noch einmal auf das Anliegen des Rituals, z.B. »Trennung der Liebesbeziehung und Erhalt liebevoller Gefühle füreinander« und benennt dann laut den Sinn der Trennung für sie persönlich.
- Dann teilen sich beide noch »Reste« an Ungesagtem mit, mit denen sie nicht in die Trennung gehen wollen.
- Es folgt der wechselseitige Dank für das Miteinanderteilen wichtiger Lebensabschnitte und der Dank für spezielle Gaben oder Taten der Liebe.
- Wünsche für die Phase des Abschieds (z.B. gemeinsames Entsorgen von Sperrmüll oder Einigung über Informationen für Freundinnen, Bekannte usw. über die Gründe für die

Trennung) werden wechselseitig benannt und – falls nicht schon vorher geschehen – verhandelt.

- Mitgebrachte Geschenke von anderen mit besonderer Beziehungssymbolik werden verbal von ihrer Symbolik freigesprochen (»neutralisiert«) und entweder aufgeteilt oder einer neuen Bestimmung zugeführt.
- Gemeinsame Symbolgegenstände (z.B. aus einem Hoch-Zeits-Ritual) werden entweder auch neutralisiert oder bewusst gemeinsam zerstört oder dem Feuer, der Luft, dem Wasser, der Erde übergeben, nachdem ihnen ihre Symbolkraft mit einem Satz genommen wurde. (Wenn also z.B. ein gemeinsames Gedicht nicht mehr stimmt, kann es auf Papier geschrieben und verbrannt werden; wenn symbolisch bei einem Liebesritual Haare vermischt und dann aufbewahrt wurden, können diese in die Luft gepustet werden; wenn ein »Ehering« nicht eingeschmolzen oder sonst wie verwertet werden soll, kann er mit entsprechenden Abschiedsworten dem Wasser übergeben werden; wenn eine Skulptur aus Ton o.ä. weder bei einer von beiden bleiben soll noch sich als Geschenk an andere eignet, kann sie von beiden in der Erde vergraben werden; wenn ein (zerbrechliches) Gefäß als Ritualkelch gedient hat, kann er von beiden in Scherben geworfen werden, um zu verdeutlichen, was nun auch schmerzhaft zerstört werden muss, damit der Abschied wirksam werden kann.)
- Wenn all diese Aktionen erfolgt sind, kann ein erneuter Moment der nachdenklichen Stille die Verarbeitung erleichtern, gefolgt von einem bewussten Wahrnehmen der Naturelemente und dabei besonders der Erde, auf der jede steht.
- Eine langsame Gehübung (z.B. beim langsamen Abrollen des rechten Fußes »ja« denken; beim langsamen Abrollen des linken Fußes »danke« denken; dies in drei Wiederholungen im Kreis um den Ritualplatz herum) kann das Gefühl des eigenen Weges und des Geerdetseins fördern.

- Ein Schlusssatz von jeder enthält einen Ausblick auf die Zukunft.
- Zum Ritualende wird den herbeigerufenen Wesen gedankt, sie werden verabschiedet, der Elementekreis wird wieder geöffnet (eventuell das blaue Band zurückgenommen) und mit einem gemeinsamen Lied (z.B. »Luft ich bin, Erde ich bin«) langsam und schrittweise Distanz eingenommen. Das Ende der Distanzierung/der Loslösung für den augenblicklichen Zeitpunkt wird von jeder mit einem kurzen Kopfnicken bestätigt.
- Ein sorgsames Aufräumen des Platzes ist die möglicherweise letzte gemeinsame Tat. Danach gehen beide bewusst auseinander.
- Dabei ist es günstig, sich noch eine Weile in Ruhe allein sein zu lassen, um das Erlebte zu integrieren, bevor eine sich wieder dem »Rest der Welt« und ihrem neuen Leben zuwendet.

❶ *Kreativer Umgang mit möglichen Stolpersteinen:*
Wenn bei der Frage des Umgangs mit Symbolgegenständen Uneinigkeit herrscht, sollte die Variante gewählt werden, die das Loslassen am besten verdeutlichen kann.

Wenn im Ritual noch ungeklärte Themen aufkommen, sollte eine differenzierte Auseinandersetzung entweder zeitnah festgelegt oder es sollte darauf verzichtet werden (kein Abschied ist rund und perfekt); sie sollte aber nicht ausführlich im Ritual erfolgen.

✪ *Variationsmöglichkeiten und Hinweise:*
Natürlich kann ein Abschiedsritual auch abends oder in geschlossenen Räumen erfolgen. Dennoch spricht einiges dafür, ein solches Ritual tagsüber zu machen: So kann jede danach wieder in die Lebendigkeit des Tages eintauchen, statt ohne Übergang in die dunkle Zeit (einsamer) Nächte. Die Natur kann

zudem helfen beim Loslassen (z.B. wenn fließendes Wasser in Sichtweite ist oder offenes Feuer züngelt), Sinn finden und sich erden (z.B. mit Hilfe der kleinen Gehübung).

Die kluge Frau baut vor

... und behält die folgenden Punkte im Auge:

- Wenn das Anfangsstadium einer Beziehung nach der »blinden Verliebtheit« dann langsamer durchlaufen wird, können die gemeinsamen Grundlagen stabiler errichtet werden, bis es zu einer bewussten Vereinbarung kommt, eine Liebesbeziehung zu leben (siehe: »Phasen einer Liebesbeziehung«, S. 134 ff.), bei der Aspekte wie Treue/Bindung und Freiheit, Sexualität und Körperlichkeit, Alltag, Arbeit, Geld, Ortsgebundenheit oder Fernbeziehung sowie Einbindung in soziale Netzwerke zumindest klar besprochen sind (wenn auch nicht immer gleich einvernehmlich gelöst), so dass einige Konflikte bereits frühzeitig mit der Kraft der Rest-Verliebtheit angegangen werden können und sich nicht bis zum Trennungskonflikt ausweiten müssen.
- Manchmal ergeben wunderbare sexuelle und andere Begegnungen keine Beziehung, sondern münden in eine ehrliche »Vorbeiziehungsphase« (Clunis & Green), die nach einigen Dates mit oder ohne Sex auch wieder vorbeigehen kann ohne den Riesenschmerz einer Trennung aus einer Beziehung mit Ewigkeitserwartung.
- Gerade langjährig liebende Paare stehen oft unter einem inneren wie äußeren Erwartungsdruck, ein »perfektes Paar« sein zu müssen: Hier helfen Realismus und Humor ...
- Frühe Vereinbarungen über die Form einer Trennung können zwar nicht garantieren, dass nicht doch die schnöde Rachlust durchbricht und die Verletzungen sich gegenseitig hochschaukeln, aber in der Hilflosigkeit der Abschiedswehen hilft manchmal ein klares Bild davon, wie beide es

doch eigentlich gewollt hatten und wollen. Eine frühzeitige Aufteilung bzw. Zuordnung materieller Werte (Geld, Möbel, Wohnung usw.) für den Fall der Trennung macht einige unselige Debatten überflüssig.

Der Umgang mit Stolpersteinen in sozialen Bezügen

- Die Notwendigkeit von Verschwiegenheit sowie Einigung über das Benennen von Trennungsgründen, Stadien des Trennungsprozesses usw. in gemeinsamen wie getrennten Szenarien/Zusammenhängen nehmen beide sehr ernst.
- Dazu gehört auch die Fairness gegenüber der Ex, wenn in ihrer Abwesenheit über sie geredet wird. (Alles andere ist einer – wenn auch vergangenen – Liebe nicht würdig und fällt irgendwann wieder auf die »Wäscherin schmutziger Wäsche« zurück!)
- Das Streuen gezielter Informationen zur Reduzierung von Klatsch und Tratsch, »Märchenbildung« und »Stiller Post« kann sich als hilfreich erweisen. Dies gilt insbesondere für Frauen, die in der Öffentlichkeit stehen – sie können sonst schnell von rufmörderischen Pseudoinformationen »kalt erwischt« werden.
- Manchmal hilft gemeinsamen Freundinnen oder Kolleginnen, die nicht wissen, wie sie zu einer loyal und solidarisch sein können, ohne dadurch die andere zu verletzen/zu verlieren, die Befreiung von dem Druck, Partei für die eine oder die andere ergreifen zu müssen.
- Notwendig gerade in der ersten Zeit unmittelbar nach der Trennung sind oft konkrete Vereinbarungen über die Teilnahme an Veranstaltungen, Festen, privaten Zusammenkünften (wechselseitiger Verzicht oder Entscheidungen nach persönlichen Prioritäten).
- Erschwert wird der Abschiedsprozess nach aktiver Trennung meist für die, die die Verlassende war, weil viele Frauen sich

eher mit der Verlassenen solidarisieren, besonders wenn die Verlassende ein Dreieck mit einer neuen Frau herbeigeführt hat – selbst wenn diese nicht die neue Liebe, sondern eine perspektivenerweiternde Übergangsfrau war. Der Verlassenden aber keinen Schmerz, keine Trauer zuzugestehen, bloß weil sie die Trennungsentscheidung allein getroffen hat, halte ich für einen schweren Fehler in der lesbischen Gemeinschaft. Haben diese schnell und kategorisch urteilenden Moralistinnen wirklich den Überblick über die Prozesse, die zum Ende der Beziehung geführt haben? Sicherlich nicht, aber vielleicht viel Eigenes, das sie in der einen oder anderen wiedererkennen, aber bei sich selbst lieber nicht sehen wollen.

- Gestört wird der Abschiedsprozess oft auch durch Zwangskontakte, z.B. als Kolleginnen. Manche Frauenprojekte verzichten lieber zeitweilig auf eine von beiden, als sich permanent mit den Wellenschlägen der verschiedenen Trennungsphasen auseinandersetzen oder sich bis zur Arbeitsunfähigkeit abgrenzen zu müssen. Hier liegt viel Verantwortung bei beiden, die Kolleginnen zwar in Grundzügen zu informieren, sie aber nicht mit Unterstützungswünschen zu überfordern, die im Arbeitsrahmen oft nur unter heftigster emotionaler Selbstausbeutung engagierter Kolleginnen oder Chefinnen erfüllbar sind. Ähnliches gilt auch für traditionelle Arbeitsbezüge – mit dem Unterschied, dass hier meist weniger »privatisiert«, auf Stimmungen und Verstimmungen weniger Rücksicht genommen wird und die Arbeitsergebnisse stärker in den Vordergrund gerückt werden gegenüber den Arbeitsbeziehungen, der Arbeitszufriedenheit und der Atmosphäre im Team.
- Wünschenswert fände ich mehr kollektive Rituale des Abschieds – so wie wir in den letzten Jahren zunehmend Rituale zum Abschied nach dem Tod entwickelt haben, so wären auch Rituale für Trennungen schön, bei denen beide höchst lebendig bleiben!

Auf zu neuen Ufern

Der anstrengende, erschöpfende Weg von der Trennungsidee zum aktiv und bewusst gestalteten Abschied sowie die Gezeiten danach sind nicht nur krisenhafte Zustände mit hohen emotionalen Wellen, sondern auch mit einer großen Energie für Lern- und Wachstumsprozesse, aus denen eine neue Identität als Frau hervorgehen kann und eine Sensibilität, die uns für neue Glücksmomente mit anderen und mit uns selbst zu öffnen vermag.

Dialog mit dem blühenden Baum

Viele Frauen wollen in der Liebe am liebsten nur die eine Seite unserer »roten Kraft« leben, nämlich die sexuelle Energie. Nach meiner Erfahrung hängt sie aber so eng mit der zweiten »roten Kraft«, unserer Aggression, zusammen, dass die Weiterentwicklung der einen direkte Auswirkungen auf die andere Kraft hat – wie auch die Hemmung und Behinderung der einen Kraft der anderen ihre Klarheit, Direktheit und Zielgerichtetheit nimmt.

Beide in unserer Frauengeschichte immer wieder gestörten, zerstörten, missbrauchten, abgewerteten oder vereinnahmten Kräfte in ein bewusstes, lebendiges Frauen-Ich zu integrieren ist jedoch kein Privileg der vielfältigen SM-Ladies, sondern als Kunst von jeder Frau erlernbar. So gibt es immer mehr Frauen, die als Singles oder Paare in ihren sexuellen Begegnungen auch die Kunst der Annäherungsaggression erproben (ihr Gegenüber etwa vehement und nachhaltig verführen, mit gekonnten Liebesbissen erregen, mit Dildos heftig in den lustvollen »Wahnsinn« treiben), während die Abgrenzungsaggression (z.B. nein sagen, sich wehren) schon bei vielen Paaren eingeübt und kultiviert ist.

Dazu kommt, dass eine genüssliche und hingebungsvolle Sexualität für die meisten nur möglich ist auf dem Boden von Sicherheit, Geborgenheit und Ungestörtheit (siehe auch das Kapitel »Das kluge Störungsmanagement« in *Tantra für Genießerinnen*). Um diese Bedingungen nicht nur innerlich, sondern auch äußerlich herzustellen, braucht frau zuweilen einige aggressive Grenzsetzungen, um einen sicheren und störungsarmen Raum herzustellen und lange genug aufrechtzuerhalten (wenn z.B. die Kinder schon wieder neugierig an die Tür kommen oder die Nachbarn gerade dann vor dem Fenster Krach machen). Manche Störungen von außen (z.B. die schrillen Gesangsversuche der Wohngenossin) können allerdings auch humorvoll und kreativ ins Liebesspiel miteinbezogen werden. Einige Paare schaffen es auch, die aggressive Energie aus einer Streitsituation plötzlich umzuwandeln in leidenschaftliches Küssen und Herumtoben, so dass ihre sexuelle Kraft auf diese Weise vervielfacht wird.

Für diejenigen, für die das praktisch noch zu beängstigend ist, beschreibe ich hier erst einmal eine stille Annäherung im Alleingang, um sich selbst intensiv kennen zu lernen, bevor die vertiefte Begegnung mit (der) anderen gewagt wird.

➲ *Ziel:*
Bewusstwerden der eigenen sexuellen Identität und der Verbindungen der beiden Seiten der »roten Kraft der Frau«: Aggression und Sexualität – früher, heute und als Zukunftsvision.

◎ *Zeit und äußere Vorbereitungen:*
Etwa 1 Stunde für die eigentliche Baumübung plus Zeit zum Finden eines entsprechenden Baumes und den Rückweg. Günstig sind eventuell eine Decke fürs bequemere Sitzen, Stift und Papier sowie die Bereitschaft, sich den Baum gegebenenfalls mit anderen Lebewesen wie Ameisen zu teilen, statt von vornherein auf »Kampfposition« zu gehen.

❤ *Schritt für Schritt:*

Such dir einen Baum, der dich einlädt, dich an ihn zu lehnen. Umarme seinen Stamm zunächst und spüre, ob er für dich Sicherheit, Stärke und eine still-lebendige Präsenz ausstrahlt. Dann setz dich wie im folgenden Schaubild nacheinander in die verschiedenen Himmelsrichtungen schauend (mit dem Süden beginnend) an seinen Stamm und beantworte dir einige der unten stehenden Fragen – eventuell in Form von Notizen:

Dialog mit dem blühenden Baum

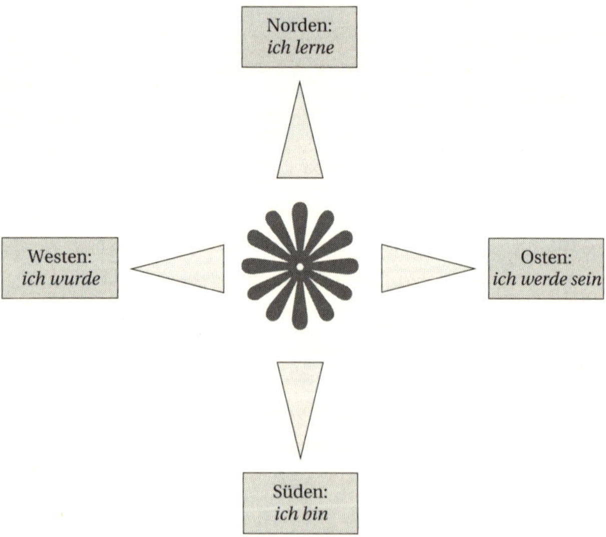

Süden: Ich bin

- *Wer bin ich als sexuelle Frau? Wie lebt meine Aggression in meinen sexuellen Begegnungen mit mir selbst und mit meiner Liebsten?*
  Welche Geschichten über meine Sexualität erzähle ich mir und ihr oder anderen?
  Welche Formen von Sinnlichkeit, Erotik, Zärtlichkeit, Leidenschaft und Sexualität kann ich fühlen und zeigen?
  Wann und wie spüre ich dabei Lust, Glück, Leidenschaft, Kraft, Ängste, Blockaden und Hemmnisse?
  Was liebe ich an mir, was nicht?

Norden: Ich lerne

- *Was gibt es jetzt oder langfristig zu lernen in Bezug auf meine sexuelle wie meine aggressive Kraft?*
  Was will ich wirklich?
  Was reizt mich, tornt mich an, was nicht?
  Was würde ich mir als meine Therapeutin selbst raten?

Westen: Ich wurde

- *Wie kann ich die Verantwortung übernehmen für die erwachsene Frau, die ich bis heute geworden bin?*
  Welche Stärken sind bisher bei mir gefördert worden, welche Schwächen, Ängste, Schuld- und Schamgefühle habe ich entwickelt?
  Was hat es wohl für einen Sinn, dass ich mich bisher so und nicht anders entwickelt habe?

Osten: Ich werde sein

- *Was ist meine Vision der sexuellen und aggressiven Frau, die ich gern sein möchte?*
  Was könnte ich ab jetzt dafür tun, dass sich mein sexuelles Vergnügen vergrößert?
  Wie kann ich den Mut aufbringen, mich maximal sexuell zu verwöhnen und verwöhnen zu lassen?

Welche Möglichkeiten kann ich entwickeln, um Hindernisse und Hemmnisse meiner Lust zu verwandeln?
Wie wäre mein zukünftiges Leben, wenn ich meine Aggression im Dienste meiner Lust aktivieren würde?

Zum Schluss geh noch einmal gegen den Uhrzeigersinn um den Baum herum und verbinde auf diese Weise die Erfahrungen aus den vier Himmelsrichtungen miteinander, um dann noch einmal in eine stille Abschlussumarmung mit dem Baumstamm zu gehen.

❶ *Kreativer Umgang mit möglichen Stolpersteinen:*
Bei der Frage nach dem Ist-Zustand (Süd) brauchst du nichts zu verleugnen, kleinzureden oder zu übertreiben. Hab den Mut, dich mit deiner inneren Wahrheit zu konfrontieren, dann ziehst du den größten Gewinn aus der Übung.

Bei der West-Frage nach der Vergangenheit bleib nicht an alten Rollen kleben (z.B. der Rolle als Opfer), sondern begegne den Wurzeln deiner roten Kraft eher mit Neugier, Mitgefühl oder auch Stolz. Nimm dir für diese Frage genauso viel Zeit wie für die anderen Fragen.

Bei der Ost-Frage nach der Zukunftsvision behindere dich nicht durch ein Hineinsteigern ins Resignative oder in Versagensängste. Nimm dir stattdessen Zeit und fasse das Zutrauen, dich in Richtung deiner Sehnsüchte und Herzenswünsche zu entwickeln.

✪ *Variationsmöglichkeiten und Hinweise:*
Wenn kein Baum in Sicht ist, kann auch ein Fels oder eine Sanddüne o.ä. gewählt werden. Wichtig ist dabei das Erdelement, damit die innere Beschäftigung mit Fragen, die in ihrer Tragweite durchaus ängstigend sein können, mit der Sicherheit des Kontaktes zur fühlbaren Mutter Erde geschieht.

Wenn nach einer Trennung und der guten Landung bei sich selbst die Bereitschaft zur Neuorientierung allmählich wächst und die Sehnsucht größer wird als Trauer, Schmerz und Angst, ist die Zeit gekommen, sich wieder zu öffnen und aktive Suchbewegungen zu starten. Vor jeder Suche steht jedoch die Orientierung auf ein Ziel, und die Suche wird umso leichter, je klarer und realistischer das Ziel ist. Dieses kann natürlich auch das bewegte, ruhige, selbstverliebte Singleleben oder das abenteuerliche Experimentieren mit Polyamouren sein. Da ich mich in diesem Buch jedoch im wesentlichen mit Paarbeziehungen beschäftige, geht es hier um die Suche nach einer neuen Partnerin, auch wenn in dieser Neuorientierungsphase unerwartet ganz andere Lebens- und Liebesformen auftauchen können.

Es gibt viele gut gemeinte Ratschläge, um eine neue Liebe zu finden – von Bestellungen ans Universum richten bis zum aufwändigen Liebeszauber. Ich selbst halte es mit einem einfachen Prinzip:

> *Deine neue Liebe trägst du längst in deinem Herzen. Wenn du sie im Innersten deines Liebesraumes spüren kannst und den Mut aufbringst, dein Herz weit zu öffnen, wird sie auch von Außen her auf dich zukommen.*

Das mag für manche wenig überzeugend klingen, aber ich habe es sowohl im Kreis meiner Freundinnen, in Fraueneinzeltherapien und Frauenpaarberatungen wie auch in meinen Frauentantrakursen immer wieder erlebt, dass sich die neue Liebste als die alte Nachbarin entpuppte oder die lang schon bekannte Ex der früheren Tanzpartnerin war. Nur Mut! Es gibt sie im Außen, wenn es sie in deinem Inneren gibt.

Wenn du stark daran zweifelst, kann es in der Phase der Verunsicherung, der Enttäuschung (z.B. wenn du in deiner überbordenden Sehnsucht erst einmal an die »Falsche« geraten bist) förderlich sein, dir ein Bild von deiner neuen Traumfrau zu malen oder zu gestalten (einige Frauen aus einem Kurs haben sich ihre Traumfrau aus Salzteig gebacken und mit Lebensmittelfarben angemalt. Das feierliche Einverleiben scheiterte allerdings daran, dass sie nicht schmeckte ...) oder täglich mit kleinen Variationen zu phantasieren, um die innere Suchbewegung wachzuhalten. Denn die neue Liebe kann noch so mutig auf dich zugehen: Wenn du ihre Zeichen nicht erkennst oder ihr den Rücken zuwendest, werdet ihr nicht zusammenkommen. Wenn jedoch dein Herz sich öffnet, deine Augen wachsam suchen und deine Füße bereit sind, Hindernisse zu überwinden, wird alles um dich herum dir Unterstützung geben, deiner inneren Geliebten auch in Form einer lebendigen Frau zu begegnen.

Erotischer Magnetismus

Wenn dein Herz voll und gleichzeitig offen für neue Begegnungen ist, kannst du die dann entstehenden Träume und Visionen durch kleine Rituale und dein Charisma als Frau in Form eines entwickelten erotischen Magnetismus verstärken. Das wirkt meiner Erfahrung nach stärker als viele Ritualgegenstände und kluge Sprüche: Einfach dastehen, dich auf deine Anziehungskraft verlassen und mutig stehen bleiben, wenn die Traumfrau wirklich auf dich zukommt.

➲ *Ziel:*
So viel innere Kraft sammeln, dass die Vision einer neuen Liebsten näher rückt und du bald kraft deines erotischen Magnetismus vielleicht auch eine reale Frau anziehen kannst.

◎ *Zeit und äußere Vorbereitungen:*
Dieses Ritual erfordert etwa 1 – 1 1/2 Stunden Zeit und wird günstigerweise wöchentlich wiederholt, bis sein Ziel erreicht ist. (Gibt es in deinem Leben so viel Zeit für deine Sehnsucht?)

♥ *Schritt für Schritt:*

- Schaffe dir einen sicheren, warmen, von Telefonklingeln u.a. ungestörten Raum mit einem Klangteppich aus rhythmusarmer Musik (z.B. *Healing Music for Reiki I* von Aeoliah).
- Leg Malutensilien (oder andere Utensilien wie Ton, Fimo, Speckstein u.ä.) bereit und Stecknadeln, um dein Bild später in Augenhöhe an der Wand zu befestigen.
- Zieh mit einem Stab oder in Gedanken einen Energiekreis um dich und deine Liege- oder Sitzgelegenheit herum.
- Ruf innerlich alle Kräfte an, die dir für die Erreichung deines Traumziels einer neuen Liebe helfen könnten.
- Leg oder setz dich so bequem hin, dass du ins Träumen kommen kannst.
- Schließ die Augen und zieh so eine freundliche Grenze zur Außenwelt.
- Lass beim Ausatmen alle störenden Gedanken (z.B. »Das wird ja sowieso nichts!« oder »Meine Angst vor Nähe ist sowieso stärker als jeder positive Magnetismus ...«) aus dir heraus (und die neuen, die meist nachkommen, ebenso).
- Entspann deinen Körper mit jedem Atemzug so weit, dass er zum wohligen Ort für Geist und Seele wird.
- Vergegenwärtige dir, was für eine schöne, starke, sensible, lebendige Frau du bist. Schick selbstabwertende Gedanken wieder aus dir heraus, indem du sie mit kräftigen Ausatemzügen aus dir herauspustest. Verstärke dann die positiven Gedanken zu dir als Frau mit tiefen Einatemzügen.
- Stell dich auf Träumen, Vorstellen, inneres Sehen und Hören ein, indem du die geschlossenen Augen nach oben und nach hinten rollst und dabei langsam und tief atmest.
- Lass Bilder, Töne, Empfindungen in dein Bewusstsein steigen, die sich auf deine Sehnsucht nach einer neuen Liebe beziehen.
- Öffne die Augen, gähne ausführlich, nimm dein Malzeug (oder deinen Ton, deinen Speckstein ...) und beginne die in-

neren Bilder durch Formen und Farben im Außen zu gestalten. Dabei gilt die gute alte Regel aus der Gestalttherapie: Jede Kreation ist okay, auch wenn sie im üblichen Sinne kein Kunstwerk darstellt. Außerdem ist es für den weiteren Prozess günstig, wenn die Formen möglichst einfach und eindeutig sind.

- Befestige das Bild (oder die Bilder) so, dass du es im bequemen Sitzen oder Liegen gut sehen kannst.
- Lass es auf dich wirken und sprich mit dem Bild, als wäre es nicht nur ein Papierbild/eine Skulptur, sondern deine Traumfrau selbst. Beginn einen Dialog mit ihr, bei dem du ihr alle Fragen stellen kannst, die dir auf dem Herzen liegen: z.B. »Wo steckst du eigentlich?«, »Was hindert dich hervorzukommen?«, »Was könnte ich tun oder lassen, um dich zu locken?« usw. Stell dir dann vor, du leihst deiner Traumfrau deine Stimme, und sie antwortet dir laut durch dich – also indem du selbst die Antwort gibst. (Wenn sie nicht auf alle Fragen eine Antwort hat, kündige ihr an, dass du »am Ball bleiben« wirst, ihr aber auch Zeit lassen kannst.)
- Dann wende dich wieder dir und deinem Körper zu, streichle dich, berühre dich auf lustvollste Art, bis du in eine kleine sexuelle Selbstliebephase hineingleitest (ob mit Orgasmus oder ohne ist hier nicht so wichtig) und stell dir dabei vor, dass nicht du dich berührst, sondern diese Frau, die du gerade in konkreter oder abstrakter Form kreiert hast.
- Schüre dein sexuelles Feuer immer wieder neu – in der Vorstellung, dass sie dich berührt und deine Reaktionen genießt.
- Wenn du dich gerade besonders freudig, sexuell, stark, weich und lebendig fühlst, schick diese Energie mit kräftigen Ausatemzügen in Richtung deines Bildes bzw. der kreativen Darstellung deiner Vision und lad sie so mit deiner positivsten Energie auf. Wenn du dein Werk an einem guten Ort im Raum platziert hast, wird es immer wieder zu dir zurückstrahlen.

- Halte die Energie dennoch auch in dir wie in einer goldenen Schale, die nie leer wird, oder schüre dein sexuelles Feuer erneut und stell dir dann vor, wie nicht nur dein Bild/deine Kreation zu dir strahlt, sondern auch dein ganzer Körper die Energie sexueller Lust in die Welt strahlt und gleichzeitig zum Magneten für Liebesenergie wird.
- Bleib noch einen Moment still liegen, spüre den Wellen deiner Lust nach und stell dich innerlich ein auf die Wachheit für Begegnungen und Ereignisse.
- Entlasse die Kräfte wieder dankend, öffne den zuvor gezogenen Kreis, lüfte den Raum und geh irgendeiner erdenden Tätigkeit nach (z.B. spazieren gehen, kochen oder aufräumen).

❶ *Kreativer Umgang mit möglichen Stolpersteinen:*
Bei manchen mag Widerstand entstehen, weil die Abfolge zunächst nach vielen Aktionen aussieht oder weil das Geheimnis des Magnetismus in der Wiederholung zu liegen scheint. Deswegen sei hier noch einmal betont: In der Einfachheit und Wiederholbarkeit der Tätigkeit liegt ihre Wirksamkeit, und insgesamt geht es eher um Öffnung und Hingabe als um komplizierte Aktionen. Also: Mach's dir leicht!

✱ *Variationsmöglichkeiten und Hinweise:*
Ab dem Punkt des Dialogs kannst du dieses Ritual wiederholen, so oft du Lust hast, ohne jedes Mal ein neues Bild malen zu müssen (es sei denn, deine inneren Bilder weisen darauf hin).

Wenn du eine gute Freundin hast, die es lassen kann, pseudoanalytisch an dir herumzudeuten, kannst du ihr auch dein Werk zeigen und sie bitten, dir ihre Gedanken, Gefühle und Assoziationen dazu mitzuteilen. Durch diese Spiegelung deiner Gefühle und inneren Bilder, die in deiner Kreation ausgedrückt sind, kann deine Vision weitere Verstärkung bekommen.

Schluss ohne Ende

Nehmen wir einmal an, das Ja für eine dauerhafte wie lustvoll-lebendige Liebesbeziehung mit deiner selbstgewählten Traumfrau bestätigt sich mit jedem (All-)Tag gelebter Liebe. Dann ist das Hauptziel dieses Buches erreicht.

Dennoch ist dieser glückselige Zustand einer, der der stetigen Achtsamkeit und Pflege bedarf. Jede Liebesbeziehung braucht immer wieder liebevolle Aufmerksamkeit auf den unterschiedlichsten Ebenen (von der Streit- bis zur spirituellen Verbundenheitsebene); sie braucht einen ehrlichen Ausdruck innerer Wahrheiten; sie braucht die kritische Betrachtung sich einschleichender Gleichgültigkeiten; sie braucht einen aktiven Umgang mit Unmut, Resignation, Verletztheit und Groll sowie die Bereitschaft beider, immer wieder Neues zu entdecken und Krisen als Lernchancen zu begreifen.

Und jede Liebesbeziehung braucht für ihre Entwicklung und Kultivierung ein für beide zärtliches Tempo und ab und zu eine Wachstumspause, denn schließlich ist das »Projekt« Liebe meist ein »nebenberufliches«, in das wir neben all der sonstigen Arbeit ein Menge Energie hineingeben und das durchaus Anstrengung erfordert – besonders in den Entwicklungskrisen. Dann ist es umso wichtiger, auch einmal in einer Umarmung die Zeit stillstehen zu lassen oder sich Zeiten zu schenken, in denen beide »einfach nur« (wenn das bloß immer so einfach wäre ...) freundlich miteinander umgehen.

Manchmal ist aber auch ein gemeinsamer Weg zu Ende; wichtige Lernerfahrungen sind gemacht, und die Entwicklungslinien gehen wieder auseinander. Dann ist ein ehrlicher Abschied oft ein größerer Akt der Liebe und des Mutes, sich selbst treu zu bleiben, als z.B. das freudlos-pragmatische Zusammenbleiben in einem Raum, aus dem sich Lust und Liebe längst verabschiedet haben.

Und für die, die dann irgendwann wieder beziehungssuchend oder frauengeneigt, aber gerade bewusst solo sind: Wir können so viele neue Liebes- und Lebenswelten entdecken, wenn wir uns ein zärtliches Tempo bei allen Schritten auf dem eigenen Weg zu Lust, Liebe und Freiheit erlauben. Denn das sonst in unserer Gesellschaft übliche »Höher, schneller, weiter, besser ...« verhindert die Tiefe der Freude. Zärtliches Tempo bedeutet allerdings nicht ängstlich-gehemmte oder hilflose Verlangsamung, sondern eine bewusste Langsamkeit und Achtsamkeit, in der eine sich spüren kann, zart und liebevoll zu sich sein darf und ihr Selbstbewusstsein als Frau aus dem Reichtum ihrer Erfahrungen schöpfen kann.

Dank

Mein Dank gilt allen mutigen Frauen, die in Einzel- oder Paartherapien, in Selbstliebe- wie in Lesbenpaartantrakursen mit so viel Zeit- und Krafteinsatz ihre Liebesfähigkeit befreit und gepflegt haben.

Mein ganz besonderer Dank gilt allen Frauen, die mich die Liebe gelehrt haben, mit denen ich aufregende wie besinnliche Wege gemeinsam gehen konnte und die dabei meinen Eigensinn herausgefordert haben. Das ist insbesondere Petra, meine Liebste: Wir haben beide in uns eine Meisterin gefunden – das ist mein großes Glück.

Mein erleichterter Dank gilt auch Andrea Krug, die mit ihrer sorgfältigen Art als Lektorin die Qualität der Beschreibungen enorm verbessert und auch im Detail unermüdlich für leichteres Verstehen gesorgt hat. Und meinen großen Respekt muss ich Dagmar Schadenberg aussprechen, die sogar meinem Wunsch nach einem farbigen Spielplan nachgekommen ist und sich ebenfalls der Herausforderung eines solchen Sachbuches mit immer wieder neuen Aufgaben gestellt hat.

Meine tiefe Dankbarkeit gilt der Natur, die mit ihrer Vielfalt, mit ihrem selbstverständlichen Werden und Vergehen meine strengste und gütigste Lehrmeisterin auf dem Weg zu vertiefter Frauenliebe ist.

Anregende Literatur

Zu Frauen-/Lesbenlust

Bailey, Nicole: *69 heiße Sex-Tipps ... die Sie auf Touren bringen.* Gräfe & Unzer, München 2005

Bright, Susie: *Best of Susie Sexpert.* Krug & Schadenberg, Berlin 2001

Bührmann, Traude: *Faltenweise. Lesben und Alter.* Krug & Schadenberg, Berlin 2000

Califia, Pat: *Wie Frauen es tun.* Orlanda, Berlin 2002

Clunis, D. Merilee und Green, G. Dorsey: *Geliebte, Freundin, Partnerin. Eine Ratgeberin für Lesben.* Orlanda, Berlin 1995/2002

Hoagland, Sarah Lucia: *Die Revolution der Moral. Neue lesbisch-feministische Perspektiven.* Orlanda Berlin 1991

Hoffman, Kay: *Charisma-Training für Frauen. Die inneren Stärken zeigen.* Heyne, München 2002

Janz, Ulrike: *Verwandlungen. Lesben und die Wechseljahre.* Krug & Schadenberg, Berlin 2006

Li, Christine und Ulja Krautwald. *Der Weg der Kaiserin. Wie Sie die alten chinesischen Geheimnisse weiblicher Lust und Macht für sich entdecken.* Droemer Knaur, München 2005

Méritt, Laura, Traude Bührmann und Nadja B. Schefzig (Hg.): *Mehr als eine Liebe. Polyamouröse Beziehungen.* Orlanda, Berlin 2005

Schulte, Christa: *Tantra für Genießerinnen.* Krug & Schadenberg, Berlin 2001

Stendhal, Renate: *Die Farben der Lust. Sex in lesbischen Liebesbeziehungen.* Krug & Schadenberg, Berlin 2004

Wilson-Schaef, Anne: *Co-Abhängigkeit. Die Sucht hinter der Sucht.* Heyne, München 1995

Zur Paardynamik

Barbach, Lonnie Garfield: *50 Wege zu neuer Lust. Die Kunst, ein glückliches Paar zu bleiben.* Ullstein, Berlin 1999

Bauer, Joachim: *Warum ich fühle, was du fühlst. Intuitive Kommunikation und das Geheimnis der Spiegelneurone.* Heyne, München 2006

Carlson, Kristine und Richard Carlson: *Alles kein Problem in der Liebe.* Knaur, München 1999

Chu, Victor und Brigitta de las Heras: *Scham und Leidenschaft.* Kreuz Verlag, Zürich 1994

Jellouschek, Hans: *Wer Liebe lebt. Ein Lesebuch.* Kreuz Verlag, Stuttgart 2006

Mack, Bernhard: *Rituale alltäglichen Glücks. Wege zu erfüllenden Liebesbeziehungen.* Junfermann, Paderborn 1997

Onken, Julia: *Wenn Du mich wirklich liebst. Die häufigsten Beziehungsfallen und wie wir sie vermeiden.* C.H. Beck, München 2001

Spezzano, Chuck: *Beziehungs-Notfall-Set. Die Gesetzmäßigkeiten unserer Beziehungen verstehen.* Goldmann, München 2007

Zur Sexodynamik

Aresin, Lykke u. Kurt Stark: *Lexikon der Erotik.* Droemer Knaur, München 1996

Clement, Ulrich: *Guter Sex trotz Liebe. Wege aus der verkehrsberuhigten Zone.* Ullstein, München 2006

Ecker, Diane und Brigitte Scheidt: *Sexualität und Krankheit: Die Last mit der Lust.* Verlag Dr. Kovac, Hamburg 1998

Haines, Staci: *Ausatmen. Wege zu einer selbstbestimmten Sexualität für Frauen, die sexuelle Gewalt erlebt haben.* Orlanda, Berlin 2001

Rastetter, Daniela: *Sexualität und Herrschaft in Organisationen. Eine geschlechtervergleichende Analyse.* Westdeutscher Verlag, Opladen 1994

Schmidt, Gunter: *Sexuelle Verhältnisse. Über das Verschwinden der Sexualmoral.* Rowohlt, Reinbek 1998

Schnarch, David: *Die Psychologie sexueller Leidenschaft.* Klett-Cotta, Stuttgart 2006

Werner, Rita: *Let's talk! Das Spiel der heiklen Fragen.* Eichborn, Frankfurt 2001/2007

Winks, Cathy und Anne Semans: *Good Vibrations: Sex, fun and safe.* Goldmann, München 1996/2001

Zu Ritualen

Achterberg, Jeanne, Barbara Dossey und Leslie Kolkmeier: *Rituale der Heilung. Die Kraft von Phantasiebildern im Gesundungsprozess.* Goldmann, München 1996/2001

d'Albert, Yan: *Das Buch der magischen Rituale. Liebe, Freundschaft, Hexenkult. Mit I-Ging-Liebesorakel.* VGS, Köln 2002

Bundschuh-Schramm, Christiane, Annedore Barbier-Piepenbrock und Judith Gaab: *Rituale im Kreis des Lebens: Verstehen – gestalten – erleben.* Schwabenverlag, Ostfildern 2004

Gerloff, Mangana: *Weiße Magie in der Praxis. Hexenschule für zu Hause.* Steiner, Bad Sachsa 2006

Hartmann, Claudia: *Rituale zu zweit. Was Liebende zusammenhält.* Königsfurt Verlag, Krummwisch 2001

Kaiser, Martina: *Rituale – Quellen der Kraft.* Droemer Knaur, München 2005

Mala, Matthias: *Glückszauber. Durch Weiße Magie auf der Sonnenseite des Lebens.* Ansata, München 2007

Starhawk: *Der Hexenkult als Ur-Religion der Großen Göttin. Magische Übungen, Rituale und Anrufungen.* Goldmann, München 1992

Weltzien, Diane von: *Praxisbuch der Rituale. Rituale verschiedener Kulturen und Religionen.* Schirner, Darmstadt 2006

Zu Spiritualität/Religiosität

Barz, Monika und Geertje-Froken Bolle: *Göttlich lesbisch. Facetten lesbischer Existenz in der Kirche.* Gütersloher Verlagshaus, Gütersloh 1997

Becker, Udo: *Lexikon der Symbole.* Komet, Köln 2003

Bolen, Jean Shinoda: *Göttinnen in jeder Frau. Psychologie einer neuen Weiblichkeit.* Hugendubel, München 2002

Bruyere, Rosalyn L.: *Chakras. Räder des Lichts. Eine Einführung.* Synthesis, Essen 1996

Budapest, Zsuzsanna E.: *Herrin der Dunkelheit – Königin des Lichts. Das praktische Anleitungsbuch für die neuen Hexen.* Schirner, 2006

Forman, Alan und Stepahn Niederwieser: *Das Chakra-Erlebnisbuch.* Scherz, München 1998

Maurine, Camille und Lorin Roche: *Meditation. Geheimnisse für Frauen.* Goldmann, München 2002

Pahnke (McIntosh), Donate u. Sommer, Regina: *Göttinnen und Priesterinnen. Facetten feministischer Spiritualität.* Gütersloher Verlagshaus, Gütersloh 1995

Sharamon, Shalila und Bodo J. Baginski: *Das Chakra-Handbuch. Vom grundlegenden Verständnis zur praktischen Anwendung.* Windpferd, Aitrang 1988/2001

Starhawk: *Mit Hexenmacht die Welt verändern.* Bauer, Freiburg 1991

Starhawk: *Wilde Kräfte. Sex und Magie für eine erfüllte Welt.* Bauer, Freiburg 1987

Virtue, Doreen: *Erwecke die Heilkraft der Göttin in dir.* Koha, Burgrain 2006

Zu sinnlichen Vergnügungen

Allende, Isabel: *Aphrodite. Eine Feier der Sinne.* Suhrkamp, Frankfurt 1999

Kaupp, Cristina Moles: *Scharfe Sachen. Ein erotisches Kochbuch.* dtv, München 1998

Schramm, Karin: *Erotissimo. Verführerische Rezepte aus dem Garten der Aphrodite.* vgs Verlagsgesellschaft, Köln 1998

Schuhbeck, Alfons: *Liebesmenüs. Raffinierte Köstlichkeiten für sinnliche Stunden.* Heyne, München 2002

Springer, Käthe: *Liebeskochkunst. Verführungen aus der erotischen Küche.* Mary Hahn Verlag, München 2003

Zu Lyrik und Poesie

Chrystos: *In Her I am. An Exceptional Collection of Lesbian Erotic Poetry.* Press Gang Publishers, Vancouver 1993

Ensler, Eve: *Die Vagina-Monologe.* Nautilus, Hamburg 2000/2005

Schiran, Ute M.: *Mein Begehren ist die Erde. Fragmente weiblicher Tabus.* Inanah, Sulzdorf 1986

Zur gewaltfreien Kommunikation

Bryson, Kelly: *Sei nicht nett, sei echt! Handbuch für Gewaltfreie Kommunikation.* Junfermann, Paderborn 2006

Rosenberg, Marshall B.: *Gewaltfreie Kommunikation. Aufrichtig und einfühlsam miteinander sprechen.* Junfermann, Paderborn 2001/2007

Zu Trennung und Abschied

Basciano, Christina: *Trennungsschmerz. So gehen Sie mit dem Ende einer Beziehung besser um.* Mvg, Frankfurt 2004

Webb, Dwight: *Ab heute ohne dich. 50 Tipps für ein Leben nach der Trennung.* Piper, München 2003

Anregende Musik

Eine Musikauswahl ist eine der schwierigsten Aufgaben – besonders wenn ihr Geschmack sehr von deinem abweicht, und wenn ein Ritual in einer Gruppe gefeiert wird, kann sich die Schwierigkeit potenzieren. Dennoch führe ich hier einige CDs an, mit denen ich selbst bei Ritualen und Übungen gute Erfahrungen gemacht habe und die vielleicht zu weiteren Experimenten anregen. Zur leichteren Übersicht habe ich sie nach Themen geordnet.

Abschütteln des Alltags, Erdungsbewegungen

Asher, James	*Feet in the Soil*
Asher, James	*Kali Thunder*
Criss, Deb	*Heartbeat*
Keane, Brian & Omar Faruk T.	*Fire Dance*
Khan, Al Gromer	*Tantra Drums*
Kostas, Gabriele	*Herzschlag*
Mondobeat	*Masters of Percussion*
Nyman, Michael	*The Cook, the Thief, His Wife and Her Lover*
Pili Pili	*Dance Jazz live 1995*
Roth, Gabrielle	*La Luna*
Roth, Gabrielle	*Ritual*
Roth, Gabrielle	*Totem*
Safri Duo	*Episode II*
Sangit Om (Anugama)	*Dancing Butterflies*
Ur-Ton	*Trommelrhythmen 6: Trommeln der Liebe*
Yidaki	*A Didgeridoo Compilation*

Tanzen und (Mit-)Singen

Anastacia	*Freak Of Nature*
Anastacia/Celine Dion	*You Shook Me All Night Long*
Boel, Hanne	*Silent Violence* (»If You Want My Body ...«)
Cannavacciuolo, Lino	*Segesta*
Caspar & Bianca	*Danach*
Cher	*Believe*
Cher	*Dov' è L' amore*
Cher	*Strong Enough*
Dion, Celine	*I'm Alive*
Dion, Celine	*Love Songs*
Glen, Marla	*This is Marla Glen*
Hallen, Klaus	*For Friends Only*

Houston, Whitney	*Queen Of The Night*
Joplin, Janis	*The Very Best of Janis Joplin* (»Summertime«)
Kaas, Patricia	*Dans ma chair*
Kick la Luna	*Bridges to You*
Kick la Luna	*Lucina lacht* (»Willst du mit mir gehen?«)
Kick la Luna	*Secret Waves*
Krebs, Mirko	*Ballroom Dance Music*
Lang, K.D.	*All You Can Eat*
Lang, K.D.	*Drag*
Loona	*Hijo De La Lune*
Macarena	*Latin Summer Hits*
Madonna	*Ray of Light*
Madonna	*The Power of Good-Bye*
Martha & Eve	*Stay*
Martha & Eve	*Absolutely live*
Nin, Khadja	*Sambolera*
Pantoja, Isabel	*Se me enamora el alma*
Peyroux, Madeleine	*Careless Love*
Powell, Cozy	*Dance With The Devil*
Putomayo (Sampler)	*Women of Latin America*
(Sampler)	*Women's World Voices*
(Sampler)	*Divas live*
(Sampler)	*The Power of Dance Divas I und II*
(Sampler)	*Global Women*
(Sampler)	*Try It!*
Shakira	*WheneverWherever*
Usmanova, Yulduz	*Jannona*
Williams, Vanessa	*Save the Best For Last*
Yanni	*Tribute*
Yanni	*Songs From the Heart I und II*

Frauengesänge für verschiedene Rituale

Antara, Gila	*Fly Like an Eagle*
Antara, Gila	*Healing Journey I* und *II*
Antara, Gila	*Star Child*
Baum, Barbara und Ensemble	*Wir sind Teil ...*
Boine, Marie	*Gula, Gula*
Boine, Marie	*Radiant Warmth*
Brightman, Sarah	*La Luna*
Caballé, Montserrat und Montserrat Martí	*Two Voices, One Heart*
Cecilia	*Inner Harmony*

Chandra, Sheila	*AboneCroneDrone*
Chandra, Sheila	*Weaving My Ancestor's Voices*
Desert Wind	*Gaia – Earth Goddess*
Desert Wind	*Kalima*
Desert Wind	*Return to the Goddess*
Desert Wind	*Shekhina – Herbrew Goddess*
Devi, Nhanda	*Bridge to Isis*
Enya	*Memory of the Trees*
Enya	*Shepherd Moons*
Glass, Robert	*Ancient Mother*
Haza, Ofra	*Kirya*
Heiden, Arunga	*LebensFluss*
Heiden, Arunga	*VerWandlungen*
Helm, Amei	*Möge Heilung geschehen*
Hillyer. Carolyn	*House of the Weavers*
Karunesh	*Listening to the Heart*
Kirile Loo	*Lullabies For Husbands*
Kiva	*Mother Wisdom*
Libana Night Passage	*We All Come From the Goddess*
Premal, Deva	*Embrace*
Premal, Deva	*The Essence*
Putomayo (Sampler)	*Women of Spirit*
Rasa	*Devotion*
Shak-Dagsay, Dechen und Dewa Che	*Universal Power of Tibetan Mantras*
Shanti, Oliver & Friends	*Listening to the Heart*
Shawna, Carol	*Goddes Chant*
Shenanndoah, Joanne	*Matriarch*
Shenanndoah, Joanne und Peter Kater	*Live blood*
Sophia	*Hidden Waters*
Sophia	*Journey into Love*
Sophia	*Return*
Wijnen, Carien &	*Womyn in Circle*
Rainbow Womyn Chor	*Womyn on Earth*
Zingaia	*Beneath the Veil*

Klänge zum Lieben und Träumen

Aeoliah	*Angels of the Heart*
Aeoliah	*Chambers of the Heart*
Aeoliah	*Healing Music for Reiki I*
Anugama	*Oceansurf*

Evans, Gomer Edwin	*Music for Beauty*
Gandalf	*Gates to Sacred Realities*
Kamal	*Quiet Earth*
Kamasutra	*The Perfumed Garden*
Karunesh	*The Way of the Heart*
Khan, Al Gromer	*Mahagony Nights*
Khan, Al Gromer	*The God Perfume II*
Kutira & Raphael	*Like an Endless Rriver*
Lorentzen, Frank	*Hands*
Maniko	*House of the Beloved*
Neuber, Hans Peter	*Im Rausch der Ewigkeit*
Praful	*Touched by Love*
Raphael	*Music to Disappear in II*
Roach, Steve	*Quiet Music*
Rowland, Mike	*Lady of the Lake*
Serano-Alve, Oliver	*Vida para vida*
Shah	*Kamasutra*
Shankar, Ravi	*Passages*
Shantiprem	*Im Garten der Liebe*
Shantiprem	*Music for Lovers*
Shastro	*Tantric Heart: Music for Lovers*
Skaroulis, George	*Numinous*
Spiritual Environment	*Tantra*
Tänzers Traum	*Sternblüten*
Vodjani, Sina	*Dancing Dakini*
Wakeman, Rick	*Aspirant Sunset*
Zapp, Wilfried M.	*Voyage to Venus*

Meditationen

Deuter	*Dynamic Osho Active Meditation*
Deuter	*Osho Kundalini Meditation*
Deuter	*Osho Nadabrahma*
Kamal	*Osho Chakra Breathing*
Karunesh	*Heartchakra-Meditation*
Karunesh	*Osho Chakra Sounds*
Scott, Ben u. Christa Michell	*Tibetan Chakra Meditations*
Shantiprem	*Chakra Breathing*
Schulte, Christa, Milo und Helga Viets	*Atem der Selbstliebe* (Geführte Meditation)

Bewegungsfolgen

5 Rhythmen in Folge:

Darling Khan, Susannah und Be Attitude	*Wild Prayer*
Roth, Gabrielle	*Wave*

5 Rhythmen im Einzelnen:

Fließen	Annie Lennox »Why« (CD: *Diva)*
Stakkato	The Knack: »My Sharona«
Chaos	Lino Cannavacciuolo »Abballabbà« (CD: *Segesta)*
Lyrik	Whitney Houston »I Will Always Love You« (CD: *Queen of the Night)*
Stille	Sharon Wiener: »Boundless«

Auflösung für Seite 68: Lustanregendes Mojidoku

P	X	S	U	E	G	K	T	N
K	E	N	P	T	S	X	U	G
T	U	G	K	N	X	P	S	E
N	S	E	X	U	P	T	G	K
G	P	U	N	K	T	S	E	X
X	K	T	G	S	E	U	N	P
E	T	P	S	G	K	N	X	U
S	N	X	E	P	U	G	K	T
U	G	K	T	X	N	E	P	S

Lesungen und Workshops

Für diejenigen, die einige der Übungen und Rituale – in Verbindung mit den in meinem Buch *Tantra für Geniesserinnen* beschriebenen Übungen, Meditationen und Ritualen – praktisch unter meine Anleitung miteinander erleben wollen, gibt es im Frauenbildungshaus Altenbücken auch Kurse in »Lesbenpaartantra« für Anfängerinnen und für Fortgeschrittene:

- Frauenbildungs- und Tagungshaus Altenbücken e.V.
  Schürmannsweg 25
  27333 Bücken
  (04251) 78 99
  team@altenbuecken.de
  www.altenbuecken.de

Darüber hinaus bin ich auch buchbar als leitende Begleiterin für Lesben-Hoch-Zeiten und ähnliche Feste.

Die Organisation dafür sowie für Lesungen u.a. Veranstaltungen wird durchgeführt von:

- Petra Helmensdorfer
  (0421) 794 88 40
  phelmens@t-online.de

Für Rückmeldungen, Fragen, Infos bin ich erreichbar unter:

- christa.schulte@t-online.de
  oder zu besuchen auf meiner Homepage:
  www.christaschulte.de

Weblinks

www.arte-erotica.de	Erotik für Frauen
www.dykeworld.de	Lesbenseite
www.femmefatale.de	Webring für Frauen
www.frauenerotik.de	Erotik für Frauen
www.goodvibration.de	Sextoys u.a.
www.her2her.com	Lesbenseiten mit Bildern, Filmen und Kontakten
www.hexe.org	Hexenwissen
www.hexenkueche.de	Hexenkochkunst
www.lesarion.de	Lesbenseite
www.lesben.org	vielfältige Lesbenseite
www.lesbischerherbst.de	Lesbentagungen
www.lesbischezeiten.de	Kommunikationszentrum mit Anmeldung (49+)
www.lesbenkaufhaus.de	Lesbenkaufhaus
www.lesweb.de	kommunikative Lesbenseite
www.playstixx.de	Sextoys u.a.
www.sabasin.com	Erotikboutique
www.sexclusivitaeten.de	Toys und sexuelle Vergnügungsdates
www.sexologie.org	Sexualforschung
www.shoe.org	Kontakte
www.tantra-berlin.com	Tantra-Versand
www.wolfsmutter.com	feministisches Frauenportal

Schulte, Christa:
In jeder Beziehung – Anregungen für Liebespaare
ISBN 978-3-930041-59-6
Originalausgabe / / 1. Auflage 2007
Gestaltung und Satz: Grafikbüro Schadenberg, Berlin
Coverfoto: © Ruth E. Westerwelle, Berlin
Druck: Clausen & Bosse, Leck